專賣在日本的華人

日本語
萬用短句
5,000

U0079251

目　錄

第 5 章　和朋友交談

第 6 章　生活的會話

第 7 章　天氣話題

第 8 章　工作

第 9 章　購物

第 10 章　外食

第 11 章　在公共設施

第 12 章　在娛樂設施

第 13 章　生病

第 14 章　各種麻煩

第 15 章　婚喪喜慶

第 16 章　搭乘計程車、公車、火車

第 17 章　搭飛機

第 18 章　造訪觀光景點

第 19 章　在飯店裡

第 20 章　時間表現

第 21 章　日期

第 22 章　量詞表現

QR碼線上音檔使用方法

用手機掃描此處的QR碼，就可以馬上下載由日語母語人士錄製的線上音檔，輕鬆學習正確的道地的發音。

若覺得每章節都要掃描一次才能聽音檔太麻煩，本書也有提供可以一口氣下載全部音檔的QR碼，請往左翻至本書的第一頁來進行下載。

本書的特長以及使用方法

- 本書一共由 22 個章節構成。各章分成〈第 1 章 開頭的一句話〉、〈第 2 章 基本寒暄〉等基本表現，到〈第 5 章 和朋友交談〉、〈第 9 章 購物〉等日常生活用語。
- 讓讀者不被複雜的文法所苦，根據各種不同情境，製作成整句記憶起來就能使用的例句。
- 本書句子下方的＊主要在解釋單字意思或語感，文法 則是在說明該句子中的文法重點。
- 例句中的有色文字，可以替換成其他詞彙，增加使用的彈性和廣度。（請參照下方「關聯單字」）
- 本書中，除了「關聯單字」以外，也收錄了「記了更便利的單字」。收錄頁次請參閱目錄 P.6。

〈關聯單字〉

能夠更換部分單字做其他應用的例句，會另外開設替換用的〈關聯單字〉。「★」小標的右側會有「關聯單字 P・○○」的字樣，請參照該頁。

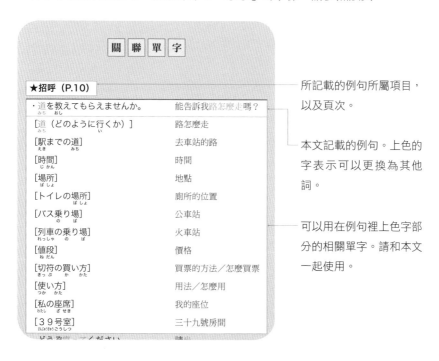

| 關 | 聯 | 單 | 字 |

★招呼（P.10）　　　　　　　　　　所記載的例句所屬項目，以及頁次。

・道を教えてもらえませんか。	能告訴我路怎麼走嗎？
[道（どのように行くか）]	路怎麼走
[駅までの道]	去車站的路
[時間]	時間
[場所]	地點
[トイレの場所]	廁所的位置
[バス乗り場]	公車站
[列車の乗り場]	火車站
[値段]	價格
[切符の買い方]	買票的方法／怎麼買票
[使い方]	用法／怎麼用
[私の座席]	我的座位
[３９号室]	三十九號房間

本文記載的例句。上色的字表示可以更換為其他詞。

可以用在例句裡上色字部分的相關單字。請和本文一起使用。

Memo

1.

開頭的第一句話

01-01.mp3

● 招呼 ●

★招呼

關聯單字 P.11

あの～。	那個……。
すみません。（呼びかけ）	不好意思。（招呼、呼喚）
あの、すみません。（呼びかけ）	那個，不好意思。（招呼、呼喚）
ねえ。	喂、哎、吶。
ねえねえ。	喂喂、吶吶。
ちょっとお尋ねします。	請問一下。

文法 「ちょっとお尋ねします。（請問一下）」→「お…します。」是一個謙讓語的表現。基本句型：（お＋動詞ます形＋ます／する）。

少しよろしいでしょうか。	可以請問一下嗎？
道を教えてもらえませんか。	能告訴我路怎麼走嗎？
待って！	等等！
待ってください！	請稍等一下！
ちょっと待って！	請等一下！
どうかしましたか。／どうしたの？	怎麼了？
大丈夫？	沒事吧？
手伝いしましょうか？	需要幫忙嗎？

＊【手伝う】表示「幫忙」的意思。

手を貸しましょうか？	我來幫忙吧？
どうぞ座ってください。	請坐。

關 聯 單 字

★招呼 （P.10）

・道を教えてもらえませんか。 　みち　おし	能告訴我路怎麼走嗎？
［道（どのように行くか）］ 　みち　　　　　　　　い	路怎麼走
［駅までの道］ 　えき　　　みち	去車站的路
［時間］ 　じかん	時間
［場所］ 　ばしょ	地點
［トイレの場所］ 　　　　　　ばしょ	廁所的位置
［バス乗り場］ 　　　の　ば	公車站
［列車の乗り場］ 　れっしゃ　の　ば	火車站
［値段］ 　ねだん	價格
［切符の買い方］ 　きっぷ　か　かた	買票的方法／怎麼買票
［使い方］ 　つか　かた	用法／怎麼用
［私の座席］ 　わたし　ざせき	我的座位
［３９号室］ 　さんじゅうきゅうごうしつ	三十九號房間
・どうぞ座ってください。 　　　　すわ	請坐
［座る］ 　すわ	坐
［見る］ 　み	看
［入る］ 　はい	進入
［食べる］ 　た	吃

01-02.mp3

● 感謝與道歉 ●

★感謝 關聯單字 P.15

ありがとう。	謝謝。／謝謝你。
ありがとうございます。	謝謝您。
ありがとうございました。	謝謝您了。
本当にありがとう。	非常感謝。
本当にありがとうございました。	太謝謝您了。
あのときは本当にありがとうございました！	那次真是多謝您了！
お心づかいありがとうございます。	謝謝你的關心。
心から感謝します。	衷心地感謝。
心から感謝を申し上げます。	衷心地感謝您。
心の底からお礼を言います。	打從心底表示感謝。
本当にありがたいです！	真的很感謝！
恩に着ます。	感恩。
ご恩は忘れません！	不會忘記您的恩情！
あなたのお陰です。	托您的福。

＊ 也可說「お陰様です」。

ご尽力のお陰です。	多虧您的幫忙。

彼の気持ちがとてもありがたいで
す。
かれ　きも

他的心意讓我非常感謝。

お手数をお掛けしました。
てすう　か
／ご面倒をかけました。
めんどう

麻煩您了。

お世話になりました。
せわ

謝謝您的照顧（幫助）。

★回應感謝的話

どういたしまして。 （それほどではありません）	哪裡，哪裡。／別這麼說。
どういたしまして。 （感謝には及びません） かんしゃ　およ	不會，不會。
どういたしまして。 （お礼には及びません） れい　およ	不用謝。
どういたしまして。（ご遠慮なく） えんりょ	不客氣。

★道歉

關聯單字 P.15

ごめんなさい。／すみません。	對不起。
ごめんね。	抱歉。
本当にごめんなさい。 ほんとう	真對不起。
本当にすみませんでした。 ほんとう	真對不起了。
申し訳ありません。 もう　わけ	很抱歉。
大変申し訳ありません。 たいへんもう　わけ	非常抱歉。

本当に申し訳ありません。 ほんとう　もう　わけ	實在很抱歉。
おわび申し上げます。 もう　あ	表達歉意。
失礼しました。 しつれい	失禮了。
あなたに迷惑をかけたね。 めいわく	給你添麻煩了。

※ 【迷惑】表示「困擾」，【迷惑をかける】為慣用句，表示「添麻煩、造成困擾」的意思。

ご迷惑をおかけしました。 めいわく	給您添麻煩了。
お待たせしました。 ま	讓您久等了。

★回應道歉的話

大丈夫です。 だいじょうぶ	沒關係。
問題ありません。 もんだい	沒問題。／沒事。
大したことではありません。 たい	沒什麼。
心配しないで。 しんぱい	不要緊。不用擔心。
気にしないでください。 き	別客氣。不用介意。

關 聯 單 字

★感謝 (P.12)

・あのときは本当にありがとうございました！	那次真是多謝您了！
[あのとき]	那次
[その節]	那時
[先日]	那些日子
[この間]	以前
[きのう]	昨天
[おととい]	前天
[昨年]	去年

★道歉 (P.13)

・大変申し訳ありません。	非常抱歉
[大変]	非常
[誠に]	實在
[本当に]	真的

01-03.mp3

● 接話 ●

★同意

うん。／ええ。	嗯。
うんうん。	嗯嗯。
はい。	是的。
ふーん。（不満がある同意）	哼。（帶有不滿之同意）
へえ。（驚いて感心する）	欸。（帶有驚訝之佩服。讚嘆）

＊【感心】表示「欽佩、佩服」的意思。

そう。／そうです。	是的。
そうだね。	是啊。
なるほど。／わかりました。	原來如此。／明白了。
確かに。	確實。

★吃驚

うそっ！／本当？	不會吧！真的嗎？
本当に！	真的！
それ本当？	是真的嗎？
信じられない！	真不敢相信！

信じられない……。 （大きなショックを受けたとき）	簡直不敢相信……。 （受到震驚、打擊時）

文法 【信じられない】前可接【まったく】、【とても】來加強語氣。

えっ！／へー（驚き）	啊！（驚訝）
ええー！（強い驚き）	哎呀！／啊！ （震驚、驚駭）
えっ、そうなの？	啊，是嗎？
えっ！なんで？	啊，為什麼？
えっ！どうしよう？	啊，怎麼辦？

★追問話尾

それで？／それから？	然後呢？
それからどうなったの？	後來怎麼樣了？

17

01-04.mp3

● 肯定／否定 ●

★肯定

關聯單字 P.19

うん！	嗯！
はい。	是。
はい、そうです。	是的。
そうだよ！	是啊！
そうだけど……	是那樣沒錯……。
そのとおりです。	正是如此。／沒錯。
そう、そう、そのとおり。	對，對，沒錯。
正しいです。	正確。
あなたの言うとおりです。	正如您所說。／你說得對。
きみの言ったとおりだよ。	就像你說的那樣。

★否定

いいえ。	不。
いいえ、そうではありません。	不，不是那樣的。
そうではありません。	不是那樣。
そうじゃなくて……。	不是那樣的……。
そうじゃないんだって。（伝聞）でんぶん	聽說不是那樣的。

| そうじゃないってば！ | 我就說不是那麼回事了！ |

＊【ってば】表示「不耐煩、焦燥」的心情。

違<ruby>違<rt>ちが</rt></ruby>います！	不是！
少し違<ruby>違<rt>ちが</rt></ruby>います。	不太對。
全然<ruby>違<rt>ちが</rt></ruby>います。	完全不對。
それは違<ruby>違<rt>ちが</rt></ruby>います。	不是那樣的。

關 聯 單 字

★肯定 （P.18）

・あなたの言うとおりです。	正如您所說。／你說得對。
［あなた］	你／您
［彼<ruby>彼<rt>かれ</rt></ruby>］	他
［彼女<ruby>彼女<rt>かのじょ</rt></ruby>］	她
［あの人<ruby>人<rt>ひと</rt></ruby>］	那個人／那位
［ご両親<ruby>両親<rt>りょうしん</rt></ruby>］	你的父母／伯父伯母
［きみの友<ruby>友<rt>とも</rt></ruby>だち］	你的朋友
［あなたの上司<ruby>上司<rt>じょうし</rt></ruby>］	你的上司

01-05.mp3

● 請託 ●

★請託

お願いします。 <small>ねが</small>	麻煩了。
どうかお願いします。 <small>ねが</small>	麻煩您了。
よろしくお願いします。 <small>ねが</small>	請多指教。
何とぞよろしくお願いします。 <small>なに　　　　　　ねが</small>	務必請您關照。
頼むね！ <small>たの</small>	拜託了！
お願いしていいですか。 <small>ねが</small>	能拜託您嗎？
お願いしてもいい？ <small>ねが</small>	可以拜託一下嗎？
少しお願いできますか。 <small>ねが</small>	能不能拜託您一下？
実は頼みがあるんだけど……。 <small>じつ　たの</small>	說實話，我有事拜託您……。
実はお願いがあるのですが……。 <small>じつ　　　ねが</small>	其實想拜託您一點事情……。

★同意

OK！	OK！
いいよ。	好的。
いいですよ。	可以啊。
わかりました。	明白了。
かしこまりました。	遵命。
承りました。 <small>うけたまわ</small>	知道了。

できます。	可以、能（夠）。
私がやります。	我來做。
結構です。	不用了。
構いません。	沒關係。
構わないよ。	沒關係的。
引き受けます。	我來處理。
私が引き受けましょうか。	我來處理吧？
私が替わろうか。	換我來吧？
任せてください。	交給我吧。

★拒絶

お断り！／だめです！	不行！
お断りします。	我拒絕。
それは無理です。	不可能。
それはできません。	不行。
無理な相談です。	這辦不到。
嫌です。	我不要。
悪いけど……。（言葉を濁して断る）	對不起……。（含糊其詞的拒絕）
申し訳ないですが……。（言葉を濁して断る）	很抱歉……。（含糊其詞的拒絕）

＊【濁す】表「含糊」的意思。

21

私には難しいなあ。
わたし　　むずか
（遠まわしに断る）
とお　　　　ことわ

我好像辦不到。
（委婉地拒絕）

ちょっと難しいなあ。
　　　　むずか
（遠まわしに断る）
とお　　　　ことわ

這有點難辦。
（委婉地拒絕）

私は専門ではないので……。
わたし　せんもん
（遠まわしに断る）
とお　　　　ことわ

那不是我的專業……。
（委婉地拒絕）

＊ 【遠まわし】表「間接、委婉」的意思。

● 各種表現 ●

01-06.mp3

★確實地詢問

關聯單字 P.25

何？ なに	什麼？
何ですか。 なん	什麼事？
何ですって？ なん	你說什麼？
何と言いましたか。 なん　い	你剛剛說什麼？
ちょっと待って！ ま	等一下！
始めから話してください。 はじ　　はな	請從頭說。
ゆっくり言ってください。 い	請你慢慢說。
はっきり話してください。 はな	請你說清楚。
もう1度言ってください。 いちど い	請再說一遍。
詳しく説明して。 くわ　せつめい	請詳細地解釋一下。
今のところを詳しく教えて下さい。 いま　　　　くわ　おし　くだ	請詳細地說明一下你現在說的。
全員にわかるように話してください。 ぜんいん　　　　　　　はな	請您說得讓所有人都能明白。

★模棱兩可的回答

うん……。	嗯……。
うん、まあ……。	嗯，啊……。

多分……。	可能……。
おそらく……。	恐怕……。
おそらくそうでしょう。	恐怕是那樣的。
そうかな。	是嗎。
まあ、そうだったかな。	啊，可能是那樣吧。
言われれば、そうだったかな。	聽你這麼說，好像是那樣吧。
それに近いかな。	很接近吧。
そんな感じだね。	感覺好像是那樣。
そんな感じだったかな。	感覺好像是那樣吧。
まあ、それでいいよ。	啊，可以。
それでもいいよ。	那樣也可以啊。
そうだったと思うけど……。	我覺得是那樣的……。
そうだとは思いますが……。	雖然我覺得是那樣的……。

★停頓的時候

うーむ。（考え込む）	呃。（沉思）
うーん……。（悩む）	呃……。／嗯……。（煩惱）
えー……。（次の言葉を探す）	呃……。（思考要說什麼）
えーっと……。（次の言葉を探す）	這個……。／那個……。（思考要說什麼）

そうですね……。　（次の言葉を探す）
つぎ　ことば　さが

是啊……。
（思考要說什麼）

| 關 | 聯 | 單 | 字 |

★確實地詢問（P.23）

・ゆっくり言ってください。	請你慢慢說。
［ゆっくり］	慢慢（地）
［丁寧に］	親切地
［詳しく］	詳細地
［わかりやすく］	簡單易懂地
［簡潔に］	簡潔地
［かいつまんで］	長話短說地、扼要地
［急いで］	趕快
・全員にわかるように話してください。	請您說得讓所有人都能明白。
［全員］	所有人
［私たち］	我們
［子どもたち］	孩子們
［彼ら］	他們

01-07.mp3

● 「何時」的表現 ●

★使用「何時」的片語

關聯單字 P.28

いつ？	什麼時候？
いつですか。	是什麼時候？
それはいつですか。	那是什麼時候？
いつの話？	那是什麼時的事？
いつだったっけ？（とぼけるとき）	什麼時候來著？（裝糊塗時）
いつだったかなあ？（思い出そうとするとき）	是什麼時候來著？（想要想起來時）
到着はいつですか。（時刻を尋ねる）	幾點抵達？（詢問時間）
帰宅はいつくらいですか。	大概幾點回到家？
──あと5分後！	五分鐘之後！
──11時くらいです。	十一點左右。
──6日の土曜日です。	六號，星期六。
──朝になります。	早上。
──夜になってからです。	從晚上之後開始。
──夜遅くです。	深夜。
──残りの仕事が終わり次第です。	要看什麼時候能把剩下的工作做完。

文法 （動詞連用形＋次第）相當於「一……就……」的意思。

仕事が終わるのはいつですか。 工作什麼時候結束？

——夜になってからです。 從晚上之後開始。

休暇はいつからですか。 從什麼時候開始放假？

休暇はいつまでですか。 假期到什麼時候？

——あしたからです。 從明天開始。

——水曜日からです。 從星期三開始。

——この週末からです。 從這個周末開始。

——１９日からです。 從十九日開始。

——あさってまでです。 到後天為止。

——来週の２８日までです。 到下星期的二十八日。

いつ会えますか。 什麼時候能見面？

いつ会いましょうか。 找一天見個面吧？

いつならご都合がよろしいですか。 您什麼時候方便？

いつくらいなら大丈夫ですか。 大概什麼時候方便呢？

——今日の午後に会いましょう。 今天下午見面吧。

——今日の午前中でも大丈夫ですか。 今天上午可以嗎？

——今日の正午過ぎなら大丈夫ですよ。 今天十二點以後可以。

關 聯 單 字

★使用「何時」的片語（P.26）

・到着はいつですか。 とうちゃく	幾點抵達？
［到着］ とうちゃく	抵達
［出発］ しゅっぱつ	出發
［帰宅］ きたく	回家
［集合］ しゅうごう	集合
・仕事が終わるのはいつですか。 しごと お	工作什麼時候結束？
［仕事］ しごと	工作
［会議］ かいぎ	會議
［講演］ こうえん	演講
［映画］ えいが	電影
［インタビュー］	採訪
［テレビ番組］ ばんぐみ	電視節目
・休暇はいつからですか。 きゅうか	從什麼時候開始放假？
［休暇］ きゅうか	放假
［夏休み］ なつやす	暑假
［冬休み］ ふゆやす	寒假
［休憩時間］ きゅうけいじかん	休息時間

01-08.mp3

● 「哪裡」的表現 ●

★使用「哪裡」的片語

關聯單字 P.29

どこにありますか。	在哪裡？
ここはどこですか。	這是什麼地方？
東京駅はどこにありますか。 <small>とうきょうえき</small>	東京車站在哪裡？
台北駐日経済文化代表処はどこにあ <small>たいぺいちゅうにちけいざいぶん か だいひょうしょ</small> りますか。	台北駐日經濟文化代表處在哪裡？
切符はどこで買えますか。 <small>きっ ぷ　　　　 か</small>	在哪裡買票？
バスにはどこから乗ればいいです <small>の</small> か。	應該在哪裡坐公車？
どこまで行けば大通りに出ますか。 <small>い　　おおどお　　　で</small>	走到哪裡能到大馬路？

關 聯 單 字

★使用「哪裡」的片語（P.29）

・台北駐日経済文化代表処はどこ <small>たいぺいちゅうにちけいざいぶん か だいひょうしょ</small> にありますか。	台北駐日經濟文化代表處在哪裡？
[台北駐日経済文化代表処] <small>たいぺいちゅうにちけいざいぶん か だいひょうしょ</small>	台北駐日經濟文化代表處
[警察署] <small>けいさつしょ</small>	警察局
[病院] <small>びょういん</small>	醫院
[遺失物取扱所] <small>い しつぶつとりあつかいしょ</small>	失物招領處
[駅] <small>えき</small>	車站
[空港] <small>くうこう</small>	機場

01-09.mp3

● 「為何」的表現 ●

★使用「為何」的片語

どうして？	為什麼？
（いったい）どういうこと！？ （詰め寄って問う） <ruby>詰<rt>つ</rt></ruby><ruby>寄<rt>よ</rt></ruby><ruby>問<rt>と</rt></ruby>	（到底）怎麼回事！？ （逼問、追問）
どうしてかなあ？（不思議に思う） <ruby>不思議<rt>ふしぎ</rt></ruby><ruby>思<rt>おも</rt></ruby>	這是怎麼回事呢？ （覺得不可思議）
どうしてそうなるの？	怎麼會這樣呢？

＊【詰め寄る】表「逼問、追問」的意思。【不思議】表「難以想像」的意思。

2.

基本寒暄

● 日常寒暄 ●

★1天之中的寒暄

おはよう。	早安。
おはようございます。	早安。
こんにちは。	你好。／您好。
こんばんは。	晚安。
おやすみなさい。	晚安。（睡覺前）

★生活中的問候

いただきます。	我要開動了。／我要吃了。（承受了、領受了）
ごちそうさま。	我吃飽了。／謝謝款待。
いってきます。	我出門了！
いってらっしゃい。	路上小心。
車に気をつけて。 くるま　き	小心路上的車。
早く帰ってきてね。 はや　かえ	早點回來啊。
ただいま。	我回來了。
おかえりなさい。	你回來啦。／回來啦。
遅くまでお疲れさま。 おそ　つか	你工作到很晚，辛苦了。
（帰宅時間が）早かったですね。 き たく じ かん　はや	（回來時間）挺早的呢。

★被招待時的問候

おじゃまします。	打擾了。
お世話になります。	承蒙關照。
お世話になっております。	承蒙您的關照。
ごちそうになります。	承蒙您的款待。
お言葉に甘えてごちそうになります。	恭敬不如從命，我就不客氣了。
喜んでごちそうになります。	很高興得到您的款待。
お誘いありがとうございます。	謝謝您的邀請。
今日は会っていただいてありがとうございます。	謝謝您今天跟我見面。
お招きいただき光栄です。	承蒙招待，深感榮幸。
おじゃましました。	打擾您了。

★慰勞用語

今日はお世話になりました。	今天承蒙您的關照了。
お疲れさま。	辛苦了。
ご苦労さま	辛苦你了。

關 聯 單 字

★再見面的問候 （P.36）

・ずっと会う機会がなかったですね。	一直沒有見面的機會啊。
［ずっと］	一直
［最近］	最近
［ここ数日］	這幾天

★初次見面 （P.36）

・友人から佐藤さんのことは聞いています。	我聽朋友提起過佐藤小姐（先生）。
［友人］	朋友
［両親］	父母
［上司］	上司
［彼］	他／男朋友
［彼女］	她／女朋友

★偶遇 （P.37）

・この間、会ったね。	上次見過面呢。
［この間］	上次
［ずいぶん前に］	很久以前

［いつだったか］ 不知什麼時候

★道別的寒暄（P.38）

・みんなによろしく！ 請幫我向大家問好！

［みんな］ 大家

［皆様］ 各位
みなさま

［ご主人］ 您先生（老公）
しゅじん

［奥様］ 您夫人（太太）
おくさま

02-02.mp3

● 相逢／道別 ●

★再見面的問候

關聯單字 P.34

やあ！	嗨！
元気？	你好嗎？
元気でしたか。	你最近好嗎？
調子はどう？	身體怎麼樣？
今日も快調？（体調について）	今天身體好嗎？
久しぶり！	好久不見！
久しぶりです。	好久不見了。
ご無沙汰してます。	久疏問候。
ずっと会う機会がなかったですね。	一直沒有機會見面啊。

★初次見面

關聯單字 P.34

はじめまして。	初次見面。
はじめまして、大明と申します。	初次見面，我叫大明。
はじめてお目にかかります。	第一次見到您。
佐藤さんですか。（男性）	是佐藤先生嗎？
佐藤さんですか。（女性）	是佐藤小姐嗎？
佐藤さんですね？	是佐藤小姐（先生）吧？

＊日文裡的稱謂不論男女都稱呼「さん」

友人から佐藤さんのことは聞いています。	我聽朋友提起過佐藤小姐（先生）。
お名前はよく存じあげております。	久仰大名。
一度、直接お会いしたいと思っていました。	我希望直接見一次面。

★詢問近況

どうしていましたか。	你過得怎麼樣？
ご体調はいかがですか。	您的身體怎麼樣？
生活に変わりはありませんか。	您的生活沒有大變化吧？
——元気です。	我很好。
——健康です。	我身體很好。
——結婚しました。	我結婚了。
——あなたも元気でしたか。	你也過得好嗎？

★偶遇

關聯單字 P.34

あれ？	咦？
あれ？確か……。	咦？我記得……。
偶然ですね。	真巧啊。
奇遇ですね。	真是巧遇啊。
この間、会ったね。	上次見過面呢。
昨日もお会いしましたね。	昨天也見到您了啊。

どこかへお出かけですか。	您要去哪裡？
これから出かけるんですか。	您現在要出門嗎？
気をつけてね。	小心啊。
気をつけて行ってらっしゃい。	小心點慢走啊。

★道別的寒暄

關聯單字 P.35

じゃあね。／またね。	再見啊。
バイバイ。	拜拜。
さようなら。	再見。
失礼いたします。	告辭了。
また会いましょう。	下次再見吧。
またあした。	明天見。
また来週。	下週見。
また今度。	下次再見。
またあとで。	回頭見。
また教室で。	教室見。
また、そのうち。	好，再聯絡。
またいつかお会いしましょう。	說不定什麼時候還會再見面。
みんなによろしく！	請幫我向大家問好！
ご家族によろしくお伝えください。	請幫我向您的家人問好！
おじゃましました。	打擾您了。

3.

表達情感

03-01.mp3

● 開心／高興 ●

★歡呼

やったー！／最高（さいこう）！	太好了！
うれしいです。	很高興。
すごくうれしい！	非常高興！
満足（まんぞく）です。	很滿足。
大満足（だいまんぞく）です！	非常滿足！
十分（じゅうぶん）です。	足夠了。
ラッキー！	真幸運！
幸運（こううん）でした！	好幸運！
得（とく）した！	佔了便宜！賺到了！
グッドタイミング！	好時機！
タイミングがよかった！	時機很好！
うまくいったね！	很順利！
なんてついてるんだ！	真是太幸運了！
私（わたし）は幸（しあわ）せ者（もの）です。	我很幸福。
今（いま）が1番幸（いちばんしあわ）せです。	現在最幸福。
天（てん）にも昇（のぼ）る気分（きぶん）です。	幸福得像要飄起來了一樣。
今日（きょう）は特別（とくべつ）な日（ひ）だ！	今天是特別的日子！

★炒熱氣氛

おお！	噢噢！
きゃー！	呀一！
イエーイ！	耶！
わーい！	哇！
るんるんしています。	喜不自勝、高興地想唱歌。
うきうきします。	喜不自禁。
わくわくします。	歡欣雀躍。
楽しい！	開心！／很開心！
楽しいです。	很快樂。
とても楽しいです。	十分開心。
楽しい気分です。	心情愉快。
おかしい！	很奇怪！
おもしろい！	很有趣！
おもしろすぎます！	太有趣了！
おもしろそうです。	好像很有意思。
すごい！	好厲害！
すごく楽しい。	特別開心。
楽しんでる！？	你開心嗎！？
盛り上がります！	氣氛高漲！
気持ちが高ぶります！	心情興奮！

興奮します！／わくわくする！	很興奮！
無礼講だ！	不拘禮節！
今日はとことん飲もう！	今天盡情暢飲吧！
朝まで飲み明かそう！	喝到天亮吧！
乾杯！	隨意！

＊ 日本的「乾杯」意思與台灣不同，不用「喝光」而是依照個人喜好來決定喝的量。

踊ろう！	跳舞吧！
語り明かそう！	聊通宵！
一緒に歌おう！	一起唱歌吧！
まだ夜は始まったばかりだ！	夜晚才正要開始！
これからが本番だ！	現在才正式開始！

もう死んでもいい！	死了也甘願！
神様ありがとう！	謝謝老天爺！
ハッピーになろうぜ！	讓我們開開心心的吧！
みんな愛してるよ！	我愛大家！
世界よ、平和であれ！	願世界能和平！

★感興趣

いいね！／いいじゃない！	好啊！
悪くないよ！	不錯！
それでいこう！	就這樣吧！

採用だ！ <ruby>さいよう</ruby>	採納、就這麼定了！
即実行だ！ <ruby>そくじっこう</ruby>	馬上實行！
さっそく始めよう！ <ruby>はじ</ruby>	快點開始吧！
ぞくぞくする！	等不及了！
やる気満々です！ <ruby>き まんまん</ruby>	幹勁十足！

★振作

よーしっ！	好！
頑張って！ <ruby>がん ば</ruby>	加油！
頑張るぞ！ <ruby>がん ば</ruby>	加油囉！
頑張ろう！ <ruby>がん ば</ruby>	加油啊！
頑張らなくっちゃ！ <ruby>がん ば</ruby>	必須得加油！
きみならできるよ！	你一定可以！
落ち込んでばかりもいられない。 <ruby>お こ</ruby>	不能一直消沉下去！
悲しんでばかりもいられない。 <ruby>かな</ruby>	不能一直悲傷下去！
がっかりしないで！	不要灰心！
もう一度立ち上がらないと！ <ruby>いちど た あ</ruby>	必須重新站起來！
気合入れて行くぞ！ <ruby>き あい い い</ruby>	打起精神去吧！
もう一度やってみなよ！ <ruby>いちど</ruby>	再試一次！
今度こそうまくいくよ！ <ruby>こん ど</ruby>	這次一定可以！
一致団結しよう！ <ruby>いっ ち だんけつ</ruby>	一致團結起來！

みんなで立ち上がろう！	大家一起努力吧！
みんなで頑張ればきっとできるよ	大家一起努力一定可以！
もう一度頑張って優勝を勝ちとろう！	再努力一次爭取優勝！
成功するまでやってみよう！	一直努力堅持到成功吧！
最後までやり遂げよう！	堅持到最後！
あきらめずに最後までやり通そう！	不要死心堅持到最後！
力を振り絞って！	竭盡全力！
エイエイオー！	加油加油加油！嗨喲嗬（團體加油聲）！

★著迷

かわいい！	真可愛！
きれい！	真好看！
美しい……。	真美……。
おいしい！	好吃！
ほれぼれする……。	令人嚮往……。
目を奪われる……。	吸引人……。
おいしくてほっぺが落ちそうだ。	好吃的不得了。
この世のものとは思えない。	好像不是這個世界上的東西一樣。
まるで夢のようです。	好像做夢一樣。

| 天にも昇る気持ちだ。
てん のぼ きも | 好像飄到天上了一樣。 |
| このまま死んでもいい。
し | 就算死了也甘願。 |

★迫不及待

まだかなあ。	還沒來啊。
遅いなあ。 おそ	真晚啊。
どきどきする。	心怦怦地跳。
興奮する！ こうふん	很興奮！
楽しみ！ たの	很期待！
楽しみだね！ たの	很期待啊！
待ちくたびれた。 ま	等到累了。
早く来ないかなあ。 はや こ	能不能快點來啊。
胸が躍ります。 むね おど	高興的心跳很快。
何かあるのかな？ なに	會有什麼事呢？
何か起こるのかな？ なに お	會發生什麼事呢？
興味津々です！ きょう み しんしん	非常好奇！
わくわくする！	很令人興奮！

★生起好奇心

| へー。／ほー。 | 哦。 |
| どれどれ？ | 哪個哪個？ |

ちょっと見せて。	讓我看看。
私にも見せて。	讓我也看看。
私にも触らせて。	讓我也摸摸。
いったいどうなってるの？	到底怎麼樣了。

★自豪

へへへ。（笑い）	呵呵。
へへーんだ！	呵呵！
どうだ！	怎麼樣！
いいだろう！	不錯吧！
うらやましいだろう！	很羨慕吧！
すごいだろう！	很厲害吧！
見たことないだろう！	沒見過吧！
こんなの持ってないだろう！	你沒有這個吧！
世界に１つしかない宝石だ！	這是世界上唯一的寶石！

★羨慕

うらやましい！	讓人羨慕！
うらやましいです。	很讓人羨慕。
彼の才能がうらやましいよ。	他的才能真讓人羨慕。
お２人は仲がよくてうらやましいです。	你們感情這麼好真讓人羨慕。

● 欽佩／感動 ●

★欽佩

すごいね。	好厲害啊。
すごいじゃないか！	不是挺厲害的嗎！
感心します。 かんしん	我很佩服。
敬服しました。 けいふく	感到欽佩。
頭が下がります。 あたま　さ	佩服。
頭が上がりません。 あたま　あ	抬不起頭來。
まねできません。	模仿不來。
私にはできない！ わたし	我做不到！
立派です！ りっぱ	很了不起！
なかなかできることじゃないよ。	一般來說做不到。
誰にもできることじゃないよ。 だれ	不是誰都能做得到的。
とてもよかったです。	非常好。

★感動

すごい！	好厲害！
すばらしい！	太精采了！
感動しました。 かんどう	我覺得很感動。

じーんとしました。	很感動。
思わずじーんとしました。	情不自禁地感動。
感激しました。（胸が熱くなる）	很激動。
感銘を受けました。	深受感動。
有名なくまモンさんに会えて感激です。	能見到著名的熊本熊我感到很激動。
涙に打ち震えました。	激動的流淚。
心に響きました。	心靈受到震撼。
涙が込み上げました。	湧出了淚水。
思わず泣いてしまいました。	情不自禁地流淚了。
感動の余韻が残っています。	感動的餘韻久久不散。

● 喜歡／討厭 ●

★喜歡／中意

好きです。／大好きです。	喜歡。／非常喜歡。
お気に入りです。	我很喜歡。
気に入りました。	我喜歡上了。
これがいい！	我要這個！
一目ぼれです。	一見鍾情。
一生の宝物です。	是一生的寶物。

★討厭／不中意

嫌いです。	很討厭。
あまり好きではありません。	不太喜歡。
私の好みのタイプではありません。	不是我喜歡的類型。
気に入りません。	我不喜歡。
はっきり言って、嫌いです。	講明白點，我討厭。
あまり気に入りません。	不太喜歡。

03-04.mp3

● 失望／嫌惡 ●

★失望

えー！（不満の声）	哎（不滿的聲音）！
うそー！	真的嗎！
ちぇっ！	哼！
なーんだ。	怎麼這樣。
がっかり！	很失望！
残念！	很遺憾！
楽しみにしてたのに！	白期待了！
期待してたのになあ。	明明很期待的。

★嫌惡

えー。（不満の声）	哎（不滿的聲音）。
嫌だなあ。（あからさまな不満）	真討厭（明顯的不滿）。

＊【あからさま】表「直言不諱、明顯」的意思。

嫌だ！	不要！
絶対に嫌だ！	絕對不要！
そんなの嫌だ！	我絕對不要那樣！
冗談じゃない！	開什麼玩笑！

なんで私がするんですか。 わたし	為什麼要我來做？
私の仕事じゃないでしょう。 わたし しごと	這不是我的工作吧。
そいつにやらせなよ。	讓那個傢伙去做吧。
引き受けたくありません。 ひ う	我不想接受。
今度にしてよ。 こん ど	下次吧。

★表達極限

限界！ げんかい	極限！
もう無理です！ む り	已經不行了！
これ以上は限界です！ い じょう げんかい	已經到極限了！
これがもう精一杯です。 せいいっぱい	這已經盡全力了。
これ以上は許して！ い じょう ゆる	不要再要求我更多了！

03-05.mp3

● 討厭的事 ●

★無聊

暇です。 ひま	很閒。
暇だなあ。 ひま	很閒啊。
つまらない。／退屈です。 たいくつ	無聊。
つまらないです。	很無聊。
こんなの退屈です。 たいくつ	這樣的事很無聊。
退屈で死にそうです。 たいくつ　し	無聊死了。
あくびが出ます。 で	打哈欠。
飽きた。 あ	厭倦了。
興ざめだ。 きょう	很掃興。
おもしろくありません	沒意思。
ちっともおもしろくない。	一點都不有趣。
ちっとも楽しくない。 たの	一點都不開心。
笑えません。 わら	笑不出來。
興味ありません。 きょう み	沒有興趣。
興味がわきません。 きょう み	不感興趣。

＊【興味がわく】表「本來不感興趣變得感興趣」的意思。【興味がある】表「本來就有興趣」的意思。

おもしろいこと、ないかなあ？	有沒有什麼有趣的事？

何もすることがないなあ。 <small>なに</small>	沒有可以做的事。
場（の空気）がしらけました。 <small>ば　　くうき</small>	氣氛冷了下來。

＊【しらけた空気】表「大多數人都失去興趣的氣氛」。

付き合っていられません。 <small>つ　あ</small>	我沒辦法跟你往來。
もう帰ろう。 <small>かえ</small>	我想回去了。

★麻煩

面倒です。 <small>めんどう</small>	麻煩。
面倒くさい。 <small>めんどう</small>	很麻煩。
外に出るのが面倒くさい。 <small>そと　で　　　めんどう</small>	外出很麻煩。
仕事をしたくありません。 <small>し ごと</small>	不想工作。
そんなことしても無駄です。 <small>む だ</small>	那樣做也沒用。

★隨便

もういいや。	算了。
どうでもいいよ。	怎樣都行。
どうにかなるよ。	總會有辦法的。
大丈夫でしょう。 <small>だいじょう ぶ</small>	應該沒事吧。
適当でいいよ。 <small>てきとう</small>	隨便吧。
いいよ。／それでいいよ。	可以啊。
好きにしたらいいよ。 <small>す</small>	隨你吧。

やってもなんの意味もないよ。
いみ

即使做了也沒有什麼意義。

どれでもいっしょだよ。

哪個都一樣。

どうせ同じ結果だよ。
おな けっか

反正結果都一樣。

どうやっても結果は同じです。
けっか おな

不管什麼做結果都一樣。

何もかも投げ出したいです。
なに な だ

想放棄一切。

● 接受／不能接受 ●

★接受

そうですか。／そうなんですか。	是嗎。
ああ、そうか。	啊，是嗎。
そういうことか！	原來是這樣啊！
なんだあ！	哦！
なるほど。	原來如此。
確かに。	確實是。
確かにそうです。	確實如此。
もっともです。	您說的真對。
納得しました。／よくわかりました。	明白了。
それなら納得できるよ。	那樣的話，我能理解。
やっと謎が解けたよ！	謎底總算揭開了！

★徹底解決

気が済んだ！	心情好了！
すっとした！	心情舒暢了！
すっきりした！	心裡痛快了！
さわやかな気分です。	心情舒爽。

とてもすがすがしいです。	神清氣爽。
問題解決！ もんだいかいけつ	問題解決了。
胸のつかえがおりたよ。 むね	心裡的結解開了！

＊也可說「心の中の結び目がほどけた」。

心配の種がなくなりました。 しんぱい　たね	不需要擔心了。
ようやく霧が晴れました。 きり　は	終於撥開心裡的雲霧了。
くよくよしてても仕方ありません。 しかた	悶悶不樂也不能解決問題。

★無法接受

腑に落ちないなあ。 ふ　お	不能理解啊。
納得できないなあ。 なっとく	不能接受呀。
これは微妙な問題だなあ。 びみょう　もんだい	這個問題難以言喻啊。
疑問が残るなあ。 ぎもん　のこ	還是有疑問啊。
あれでいいの？	那樣可以嗎？
本当にいいですか。 ほんとう	真的可以嗎？
だまされているような……。	好像被騙了一樣……。
うまく言いくるめられた気がする……。 い　　　　　　　　　　　　き	好像被花言巧語蒙騙了一樣……。
素直にうなずけません。 すなお	不能輕易接受。
なんでそうなるの？	為什麼會那樣？
どうしてそんな風にするの？ ふう	為什麼那樣做？

なんでそういう風にしなくちゃいけないの？ <small>ふう</small>	為什麼一定要那樣做呢？
なんで私がするの？ <small>わたし</small>	為什麼要我來做呢？

★聽不進去

關聯單字 P.57

ありえないです。	不可能。
絶対にありえない！ <small>ぜったい</small>	絕對不可能！
そんなことがあるわけないよ！	不可能有那樣的事！
ないないない！	不會不會！
聞く必要もない！ <small>き　ひつよう</small>	沒必要問！
私が正しい！ <small>わたし　ただ</small>	我是對的！

關 聯 單 字

★聽不進去（P.57）

・絶対にありえない！ <small>ぜったい</small>	絕對不可能！
［絶対に］ <small>ぜったい</small>	絕對
［まず］	幾乎
［１００パーセント］ <small>ひゃく</small>	百分之百

57

03-07.mp3

● 鼓勵／關懷 ●

★聲援

応援してるよ！	我會為你加油的！
陰ながら応援しています。	我會默默為你加油的。
どうぞ精進してください。	請你專心努力。
いつも見守っています。	會一直守護著你。

★關懷

お気をつけて。	請你小心啊。
気をつけてね。	多加小心啊。
体に気をつけてね。	注意身體啊。
無理はしないでね。	別勉強啊。
無茶はしないでください。	請不要亂來。
ほどほどにしてください。	請適度就好。

★憐憫

かわいそうに。	好可憐啊。
かわいそうです。	很可憐。
あまりにかわいそうです。	太可憐了。

あんな仕打ちをしてはかわいそうで
す。
しう

那樣的待遇實在很可憐。

＊【仕打ち】表「對他人的態度、舉動」多用於貶義的意思。

同情します。
どうじょう

很同情。

同情の念がわきます。
どうじょう　　ねん

萌生惻隱之心。

哀れです。
あわ

很憐憫。

哀れみを感じます。
あわ　　　　かん

覺得很憐憫。

憐憫の情がわきます。
れんびん　　じょう

萌生憐憫之心。

胸が痛みます。
むね　　いた

心裡很難過。

03-08.mp3

● 悲傷／寂寞／難過 ●

★震驚

どうして……。／そんな……。	怎麼會……。
信じられない……。	簡直無法相信……。
ショックです。	很受打擊。
ショックで言葉が耳に入りません。	很受打擊，以至於聽不進別人講話。
言葉もありません。	說不出什麼話來。
言葉に詰まります。	說不下去。
なんて言ったらいいかわかりません。	不知道說什麼才好。
どう言えばいいか……。	該怎麼說呢……。
なんでそんなことが……。	怎麼會那樣……。
そんな風に思われてたなんて……。	怎麼會被那樣想……。

★難過

悲しいです。	很難過。
とても悲しいです。	非常難過。
悲しすぎます。	太難過了。
裏切られてとても悲しかったです。	被人背叛，感到非常難過。

胸が張り裂けそうです。 むね　は　　さ	抑制不住地難過不已。

★寂寞

寂しいです。 さび	很寂寞。
すごく寂しいです。 　　　　さび	非常寂寞。
寂しく感じます。 さび　　かん	感到孤單寂寞。
ひとりぼっちでとても寂しいです。 　　　　　　　　　　　さび	一個人非常寂寞。
孤独です。 こ どく	很孤獨。
孤独を感じます。 こ どく　　かん	感到孤獨。
心細いです。 こころぼそ	心裡不安。
1人ではいたくありません。 ひとり	不想一個人待著。
むなしいです。	心裡很空虛。

★痛苦

つらいです。	很痛苦。
つらい日々です。 　　ひ び	很痛苦的日子。
忙しくてたまらないです。 いそが	忙得吃不消。
寒くてつらいです。 さむ	冷得難受。

★想念

恋しいです。 こい	懷念。

彼が恋しいです。 <small>かれ こい</small>	很懷念他。
せつないです。	很傷心。
彼のことを思うとせつなくなります。 <small>かれ おも</small>	想起他，就覺得很傷心。

文法（動詞終止形／否定形＋と）相當於「…的話、就…」的意思。

★哀求

もうやめて！	快住手吧！
許して！ <small>ゆる</small>	原諒我！
許してください！ <small>ゆる</small>	請原諒我吧！
そんなに私を責めないで！ <small>わたし せ</small>	請不要那樣責備我！
私のせいじゃありません！ <small>わたし</small>	不是我的錯！

★懇求

もうしません！	下次不會了。
もうしないから……。	下次不會這樣了……。
許してください。 <small>ゆる</small>	請原諒我。
反省しています。 <small>はんせい</small>	我在反省。
ごめんなさい！	對不起！

★意志消沉

絶望的だ……。 <small>ぜつぼうてき</small>	很絕望……。
目の前が真っ暗だ……。 <small>め まえ ま くら</small>	眼前一片黑暗……。
もう駄目だ……。 <small>だ め</small>	已經不行了……。
もうどうしようもない……。	已經沒辦法了……。
未来はない……。 <small>み らい</small>	沒有未來……。
すべておしまいだ……。	一切都完了……。

03-09.mp3

● 安心／不安／恐怖 ●

★心情開朗

元気です。 げんき	我很好。
絶好調です。 ぜっこうちょう	非常順利、最佳狀態。
快調です。 かいちょう	精神很好。
いい気分です。 きぶん	心情很好。
ご機嫌です。 きげん	心情不錯。
寛大な気分です。 かんだい　きぶん	感覺心情很慷慨。
何でも許せそうです。 なん　ゆる	好像什麼事情都能原諒。
気持ちが軽いです。 きも　かる	心情很輕鬆。
穏やかな気分です。 おだ　きぶん	心情平靜。
気が休まります。 き　やす	心情穩定。
心が安らぎます。 こころ　やす	心情放鬆。
とても静かな気持ちです。 しず　きも	心情十分平靜。
気持ちが落ち着きます。 きも　お　つ	平心靜氣。

★感到安心

よかった！（喜び） よろこ	太好了！
よかった～！（安堵の気持ち） あんど　きも	那就放心了！

＊【安堵】表「放心、安心」的意思。

何事もなくてよかったです。 なにごと	你沒事真是太好了。
安心しました。 あんしん	放心了。
一安心です。 ひとあんしん	總算放心了。
ほっとしました。	鬆了口氣。

★心情不好

ご機嫌斜めです。 き げんなな	心情不好。
絶不調です。 ぜっ ふ ちょう	非常委靡不振。
気が重いです。 き おも	心情沉重。
気分が沈みます。 き ぶん しず	心情消沉。
気持ちが晴れません。 き も は	心情好不起來。
気持ちがすさんでいます。 き も	心情頹廢。

＊【すさむ】表「自暴自棄、放蕩」的意思。

頭の中がもやもやします。 あたま なか	心情亂糟糟的。
気分が落ち込んでいます。 き ぶん お こ	情緒低落。
なんだかそわそわします。	心神不定。
落ち着きません。 お つ	心情不平靜。
気が抜けません。 き ぬ	不能大意。
気の休まるときがありません。 き やす	無法放鬆。
気持ちに余裕がありません。 き も よ ゆう	不從容。
気持ちばかりあせります。 き も	很急躁。

憂鬱です。 <small>ゆううつ</small>	很憂鬱。
鬱になります。 <small>うつ</small>	很鬱悶。
気が滅入ります。 <small>き めい</small>	心情鬱悶。
自暴自棄な気分です。 <small>じぼうじき きぶん</small>	自暴自棄。

★不安

不安です。 <small>ふあん</small>	不安。
とても不安です。 <small>ふあん</small>	很不安。
不安が募ります。 <small>ふあん つの</small>	越來越不安。
不安がよぎります。 <small>ふあん</small>	突然感到一絲不安。
心細いです。 <small>こころぼそ</small>	心裡不安、覺得沒依靠、沒把握。
どうしたんだろう……。	不知道是怎麼了……。
何かあったのかな？ <small>なに</small>	發生什麼事了嗎？
心配です。 <small>しんぱい</small>	很擔心。
とても心配です。 <small>しんぱい</small>	非常擔心。
気が気じゃありません。 <small>き き</small>	擔心的不得了。
気がかりです。 <small>き</small>	很掛念。
いてもたってもいられません。	坐立不安。
心配でたまりません！ <small>しんぱい</small>	實在太擔心了！
おちおち昼寝もできません。 <small>ひるね</small>	午睡也睡不安穩。

心配で夜も眠れません。 しんぱい　よる　ねむ	擔心得晚上都睡不著。
気になって眠れないよ！ き　　　　　ねむ	擔心得睡不著！
まだ帰ってこないなあ。 かえ	還沒回來啊。
胸騒ぎがします。 むなさわ	忐忑不安。
嫌な予感がします。 いや　よかん	有不好的預感。
連絡をとってみたら？ れんらく	聯絡一下怎麼樣？
電話してみよう！ でんわ	打電話吧！
彼を迎えに行かなくちゃ！ かれ　むか　　い	得去接他！
何か事件に巻き込まれてないといい なに　じけん　ま　こ けど……。	最好別被捲入什麼事件……。
まさか事故に遭ったんじゃ……。 じこ　あ	不會是發生事故了吧……。

★緊張

どきどきする！	心撲通撲通跳！
緊張する！ きんちょう	很緊張！
ああ、どうしよう！	啊，該怎麼辦呢！
手が震える……。 て　ふる	手發抖……。
口の中がからからだ。 くち　なか	喉嚨乾乾的。
喉が渇いてきた。 のど　かわ	很渴。
落ち着いて座ってなんかいられな お　つ　　　すわ い。	不能鎮靜地坐下來。

—落ち着いて。　　　　　　冷靜點。
　　お　っ

—深呼吸して。　　　　　　深呼吸一下。
　　しん こ きゅう

—大丈夫。　　　　　　　　沒事的。
　　だいじょう ぶ

—深く息を吸って。　　　　深呼吸。
　　ふか　いき す

★焦急

こうしちゃいられない！	不能再這樣下去了！
うかうかしていられない！	不能再糊裡糊塗的了！
のんびりしてる場合じゃない！ 　　　　　　　ば あい	現在不是悠閒的時候！
早くしなくちゃ！ はや	必須得快點！
間に合わなくなる！ ま あ	要來不及了！
追いつかれてしまう！ お	要被追上了！

★驚嚇的瞬間

ひー！／きゃー！	呀一！
うわー！	哇！
誰かー！ だれ	來人啊！
助けてー！ たす	救命！
開けてー！ あ	開門！

★害怕

怖い！ こわ	好可怕！
怖いです。 こわ	很害怕。
怖かった……。 こわ	好可怕啊……。
とても恐ろしく感じます。 おそ かん	感到非常害怕。
恐ろしい。 おそ	恐怖。
ぞっとする！	直打寒顫！
思い出すだけでぞっとする！ おも だ	一想到就毛骨悚然！
足ががくがくする……。 あし	腿一直顫抖……。
恐ろしさのあまり震えが止まりません。 おそ ふる と	嚇的我不停地發抖。
悪寒がします。 お かん	渾身發冷。
背中がぞくぞくします。 せ なか	背脊陣陣發冷。
身の毛がよだつ！ み け	毛骨悚然！
彼の言葉にぞっとします。 かれ こと ば	他說的話令人毛骨悚然。
鳥肌がたちます。 とりはだ	起雞皮疙瘩。
どきどきします。	心怦怦跳。
ひやひやします。	提心吊膽。
はらはらします。	捏一把冷汗。
正気の沙汰じゃない。 しょうき さ た	行為不正常。

思い出したくもない！
<ruby>思<rt>おも</rt></ruby>い<ruby>出<rt>だ</rt></ruby>したくもない！

想都不願意想起。

あんなこと一生経験したくない！
あんなこと<ruby>一生経験<rt>いっしょうけいけん</rt></ruby>したくない！

一輩子都不願意經歷那樣的事！

二度とあんなのはごめんです。
<ruby>二度<rt>にど</rt></ruby>とあんなのはごめんです。

再也不想經歷那樣的事了。

＊【ごめん】表「拒绝、否決」的意思。

真っ暗で怖いです。
<ruby>真<rt>ま</rt></ruby>っ<ruby>暗<rt>くら</rt></ruby>で<ruby>怖<rt>こわ</rt></ruby>いです。

一片漆黑很可怕。

結果を知るのが怖いです。
<ruby>結果<rt>けっか</rt></ruby>を<ruby>知<rt>し</rt></ruby>るのが<ruby>怖<rt>こわ</rt></ruby>いです。

害怕知道結果。

地震が恐ろしいです。
<ruby>地震<rt>じしん</rt></ruby>が<ruby>恐<rt>おそ</rt></ruby>ろしいです。

地震很恐怖。

● 情感爆發 ●

★出氣

うるさい！	吵死了！
黙れ！／黙ってくれ！	住口！
静かにしろ！気が散る！	安靜！我沒辦法集中精神！
あなたには関係ないでしょう！	與你無關啊！
あなたに何がわかるんですか！	你懂什麼！
きみに言われる筋合いはない！	你沒資格對我講這番話！
何もわからないくせに口を出すな！	什麼都不知道，就不要插嘴！
あいつのせいだ！	都怪那傢伙！
あいつが悪いんだ！	都是那傢伙不好！

★痛罵

ふざけるな！	別開玩笑了！
役立たず！	沒用的東西！
恥さらし！	丟人現眼！
ぐずぐずするな！	別慢吞吞的！
早くしろ！何やってるんだ！	快點！在幹什麼呢！

★輕視

バーカ！	笨蛋！
自業自得だ。 じ ごう じ とく	自作自受。
ざまーみろ。	活該。
してやったり！	得手了！
いい気味だ。 き み	報應！
それ見たことか。 み	你看，正如我說的吧。
これでわかったでしょう！	這樣你該懂了吧？！

★吃驚

あきれた！	服了你！
まだやってるの！	還在這麼做！
まだ同じことを言ってるの！ おな い	還在說同樣的話！
付き合っていられません。 つ あ	我沒辦法跟你往來。
くだらない。	無聊。
ばかばかしい。	荒謬。
ばかげてる。	荒唐可笑。

★感到厭煩

うるさいなあ。	很煩。
しつこいなあ。	真煩人。

うっとうしいなあ。	真煩啊。
ごちゃごちゃとうるさいよ。	真囉嗦。
黙っててよ。	住嘴！
つべこべ言うな！	少廢話！
いちいち言われなくてもわかってるよ！	不用你一一說明我也知道！
私に構わないで。	不要管我！
きみには関係ないよ。	跟你沒關係啊！
今、忙しいの。	現在很忙。
話があるならあとあと！	有事待會再說。

＊【あと】表「以後」的意思，此處重複講兩遍是為了強調語氣。

私は暇じゃありません。	我沒有空。
意味のわからないことを言わないで。	不要說那些讓人摸不著頭緒的話。

●情感爆發

★覺得焦躁

むかつく！	氣死了！
むかむかする！	很生氣！
むしゃくしゃする！	心煩意亂！
あー、いらいらする！	啊，真煩躁！
もう嫌！	真煩！

じりじりする！	心急如焚！

＊【じりじり】表「焦急」的意思。

もどかしい！	令人著急！
手をこまねくしかないなんて！ <small>て</small>	竟然只能袖手旁觀！

★表示不快

ひどい！	太過分了。
腹が立ちます。 <small>はら　た</small>	我很生氣。
腹が立ちます。（強い怒り） <small>はら　た　　　　　つよ　おこ</small>	我很憤怒。
ひどい言い方です。 <small>い　かた</small>	說得太過分了！
今の話は心外です。（予想外） <small>いま　はなし　しんがい　　　　よそうがい</small>	你現在說的話令我感到意外。
今の話は心外です。（残念だ） <small>いま　はなし　しんがい　　　　ざんねん</small>	你現在說的話令我感到遺憾。
不快です。 <small>ふかい</small>	不開心。
きわめて不快です。 <small>ふかい</small>	很不開心。
不愉快です。 <small>ふゆかい</small>	不高興。
屈辱的です。 <small>くつじょくてき</small>	充滿屈辱。
辛酸をなめさせられました。 <small>しんさん</small>	歷盡艱辛。
ずるいです。	很狡猾。
最低です。 <small>さいてい</small>	很差勁。

★感到憤怒

なんてことだ！	怎麼會這樣！
あいつはなんて奴だ！	那傢伙怎麼這樣！
腹が立つ！	很生氣！
気に食わない！	不喜歡！
血管が切れそうです。	氣得快要爆血管。
頭に血が上りそうです。	氣的血壓飆高。
腹わたが煮えくり返りそうです。	快要氣炸了。
今にも怒りが爆発しそうです。	現在怒火就要爆發。
仏の顔も三度までです。	事不過三。
我慢の限界だ！	到了忍耐的極限了！
怒りが収まりません！	怒氣衝天！
腹の虫が収まりません！	情緒控制不住！

＊【腹の虫】表「怒氣、火氣」的意思。

まったくもって、いらいらする。	簡直煩死了。
彼の言動にはいちいち腹が立ちます。	他的各種行為都讓人生氣。
彼のあの無神経さは信じられません。	他說話不知輕重簡直讓人難以相信。

● 情感爆發

75

★怒氣爆發

失礼だ！ しつれい	真沒禮貌！
話にならない！ はなし	不像話！
ふざけるな！	別開玩笑了！
見くびるな！ み	不要小看我！
いい加減にしろ！ か げん	你夠了吧！
もう十分だ。／もうたくさんだ。 じゅうぶん	已經夠了。
迷惑だ！ めいわく	我很困擾！
非常識だ！ ひ じょうしき	沒有常識！
冗談じゃありません。 じょうだん	別開玩笑了。
うんざりだ！	厭煩了！
あなたにはもううんざりだ！	對你已經厭煩了！
もうまっぴらだ！	說什麼也不幹了！
我慢できません！ が まん	無法忍耐了！
もう我慢の限界です！ が まん げんかい	忍耐已經到了極限！
我慢の限界です！ が まん げんかい	忍無可忍了！
もう耐えられません！ た	已經無法忍耐了！
絶交だ！ ぜっこう	絕交！
二度と来るな！ に ど く	再也不要來了！
二度と会わない！ に ど あ	再也不見面了！

顔も見たくない！ （かお み）	不想看到你的臉！
目の前から消えろ！ （め まえ き）	從我眼前消失！
一生許さない！ （いっしょうゆる）	一輩子都不能原諒！
きみの行動は目にあまる！ （こうどう め）	你的行為實在是令人不能容忍！

＊【目にあまる】表「看不下去、無法容忍」的意思。

もう我慢はたくさんだ！ （がまん）	我已經受夠忍耐了！
どれだけ人に迷惑をかければ気が済むんだ！ （ひと めいわく き す）	你想給別人帶來多少麻煩才肯罷休！
周りのことも考えろ！ （まわ かんが）	多替別人著想！
何度も同じことを言わせるな！ （なんど おな い）	不要讓我重複好幾遍說過的話！

★鬧彆扭

どうなっても知るか！ （し）	會怎麼樣我不管！
どうなっても知りません。 （し）	不管會怎麼樣我都不管！
もう無関係だ。 （む かんけい）	已經和我無關了。
私には関係ない。 （わたし かんけい）	跟我無關。
私の知ったことではないです。 （わたし し）	此事與我無關。
勝手にしてください。 （かって）	隨便你吧。
好きにやってください。 （す）	隨你喜歡、照你的意思做吧。

★憎惡

憎いです。 <small>にく</small>	可惡的。
犯人が憎いです。 <small>はんにん にく</small>	犯人很可惡。
彼を奪った彼女が憎いです。 <small>かれ うば かのじょ にく</small>	把他搶走的她很可惡。
本当に憎たらしいです。 <small>ほんとう にく</small>	實在可惡。
憎たらしい子どもだ！ <small>にく こ</small>	很可惡的小孩！

● 害羞／羞恥 ●

★害羞

いやあ。	呀。
照れるなあ。	好難為情啊。
褒めすぎだよ。	過獎了。
褒められすぎて、照れるなあ。	過獎了，我會不好意思的。
あまり褒められると恥ずかしいよ。	你誇得太過頭我會不好意思的。

★謙遜

いえいえ。	不不。
いやいや。	沒有沒有。
とんでもない！	哪裡，別這麼說。
そんなことはないよ。	沒有那樣的事啦。
おっしゃるほどのことではありません。	沒有您說的那樣了不起。
大したことはしていませんよ。	我沒做什麼了不起的事。
偶然ですよ。	是偶然啊。
たまたまです。	是碰巧。
運がよかったんです。	是運氣很好。

全てがうまくかみあったんです。 すべ	所有一切都很順利。
おっしゃるようなことは何もしていません。 なに	您說的那些大事我都沒做啊。
皆さんのお陰です。 みな　　　かげ	托大家的福。
皆さんにご協力いただいたお陰です。 みな　　きょうりょく　　かげ	多虧了大家的幫忙。
小林部長の協力があったからです。 こばやしぶちょう　きょうりょく	多虧了小林經理的幫忙。
私の力なんて微々たるものです。 わたし　ちから　　び び	我力量微薄。
私だけではやり遂げられませんでした。 わたし　　　　と	要是靠我自己，是不可能做到的。
私1人では到底無理でした。 わたし ひとり　とうてい む り	要是我自己一個人的話，無論如何也做不到。

★不好意思

うわー。	哇。
きゃー！	呀！
すごく恥ずかしい！ は	非常不好意思！
顔が赤くなるよ。 かお　あか	臉都紅了。
顔から火が出そうだ。 かお　ひ　で	羞得滿臉通紅。
穴があったら入りたい。 あな　　　　はい	恨不得找個洞鑽進去。
お嫁に行けない……。 よめ	嫁不出去了……。
思い出のアルバムには残したくない。 おも　で　　　　　　のこ	不想留在記憶裡。

葬り去りたい思い出だ。	那是我想埋葬的記憶！
一生の恥です。	一輩子的恥辱。
こんなの誰にも見せられません……。	不願意讓人見到自己這樣子。
友だちには見せられないよ。	不願意讓朋友看到。
一生の恥だ！	這是一輩子的恥辱！
末代までの恥です！	丟臉丟到祖宗八代！
人生の汚点だ！	人生的汚點！
親に合わせる顔がない……。	沒臉見父母……。

害羞／羞恥

★因誤會而感到羞恥

失言でした。	失言了。
勘違いでした。	誤解了。
私が間違っていました。	我弄錯了。
私の早とちりです。	我妄下定論了。
おかしなことを言って申し訳ありません。	我說了奇怪的話，很抱歉。

★深感羞愧

不勉強でお恥ずかしいのですが……。	我知識淺薄很不好意思……。
無礼な振る舞いに恥じ入ります。	我為自己的無禮深感羞愧。
自分の無知が恥ずかしいです。	我為自己的無知深感羞愧。

03-12.mp3

● 失敗／後悔 ●

★粗心大意

あっ！	啊！
しまった！／やっちゃった！	糟了！搞砸了。
うっかりしてた！	糊裡糊塗了、我粗心了！
忘れてた！ わす	忘了！
やばい！	不妙！
まずい！	糟糕！
大変だ！ たいへん	糟糕了！
どうしよう！？	怎麼辦！？

★悶悶不樂

情けないです。 なさ	真是丟臉。
不甲斐ないです。 ふ が い	真是不中用。

＊【不甲斐ない】表「不中用」的意思。

自分の不甲斐なさを呪います。 じ ぶん　ふ が い　　　　のろ	我詛咒自己的不中用。

★懊悔／後悔

くそー！	可惡！
あともうちょっと！	就差一點！

もうちょっとなのに！	明明就差一點點而已！
歯がゆい！ は	急死人了！
いつかリベンジだ！	將來一定要扳回一城！
次回挑戦だ！ じ かいちょうせん	下次挑戰！
悔しいです。 くや	很懊悔。
とても悔しいです。 くや	特別懊悔。
悔しくてたまりません。 くや	懊悔的不得了。
涙が込み上げます。 なみだ こ あ	淚眼汪汪。

＊【込み上げる】表「往上湧」的意思。

涙がこぼれます。 なみだ	流淚。
後悔しています。 こうかい	很後悔。
残念に思います。 ざんねん おも	覺得很遺憾。

●失敗／後悔

03-13.mp3

● 確信／疑問 ●

★確信

きっとそうだ！	肯定是那樣的！
絶対にそうだ！	絕對是那樣的！
そうに違いない！	一定是那樣的！
間違いない！／そのとおり！	沒錯！就是那樣！
おおいにありうる！	十分有可能！
それしかありえない！	只有這種可能！
そうとしか考えられない！	只能這麼認為！

★疑惑

ふーん。／うーむ。	嗯……。
あやしい。	很奇怪。
しっくりこない……。	格格不入……。
腑に落ちない……。	不能理解……。
なんだろう……？／（いったい）どういうことなんだろう……？	怎麼回事……？
気になる。	很在意……。
何かが引っかかるなあ。	讓人耿耿於懷。

何かが違う気がする。 なん ちが き	總覺得哪裡不對。
そうかなあ？	是嗎？
そうでしょうか。	是那樣的嗎？
ちょっと変じゃないですか。 へん	是不是有點怪？
疑わしいなあ。／あやしいなあ。 うたが	很可疑。
鵜呑みにはできないなあ。 う の	不能全部接受啊。

＊【鵜呑み】表「整個吞」的意思。

うまくいきすぎです。	太順利了。
何かがおかしい。 なに	有點奇怪。
絶対に変だ！ ぜったい へん	絕對很奇怪！
何かある！ なん	一定有什麼！
これで終わるはずがない。 お	不會這樣就結束的。
何か見落としてるに違いない。 なん み お ちが	肯定有疏漏的地方。
ちゃんと見極める必要があります。 み きわ ひつよう	有必要弄清楚。
事実を確かめなくてはなりません。 じ じつ たし	必須確認一下事實。

★簡單地下結論

まあいいか。	好吧。
仕方がない。 し かた	沒辦法。
仕方がないでしょう。 し かた	沒辦法啊。

そういうことなら仕方がない。	如果是那樣的話，真沒辦法。
こんなものだ。 ／この程度でしょう。	也就是如此了。
どうにかなるだろう。	總會有辦法吧。
あとはどうにでもなるだろう。	之後一定會有辦法吧。

● 指責／被指責 ●

★意料之中

ほら！	哎呀！
ほら見ろ！ み	哎呀，你看！
やっぱり！	果然！
やっぱりそうだった！	果然如此！
思ったとおりだ！ おも	跟我想的一樣！
予想どおりだった！ よ そう	跟我預想的一樣！

★被說中了

うっ！	哦！
鋭い……。 するど	很敏銳……。
目ざとい……。 め	目光很敏銳……。
ばれたか！	被拆穿了嗎！
よく見破ったな！ み やぶ	能拆穿我真厲害！
図星です。 ず ぼし	正中紅心、猜中了。
図星をさされた！ ず ぼし	猜對了。

★閃爍其詞

えー？	啊？
なんのことですか。	什麼事啊？
なんのことだったかな？	剛剛怎麼回事啊？
覚えてないなあ。	我不記得啊。
そんなこともあったかなあ。	有過那樣的事嗎？
そんなこと言ったっけ？	我說過那樣的話嗎？
忘れちゃったなあ。	忘記了啊。
もう過ぎたことだから（忘れました）。	都是過去的事了（忘記了）。
ずいぶん昔のことだから（忘れました）。	都是很久以前的事了（忘記了）。

★乾脆地承認

うん。	嗯。
うん、そうだよ。	嗯，是啊。
それは私です。	那就是我。
私が犯人です。	我就是犯人。
それがどうかしたの？	那怎麼了？
いまさら何言ってるの？	事到如今你還有什麼可說的？

知らなかったの？ し	不知道嗎？
今まで知らなかったの？ いま　　し	一直都不知道嗎？
知ってると思っていました。 し　　　　おも	以為你知道呢。

★驚覺

ん？	嗯？
あれ？	哎喲？
そういえば……。	這麼說來……。
もしかして……。	也許……。
まさか……。	難道……。
そうか！	對喔！
あっ、そうだ！	啊，對了！
そういうことか！	原來是這樣！
わかった！	明白了！
やっとわかった！	終於明白了！
ようやく思い出した！ おも　だ	終於想起來了！
これでいいんだ！	這樣就可以了！
なーんだ！	什麼嘛！
単純じゃないか！ たんじゅん	這不是很簡單嗎！
こんな簡単なことだったのか！ かんたん	原來這麼簡單啊！

どうして気が付かなかったんだ！	怎麼沒注意到呢！
天才だ！	我是天才！
俺って賢い！	我真聰明！

★恢復正常

はっ！	啊！
危なかった！	好危險！
駄目だ駄目だ！	不行不行！
しっかりするんだ！	要振作起來！
惑わされちゃ駄目だ！	不能被迷惑！
きれいなものには棘がある！	美麗的東西總是帶刺！
ようやく目が覚めた！	終於清醒了！

＊【目が覚めた】表「醒悟」，也有「睡醒」的意思。

● 意料之外 ●

★心理作用

えっ？	啊？
何？ なに	什麼？
何か言った？ なに い	你說什麼了嗎？
私の名前を呼びましたか？ わたし なまえ よ	你叫我嗎？
おかしいな……。	很奇怪……。
気のせいかな……。 き	是不是錯覺……。
何か聞こえたと思ったんだけど……。 なに き おも	我還以為是聽到什麼了呢……。
きっと疲れてるんだ……。 つか	一定是累了吧……。

★歪著頭

ん？	嗯？
どういうこと？	怎麼回事？
いったいどういうこと？	到底是怎麼回事？
意味がわからない。 いみ	不懂是什麼意思。
ちょっと意味がわかりにくいんだけど……。 いみ	有點難懂……。
もう一回言って。 いっかい い	再說一次。

★事出突然

えっ！？	啊！？
なんで！？	為什麼！？
うそー！	騙人！
まさか！	不會吧！
そうなの？	是嗎？
確かなの？	是這樣嗎？
それは本当ですか。	那是真的嗎？
間違いないの？	沒搞錯吧？
冗談でしょう？	開玩笑吧？
そんなばかな！	怎麼可能！
そんなのうそだ！	這不是真的！
そんなはずはない！	不可能啊！
知らないよ！	不知道！
覚えがない！	不記得！
聞いたこともない！	沒聽說過！
約束と話が違う！	跟原來約定的不一樣！
そんな話は聞いていない！	我沒聽說過那樣的事！
何かの間違いだ！	一定是哪裡弄錯了！

★受到驚嚇

うわっ！	哇！
きゃー！／ぎゃー！	呀一！
出たー！	出來了！
何が起こったんだ！？	發生什麼事了！？
驚いた！／びっくりした！	嚇我一跳！
おどかすなよ！	不要嚇我！
心臓に悪い！	對心臟不好！
心臓が口から飛び出すかと思った！	我以為心臟快要跳出來了呢！

★被意料之外的事嚇到

まさか！	怎麼可能！
そんな！	真的嗎！
意外です。	很意外。
予想外です。	沒預想到。
衝撃的です。	我感到很驚訝。
ショックです。	很受打擊。
まったく想像していませんでした。	完全沒那麼想像過。
想像をはるかに超えています。	遠遠超過了我的想像。

★瞠目結舌

うわあ！	哇！
すごい！	好厲害！
これはすごい……。（圧倒されて） 　　　　　　　あっとう	這個太厲害了…。 （被震撼）
信じられない。 しん	不敢相信。
言葉がありません。 こと　ば	說不出話來。
ぞくぞくする！	很興奮！
鳥肌が立ちます！ とりはだ　　た	起雞皮疙瘩了！
圧巻です！ あっかん	太精采了！

＊【圧巻】表「魄力驚人」的意思。

心に迫ります！ こころ　せま	扣人心弦！
想像を超えています！ そうぞう　　こ	超乎想像！
衝撃的です！ しょうげきてき	太有衝擊力了！
私にはできない！ わたし	我做不到！
まねできない！	學不來！

★感到失望

えっ！	啊？
えっ、そうなの！？	啊，是嗎！？
そんなことだったの！？	原來是那樣嗎！？

なーんだ！	什麼嘛！
がっかり！	很失望！
せっかく乗り気だったのに！ <small>の　き</small>	本來很感興趣的！
やる気満々だったのになあ。 <small>き まんまん</small>	本來幹勁十足的！
覚悟を決めたところだったのにな <small>かく ご　　き</small>あ。	本來終於下定決心的……。

03-16.mp3

● 成功與失敗 ●

★成功的瞬間

やったね！／終わった！ <small>お</small>	做到了！
完璧！ <small>かんぺき</small>	太完美了！
ばっちり！	搞定了！
ＯＫ！	ＯＫ！
お見事！ <small>み ごと</small>	做得好！
あんたが大将！ <small>たいしょう</small>	你是頭兒、你有本事、你真厲害！
天才！ <small>てんさい</small>	天才！
よっ、いい男！ <small>おとこ</small>	喲、好男人！

★失敗的瞬間

あー……。（落胆） <small>らくたん</small>	哎呀……。

＊【落胆】表「灰心、氣餒」的意思。

残念！ <small>ざんねん</small>	很遺憾！
がっかり……。	很失望……。
くそっ！	該死！
ちくしょう！	混蛋！
惜しい！ <small>お</small>	不甘心！
もうちょっとだったのに！	就差一點！

★完成的瞬間

やったー！	太好了！
やっと終わった！（喜び）	終於完成了！（高興）
やっと終わった……。（安堵）	啊，終於完成了……。（安心）
疲れた……。	好累……。
どっと疲れたよ。	一下子就覺得累了！
ようやくこの苦しみから解放されます。	終於從痛苦中解放出來了！
飲むぞ！	喝酒吧！
浴びるくらいに酒を飲むぞ！	讓我們暢飲吧！
遊びに行くぞ！	去玩吧！
今日はもう帰るぞ！	今天該回家了！
あしたから遊ぼう。	明天開始玩吧。
遠くに出かけよう。	出遠門吧。
本を読みまくろう。	盡情讀書吧。
テレビゲームで遊びまくろう。	盡情玩電視遊戲吧。
家の片付けをしよう。	打掃家裡吧。
友だちとぱーっと遊びに行こう！	跟朋友們盡情去玩吧！
もう寝る！	要睡覺了！
明日は起こさないで！	明天不要叫我起來！
なんの心配もなく眠れます。	可以無憂無慮地睡覺了。

★鬆了一口氣

あー、緊張した。 きんちょう	啊，真是很緊張啊。
やっと終わった〜。 お	終於結束了。
終わってよかった〜。 お	太好了，終於結束了。
一時はどうなるかと思った。 いちじ　　　　　　　おも	我一時還擔心不知道會怎樣呢。
ひやひやした。	提心吊膽。
冷や汗をかいたよ。 ひ　あせ	出冷汗了。

★告一段落

疲れた。 つか	累了。
あー、疲れた。 つか	啊，好累。
やっと終わった！ お	終於結束了！
とりあえず終わった。 お	暫時結束了。
あと一息だ。 ひといき	再加把勁。
もう少しだな。 すこ	還差一點。
少し休もう。 すこ　やす	稍為休息一下吧。
一息入れよう。 ひといき　い	喘口氣吧。
少しは休めば？ すこ　　やす	稍微休息一下怎麼樣？
外の空気を吸ってきたら？ そと　くうき　す	去外面透透氣怎麼樣？
お茶でも飲む？ ちゃ　の	喝茶嗎？
甘いものでも食べる？ あま　　　た	吃點甜點吧？

● 解決事情 ●

★碰到問題時

う〜ん……！	嗯……！
どうしよう。	怎麼辦呢。
どうしようかなあ。	該怎麼辦呢。
どうしたらいいかわからないなあ。	不知道該怎麼辦。
わけがわからない！	莫名其妙！
煮詰まってきました。	腦子裡打結。

＊【煮詰まる】一詞原本是用來指「問題差不多解決、快要討論出結論」的狀況。但近年漸漸地演變出用來指「問題得不到解答、討論無法進展」的用法，意思180度的大改變，所以一般字典裡兩個用法都會有記載。要注意的是較年長的日本人還是會採用原先的用法。

方法が浮かばないなあ。	想不出辦法來。
頭が真っ白です。	大腦一片空白。

★被追問時

無理だ！	辦不到、太勉強！
お手上げです。	認輸！
もうできない！	不行了！
もうあとがない！	沒辦法了！
あきらめるしかない。	只能死心、只能放棄。

もうあきらめるしかないよ。	只能死心了。
どうにもならない。	什麼辦法也沒有。
きりがない。	沒完沒了。
手も足も出ません。	想不出辦法。
手の施しようがありません。	束手無策。
もう方法がない！ ／ほかに手段がない！	沒其他辦法了！
すべがありません。	沒有辦法。
どうしようもない。	沒辦法。
どうしようもない。（強調）	沒有任何辦法。

＊ 此處的「強調」是指語氣上加強表示「真的沒有其他辦法」時，日文也是同樣說
　【どうしようもない】。

もう手がつけられません。	已經沒辦法了。
私の手にあまります。	我沒辦法。
手に負えません。	我解決不了。
あとにはひけない！	不能退怯！
なんとかするぞ！	得做點什麼了！
なんとかしなければ！	必須想個辦法！
やるしかない！	只能做了！

★死心／投降

もう駄目だ！ だめ	不行了！
これでおしまいだ！	這下子完了！
一巻の終わりだ！ いっかん　お	全完了！
覚悟を決めよう！ かくご　き	做好心裡準備吧！
腹を決めた！ はら　き	決定了！
降参！ こうさん	投降！
負けたよ。／負けを認めます。 ま　　　　　ま　　みと	認輸了！
もう許してくれ！ ゆる	請原諒我！
それ以上は勘弁してください。 いじょう　かんべん	請饒過我吧！
きみの言うとおりにするよ！ い	我就照你說的做吧！
敵わない！ かな	比不上！
敵ながらあっぱれだ！ てき	雖然是敵人，卻值得欽佩！

★孤注一擲

最後の手段だ！ さいご　しゅだん	最後的辦法！
最後の切り札だ！ さいご　き　ふだ	最後一張王牌！
伝家の宝刀を抜くときだ！ でんか　ほうとう　ぬ	是拔出傳家寶刀的時候了！

★貴人出現時

味方が現れた！ みかた　あらわ	夥伴來了、朋友出現了！

天から使わされた救世主だ！ てん　つか　　　　　　きゅうせいしゅ	上天派來的救世主！
願ってもない助っ人だ！ ねが　　　　　　すけ　と	求之不得的救命恩人！
きみがいてくれてよかった！	有你在真是太好了！
心強いよ。 こころづよ	覺得膽壯、放心！
百人力です！ ひゃくにんりき	有你在就以一擋百！

＊ 彷彿得到一百人份的力量。

よろしく頼むよ！ たの	拜託了！

★事情圓滿解決

はー。（安堵の息） あんど　いき	噢。（發出安心的感嘆）
OK！OK！	OK！OK！
よかった！	太好了！
解決！ かいけつ	解決了！
これで万事解決！ ばんじ　かいけつ	這樣一切都解決了！
一件落着！ いっけんらくちゃく	解決一件事情了！
やっと終わったね。 お	終於結束了。
無事に終わってよかった。 ぶじ　お	平安結束了，真是太好了。
なんとか終わりました。 お	總算做完了。
長かったです。 なが	做好久。
肩の荷が降りました。 かた　に　お	肩膀上的重擔放下了。
はれて解放されました。 かいほう	正式解脫了。

これでぐっすり眠れる。

這下可以睡個好覺了。

終わり良ければ全てよし！

只要結果好，一切都好。

★徒勞無功

すべてが無駄だった！

全部是徒勞無功！

水泡に帰したよ。

努力化為泡沫。

意味がないじゃない！

結果沒有意義！

あんなに頑張ったのに！

我明明那麼努力！

割に合わない！

不合成本效益！

むなしい……。

空虛。

03-18.mp3

● 千鈞一髮 ●

★鋌而走險

どきどきする！	心撲通撲通跳！
冷や汗が出ます。	出了一身冷汗。
手に汗を握ります。	手心出汗了。
怖くて見ていられない！	害怕得不敢看！
ひやひやしたよ！	提心吊膽！
ひやりとしました！	直打冷顫！
いつ見つかるかとはらはらしたよ！	不知道什麼時候會被發現，一直很緊張！

★緊急情況

いったいどうしたの！？	到底怎麼了！？
何があったの！？	發生什麼事了！？
大丈夫！？	沒事吧！？
しっかりして！	振作點！
落ち着いて！	冷靜點！
私に話して！	告訴我！
大変だ！	大事不好了！
助けて！	救命！

誰か来て！ <small>だれ き</small>	來人啊！
どうしよう！	怎麼辦！
どうにかしなくっちゃ！	得想想辦法！
早く手を打たないと！ <small>はや て う</small>	得快點想辦法！

＊【手を打つ】表「對預想的事情採取對策」的意思。

★千鈞一髮

危なかった！ <small>あぶ</small>	好險！
死ぬかと思った！ <small>し おも</small>	以為自己要死了呢！
間に合った！ <small>ま あ</small>	趕上了！
ぎりぎりセーフ！	勉強趕上了！

Memo

4.

簡要說明

04-01.mp3

● 肯定／否定 ●

★贊成／反對

賛成です。 さんせい	贊成。
私も賛同します。 わたし　さんどう	我也贊成。
名案です めいあん	好主意。
いいと思います。 おも	我覺得不錯。
きっとうまくいくでしょう。	一定能成功。
反対です。 はんたい	反對。
大反対です。 だいはんたい	堅決反對。
論外です。 ろんがい	不考慮。
そんなことやめた方がいいよ。 ほう	最好不要這樣。
そんなことをするのは危険だよ。 きけん	這樣做很冒險。
可能性はきわめて低いよ。 かのうせい　　　ひく	可行性非常低。
反論があります！ はんろん	有反對意見！

★了解／不了解

なるほど。	原來如此。
わかります。	我了解。
確かに。 たし	確實是。

一理あります。 <small>いちり</small>	有道理。
理解できます。 <small>りかい</small>	我可以理解。
納得できます。 <small>なっとく</small>	我可以接受。
わかりません。	我不明白。
意味がよくわかりません。 <small>いみ</small>	我不太明白是什麼意思。
理解できません。 <small>りかい</small>	我不能理解。
納得できません。 <small>なっとく</small>	我不能接受。
到底納得できることではありません。 <small>とうてい なっとく</small>	無論如何我無法理解。

★知道／不知道

知っています。 <small>し</small>	我知道。
とうの昔に知っています。 <small>むかし し</small>	早就知道了。
よく存じています。 <small>ぞん</small>	我很了解。

文法 【存じる】為「知る」的謙讓語。

知りません。 <small>し</small>	我不知道。
そんな事情だったんですか。 <small>じじょう</small>	原來有這樣的隱情。
今はじめて知りました。 <small>いま し</small>	我第一次聽說。

★辦得到／辦不到

できます！	我可以！

109

やります！	我來做！
やってみせます。	我來做給你們看。
やらせてください。	請讓我來做。
不可能ではありません。	不是不可能。
できません。	我做不到。
やりません。	我不做。
無理です！	不行！
絶対に不可能です。	絕對不可能。
ほかを当たってください。	請另想辦法、請另請高明。

★相信

信じます。	我相信。
あなたを信じます。	我相信你。
何があっても信じます。	不管發生什麼事，我都相信。
今でも彼を信じています。	至今我還相信他。
彼女が裏切るはずがない。	她不可能背叛。
もう疑いません。	以後我不懷疑了。

★不相信

信じません。	我不相信。

きみが言うことは信じない。　　　　我不相信你說的話。

信じられません。　　　　　　　　不敢相信。

今更信じられません。　　　　　　事到如今我不相信了。

どうやって信じろというんですか。　怎麼讓我能夠相信呢？

疑わしいです。　　　　　　　　　很可疑。

★原諒

許します。　　　　　　　　　　　原諒你。

今回は許します。　　　　　　　　這次原諒你。

まあ、いいでしょう。　　　　　　哎，好吧。

大目に見ましょう。　　　　　　　不深究、不加追究。

＊【大目】表「不深究細部、只看粗略」的意思。

今回限りですよ。　　　　　　　　就這一次沒有下次了。

以後気をつけるように。　　　　　以後請你注意。

★不原諒

許さない！　　　　　　　　　　　不能原諒！

絶対に許さない！　　　　　　　　絕對不能原諒！

謝っても許すもんか！　　　　　　以為道歉就能被原諒嗎？

いつかかならず後悔させてやる！　有一天一定會讓你後悔！

04-02.mp3

● 請求／許可／拒絕 ●

★請求

お願いします。 ねが	拜託了。
宜しくお願いします。 よろ　　　ねが	麻煩你了。
ぜひお願いします！ ねが	務必麻煩你了！
協力してください！ きょうりょく	請提供協助！
力を貸してください！ ちから　か	請幫幫忙！

★禮讓

いいよ。	好啊。
私はいいです。 わたし	我不用。
どうぞ！	請！
遠慮しないで。 えんりょ	不要客氣。
譲ります。／譲るよ。 ゆず　　　　　ゆず	讓給你。
辞退します。 じたい	我放棄、辭謝、辭退。
私は身を引きます。 わたし　み　ひ	我退出。
ぜひ受け取って。 う　と	請你收下。
私の分も楽しんで。 わたし　ぶん　たの	連我的份一起好好玩吧。
私の分も頑張って！ わたし　ぶん　がんば	連我的份一起加油吧！

私の分も幸せになって。 <ruby>私<rt>わたし</rt></ruby> <ruby>分<rt>ぶん</rt></ruby> <ruby>幸<rt>しあわ</rt></ruby>	連我的份一起變幸福吧。

★許可

<ruby>許<rt>ゆる</rt></ruby>します。	允許。
<ruby>許可<rt>きょか</rt></ruby>します。	准許了。
<ruby>構<rt>かま</rt></ruby>いません。	可以、沒關係。
<ruby>結構<rt>けっこう</rt></ruby>です。	好的。
<ruby>好<rt>す</rt></ruby>きにしてください。	請隨意。
ご<ruby>自由<rt>じゆう</rt></ruby>にどうぞ。	請您隨意。

★不允許

<ruby>許<rt>ゆる</rt></ruby>しません。	不可以。
<ruby>許可<rt>きょか</rt></ruby>しません。	不允許。
<ruby>許可<rt>きょか</rt></ruby>できません。	不能允許。
それだけは<ruby>許<rt>ゆる</rt></ruby>されません。	只有這個不能讓步。

★說服／懇求

<ruby>我慢<rt>がまん</rt></ruby>して！	請忍耐！
あきらめて！	放棄吧！
これ<ruby>以上<rt>いじょう</rt></ruby>はやめて！	不要再繼續了！
<ruby>引<rt>ひ</rt></ruby>き<ruby>返<rt>かえ</rt></ruby>して！	請退回來！

どうか聞き入れてください！ <small>き い</small>	請你答應！

★幫助／為難

助かります。 <small>たす</small>	得救了。
とても助かります。 <small>たす</small>	給我幫了大忙。
困る！ <small>こま</small>	很困擾！
それは困る！ <small>こま</small>	那樣我很困擾！
迷惑です。 <small>めいわく</small>	很為難。
困ります。 <small>こま</small>	我感到困擾。
残念です。 <small>ざんねん</small>	我感到遺憾。
冗談じゃないよ。 <small>じょうだん</small>	別開玩笑了。
やめてください。	請不要這樣。

★留心

気をつけます。 <small>き</small>	我會注意。
これから気をつけます。 <small>き</small>	今後我會注意。
心がけます。 <small>こころ</small>	會注意的。
頑張ります。 <small>がん ば</small>	我會加油。
一生懸命がんばります。 <small>いっしょうけんめい</small> （努力します） <small>どりょく</small>	我會拼命努力。
償います。 <small>つぐな</small>	我會補償。

誠意を持って償います。
せい い　　も　　　　つぐな

我會誠心補償。

大事にします。
だい じ

我會珍惜的。

大切にします。
たいせつ

我會好好對待的。

04-03.mp3

● 針對狀況 ●

★催促

早く！ はや	快點！
早く早く！ はや　はや	快點快點！
早くして！ はや	快點呀！
急いで！ いそ	快呀！
何やってるんだ！？ なに	你在做什麼呢！？
遅い！ おそ	太慢了！
とろとろするな！	別拖泥帶水的！
ぐずぐずしないで！	別拖拖拉拉的！
ぐずぐずしていられない！	不行拖拖拉拉地！

文法【ていられない】為（動詞て形+てはいられない）表「不能維持現有狀態」的意思。

遅れる！ おく	要遲到了！
遅れたらあなたのせいよ！ おく	要是遲到就是你的責任！
急がないと間に合わない！ いそ　　　ま　あ	再不快點就來不及了！
早くしないと時間がない！ はや　　　　じかん	再不快點就沒有時間了！
早く済ませないと！ はや　す	不快點做完不行啊！

★讓週遭安靜

しー！（唇に指を当てて） ちびる　ゆび　あ	噓！（手指置於唇上）
静かに！ しず	安靜！
そっと。（注意して） ちゅう　い	小心點。
そっと歩いて。 ある	走路輕一點。
大声を出さないで。 おおごえ　だ	不要發出大聲音。
あんまり動き回らないで。 うご　まわ	不要四處走動。
皆を起こさないようにね。 みんな　お	不要吵醒大家了。

Memo

5.

和朋友交談

05-01.mp3

● 聯絡 ●

★聯絡

關聯單字 P.121

今日、空いていますか。 きょう あ	今天有空嗎？
今日、何か予定はありますか。 きょう なに よてい	今天有什麼安排嗎？
会おうよ！ あ	見面吧！
遊ぼうよ！ あそ	一起玩吧！
明日の夜に会えますか。 あした よる あ	明天晚上能見面嗎？
突然ですが、今日遊べませんか。 とつぜん きょう あそ	雖然有點突然，今天能出來玩嗎？
一緒にお茶でもどうですか。 いっしょ ちゃ	一起去喝個茶，怎麼樣？
久しぶりに酒を飲みに行きませんか。 ひさ さけ の い	好久沒喝了，要不要一起去喝酒？
遊びに行ってもいいですか。 あそ い	我可以出去玩嗎？
遊びに来ませんか。 あそ き	你不來玩嗎？
少し遅くなります。 すこ おそ	我可能晚到一下下。
すみません。今日は会えなくなりました。 きょう あ	對不起，今天不能見面了。

★敲定見面的時間、地點

午後6時には帰っています。 ごごろくじ かえ	下午六點我已經回來了。
夜の10時まで遊べます。 よる じゅうじ あそ	可以玩到晚上十點。

午後6時まで一緒にいられるよ。
ごご ろくじ　　　　　いっしょ

我可以陪你到下午六點。

1時間くらいなら時間があります。
いちじかん　　　　　じかん

如果是一個小時左右的話，
我有時間。

朝の9時に家にいます。
あさ　くじ　いえ

早上九點我在家。

3時に行きます。
さんじ　い

三點去。

3時に駅で会いましょう。
さんじ　えき　あ

三點在車站見吧。

關 聯 單 字

★聯絡（P.120）

・久しぶりに酒を飲みに行きませ	好久沒喝了，要不要一
ひさ　　　　さけ　の　　い	起去喝酒？
んか。	

［酒を飲む］	喝酒
さけ　の	
［お茶する］	喝茶
ちゃ	
［昼食を食べる］	吃午餐
ちゅうしょく　た	
［夕食を食べる］	吃晚餐
ゆうしょく　た	
［遊ぶ］	玩
あそ	
［遊園地］	遊樂園
ゆうえんち	
［ショッピング］	買東西
［映画を観る］	看電影
えいが　み	
［ドライブ］	兜風

05-02.mp3

● 見面 ●

★先寒暄

はじめてお会いしますね。	我們是第一次見面吧。
久しぶり。	好久沒見了。
お久しぶりです。	好久不見。
来てくれてうれしいよ。	你能來我很高興。
忙しいのにありがとう。	百忙之中抽出時間來，非常感謝！
遠いところから、わざわざありがとう。	遠道而來，非常感謝。
遠くからよくいらっしゃいました、お疲れでしょう。	您遠道而來，很累了吧。
今日は楽しんでください。	今天請好好享受。
待たせてごめん！	讓您久等不好意思！
遅くなってすみません。	我來晚了，對不起。
早く来すぎました。	來得太早了。
元気でしたか。	你好嗎（身體好嗎）？
―とても元気です。	我很好（身體很好）。
―あなたもお変わりありませんか。	你也過得好嗎？
いつアメリカから戻ったんですか。	什麼時候從美國回來的？

―1週間前です。
一個星期以前。

―きのう戻ったばかりです。
昨天剛回來。

この前、偶然町で会ったね。
之前，在街上偶然碰到過吧。

最初、あなたとわかりませんでした。
一開始沒發現是你。

ずいぶん雰囲気が変わったね。
你的氣質改變很多啊。

ちっとも変わりませんね。
一點也沒變啊。

●見面

123

05-03.mp3

● 自我介紹 ●

★開頭

―お名前は？ <small>なまえ</small>	你叫什麼名字？
王大明といいます。 <small>おうだいめい</small>	我叫王大明。
王です。 <small>おう</small>	我姓王。
台湾からの留学生です。 <small>たいわん　　　　りゅうがくせい</small>	我是從台灣來的留學生。
―何歳ですか。 <small>なんさい</small>	幾歲了？
―おいくつでいらっしゃいますか。	您貴庚？
６８歳です。 <small>ろくじゅうはっさい</small>	六十八歲。
もうすぐ８０歳になります。 <small>はちじゅっさい</small>	快八十歲了。
―どこから来たのですか。 <small>き</small>	你從哪來的？
台湾から来ました。 <small>たいわん　　き</small>	我是從台灣來的。
台北に住んでいます。 <small>たいぺい　　す</small>	我住在台北。
生まれは彰化です。 <small>う　　　しょうか</small>	我在彰化出生。
あなたの住所を教えて下さい。 <small>じゅうしょ　おし　　くだ</small>	請告訴我你的住址。
電話番号を教えてもらえますか。 <small>でんわばんごう　おし</small>	能告訴我你的電話號碼嗎？
メールアドレスを交換しましょう。 <small>こうかん</small>	讓我們交換一下電子郵件吧。

★職業

—職業はなんですか。 <small>しょくぎょう</small>	你的職業是什麼？
—学生ですか。 <small>がくせい</small>	是學生嗎？
私は大学３年生です。 <small>わたし　だいがくさんねんせい</small>	我是大學三年級的學生。
日本語を学んでいます。 <small>に ほん ご　まな</small>	我正在學習日文。
日本の歴史を専攻しています。 <small>に ほん　れき し　せんこう</small>	我正在主修日本歷史。
日本の文化を研究しています。 <small>に ほん　ぶん か　けんきゅう</small>	我正在研究日本文化。
昨年、大学を卒業しました。 <small>さくねん　だいがく　そつぎょう</small>	去年大學畢業。
私は会社員です。 <small>わたし　かいしゃいん</small>	我是公司職員。
アルバイトをしています。	我在打工。
自営業です。 <small>じ えいぎょう</small>	我獨資開店（個體經營）。
私は病院を開業しています。 <small>わたし　びょういん　かいぎょう</small>	我開了一家醫院。
レストランを経営しています。 <small>けいえい</small>	我在經營餐廳。
今は仕事をしていません。 <small>いま　し ごと</small>	現在沒工作。
休職中です。 <small>きゅうしょくちゅう</small>	停職中。
失業中です。 <small>しつぎょうちゅう</small>	失業了。
新しい仕事を探しています。 <small>あたら　し ごと　さが</small>	我正在找新的工作。

★家族

—家族は何人ですか。 <small>か ぞく　なんにん</small>	家裡有幾個人？
５人家族です。 <small>ご にん か ぞく</small>	家裡有五個人。

●自我介紹

母と２人暮らししています。 はは　ふたり　く	和母親兩個人住在一起。
―兄弟はいますか。 きょうだい	有兄弟姊妹嗎？
兄がいます。 あに	有一個哥哥。
兄と妹がいます。 あに　　いもうと	有哥哥和妹妹。
私は長男です。 わたし　ちょうなん	我是長子。
次女です。 じじょ	我是二女兒。
末っ子です。 すえ　こ	我是家裡最小的。
一人っ子です。 ひとり　こ	我是獨生子。
―結婚していますか。 けっこん	結婚了嗎？
独身です。（まだ結婚していません） どくしん　　　　　　けっこん	單身（我還沒結婚）。
結婚しています。 けっこん	我結婚了。
３人の子どもがいます。 さんにん　こ	我有三個孩子。
離婚しました。 りこん	我離婚了。

★滞留日本時

どこに滞在していますか。 たいざい	你臨時居所在哪裡？
いつから滞在していますか。 たいざい	從什麼時候起住在這裡的？
いつまで滞在していますか。 たいざい	你打算住到什麼時候？
東京に滞在しています。 とうきょう　たいざい	我臨時居住在東京。
先月から、新宿に滞在しています。 せんげつ　　　しんじゅく　たいざい	從上個月開始，我待在新宿。

１か月前からここに滞在しています。 （いっ げつ まえ／たいざい）	一個月之前開始住在這裡的。
きのう、日本に到着しました。 （に ほん／とうちゃく）	昨天到了日本。
先ほど大阪に到着したばかりです。 （さき／おおさか／とうちゃく）	我剛到大阪。
東京に来てもうすぐ１年です。 （とうきょう／き／いちねん）	我來東京快一年了。
来年まで滞在しています。 （らいねん／たいざい）	我要住到明年。
１年間、日本の大学で勉強します。 （いちねんかん／に ほん／だいがく／べんきょう）	我要在日本的大學學習一年。
半年間だけ、東京に滞在します。 （はんとしかん／とうきょう／たいざい）	我只在東京待半年。
新宿には２週間しかいません。 （しんじゅく／に しゅうかん）	我在新宿只停留兩個星期（兩週）。
ここにしばらく滞在する予定です。 （たいざい／よ てい）	我要在這裡住一段時間。
学校を卒業するまで滞在します。 （がっこう／そつぎょう／たいざい）	我要住到畢業。
あさって日本をたちます。 （に ほん）	後天我要離開日本。

★滯留的目的

─どうして日本に来たのですか。 （に ほん／き）	你為什麼來日本？
観光です。 （かんこう）	旅遊。
勉強のために滞在しています。 （べんきょう／たいざい）	待在這裡是為了學習。
日本文化に興味があるからです。 （に ほんぶん か／きょう み）	因為我對日本文化感興趣。
東京大学に入学します。 （とうきょうだいがく／にゅうがく）	我要進東京大學。
東京スカイツリーに行きたいです。 （とうきょう／い）	我想去東京晴空塔。

大きな都市に遊びに行きたいです。	我想去大城市看看。
たくさんの神社を巡りたいです。	我想去看很多神社。

＊【巡る】表「循環、巡遊」的意思。

★關於興趣、嗜好

趣味はなんですか。	你的興趣是什麼？
どんなことに興味がありますか。	你對什麼感興趣？
映画を見るのは好きですか。	你喜歡看電影嗎？
趣味は音楽鑑賞です。	我的興趣是音樂欣賞。
読書です。	是讀書。
スポーツをするのが好きです。	我喜歡運動。
見るだけならサッカーも好きですよ。	如果只是看的話，我也喜歡足球。
ボランティア活動に興味があります。	我對志工活動感興趣。
—週末はどのように過ごしますか。	你週末打算怎麼過？
週末はドライブをします。	週末我打算（開車）兜風。
よく旅行に行きます。	我常去旅行。
家にいることが多いです。	我經常待在家裡。
—多趣味ですね。	你的興趣很多啊。
—私もドライブが好きです。	我也喜歡（開車）兜風。

―私たちは気が合いますね。
わたし　　き　あ

我們很合得來啊。

★關於害怕、不拿手的事物

犬が怖いです。
いぬ　こわ

我怕狗。

本当は話べたなんです。
ほんとう　はなし

其實我不太會說話。

人前に出るのは恥ずかしいです。
ひとまえ　で　　は

我在人面前會感到害羞。

高いところが怖いです。
たか　　　　こわ

我怕高處。

狭いところが怖いです。
せま　　　　こわ

我怕狹窄的地方。

05-03-1.mp3

 職 業 名 稱

営業 えいぎょう	營業	ピアニスト	鋼琴家
研究 けんきゅう	研究	政治家 せいじか	政治人物
開発 かいはつ	開發	料理人 りょうりにん	廚師
製造 せいぞう	製造	芸能人 げいのうじん	藝人
事務 じむ	業務	女優 じょゆう	女演員
貿易業 ぼうえきぎょう	貿易業	コメディアン	喜劇演員
運送業 うんそうぎょう	運輸業	モデル	模特兒
製造業 せいぞうぎょう	製造業	お金持ち かねも	有錢人
飲食業 いんしょくぎょう	餐飲業	小説家 しょうせつか	小說家
販売業 はんばいぎょう	銷售業	作曲家 さっきょくか	作曲家
サービス業 ぎょう	服務業	マンガ家 か	漫畫家
自営業 じえいぎょう	獨資經營	画家 がか	畫家
アルバイト	打工	プロ野球選手 やきゅうせんしゅ	職業棒球選手
教師 きょうし	老師	プロスポーツ選手 せんしゅ	職業運動選手
外科医 げかい	外科醫生	起業家 きぎょうか	創業者
弁護士 べんごし	律師	学生 がくせい	學生
キャビンアテンダント	空服員	会社員 かいしゃいん	公司職員
パイロット	飛機駕駛員	公務員 こうむいん	公務員
ダンサー	舞蹈家		

家族名稱

家族 かぞく	家屬	ひとりっ子 こ	獨生子／女
両親 りょうしん	雙親	双子 ふたご	雙胞胎
父母 ふぼ	父母	父 ちち	父親／爸爸
祖父母 そふぼ	祖父母	母 はは	母親／媽媽
兄弟 きょうだい	兄弟姊妹	兄 あに	哥哥
姉妹 しまい	姊妹	弟 おとうと	弟弟
息子 むすこ	兒子	姉 あね	姊姊
娘 むすめ	女兒	妹 いもうと	妹妹
子ども こ	小孩子	祖父（父方） そふ　ちちかた	爺爺
赤ちゃん あか	嬰兒	祖父（母方） そふ　ははかた	外公
長男 ちょうなん	大兒子	祖母（父方） そぼ　ちちかた	奶奶
次男 じなん	二兒子	祖母（母方） そぼ　ははかた	外婆
三男 さんなん	三兒子	伯父 おじ	伯父／姑父
長女 ちょうじょ	大女兒	叔父 おじ	舅舅／姨丈
次女 じじょ	二女兒	伯母 おば	伯母／姑媽
三女 さんじょ	三女兒	叔母 おば	舅媽／姨媽

● 自我介紹

131

05-04.mp3

● 生活習慣 ●

★早餐的時間

6時に朝食を食べます。 ろくじ　ちょうしょく　た	六點吃早餐。
7時以降に朝食を食べます。 しちじ　いこう　ちょうしょく　た	七點以後吃早餐。
朝食は8時からです。 ちょうしょく　はちじ	早餐是從八點開始。
毎日朝食は7時半に食べます。 まいにちちょうしょく　しちじはん　た	每天七點半吃早餐。
朝食を抜いています。 ちょうしょく　ぬ	我不吃早餐。

★通勤／通學

8時に家を出ます。 はちじ　いえ　で	八點出門。
8時15分前には会社に向かいます。 はちじ　じゅうごふんまえ　かいしゃ　む	八點十五分之前去公司。
駅までは徒歩7分くらいです。 えき　と　ほ　ななふん	到車站要走七分鐘左右。
駅まではバスで20分かかります。 えき　にじっぷん	坐公車到車站需要二十分鐘。
会社までは1時間くらいです。 かいしゃ　いちじかん	到公司需要一個小時左右。
会社まで1時間以上かかります。 かいしゃ　いちじかんいじょう	到公司需要一個小時以上。
大学まで30分もせずに行けます。 だいがく　さんじゅっぷん　い	去大學不用三十分鐘。
8時5分の電車に乗ります。 はちじ　ごふん　でんしゃ　の	坐八點零五分的電車。
所要時間は1時間半です。 しょようじかん　いちじかんはん	所需時間為一個半小時。

★晚餐的時間

家に帰るのは１９時くらいです。 いえ　かえ　　　じゅうくじ	回到家裡差不多晚上七點了。
帰りはいつも遅いです。 かえ　　　　　おそ	回家總是很晚。
９時には夕食を食べ終わります。 くじ　　　ゆうしょく　た　お	九點吃完晚餐。

＊【には】表「在……時間、在……地方」的意思。

夕食は外食がほとんどです。 ゆうしょく　がいしょく	晚餐一般都在外面吃。

●生活習慣

05-05.mp3

● 訴說近況 ●

★開頭

關聯單字 P.138

最近どうですか。	最近怎麼樣？
最近、何か変わったことでもある？	最近有什麼變化嗎？
あいかわらず忙しいですか。	還是那麼忙嗎？
毎日忙しいでしょう。	每天都很忙吧。
このところ暇なんじゃないですか。	最近是不是有空閒？
順調です。	很順利。
まあまあです。	還可以。
幸せです。	很幸福。
満足しています。	很滿足。
不幸です。	很不幸。
とても元気です。	身體很好。
健康です。	很健康。
寝不足です。	睡眠不足。
暇です。	很閒、有空。
とても忙しいです。	非常忙。
退屈です。	很無聊。
平凡な日々です。	每天過著很平凡的日子。

楽しんでいます。	玩得很高興。
毎日、遊んでいます。	每天都在玩。
疲れています。	很累。
山ほど仕事があります。	工作堆積如山。

★關於家族

ご両親はお元気ですか。	你父母身體好嗎？
ご家族はどうしていますか。	家人都好嗎？
みんな元気です。	大家都很好。
父が還暦を迎えました。	我父親已經六十歲了。
子どもが１歳になりました。	小孩已經一歲了。
息子が就職しました。	兒子已經就職了。
祖父（父方）がなくなりました。	我爺爺去世了。

★關於工作

就職しました。	已經就業了。
アルバイトを始めました。	我開始打工了。
転職を考えています。	我正在考慮換工作。
仕事をやめました。	我辭掉工作了。
楽しい職場です。	令人愉快的工作場所。
納得できない職場です。	無法接受的工作場所。

★關於生活

結婚しました。 けっこん	我結婚了。
子どもが生まれました。 こ う	我有小孩了。
新車を買いました。 しんしゃ か	我買新車了。
家を建てました。 いえ た	蓋好房子了。
犬を飼い始めました。 いぬ か はじ	我開始養狗了。
新しい店を開きました。 あたら みせ ひら	開新店了。
小さなパン屋を開きました。 ちい や ひら	開了個小烘培坊 （小麵包店）。

★關於其他

關聯單字 P.138

最近、何かしましたか。 さいきん なに	最近做了什麼了？
ここ1か月の間で、何かありました いっ げつ あいだ なに か。	這一個月，有發生什麼事 嗎？
どこから話したらいいのかわからな はな いくらい！	不知道從什麼地方說起才 好！
とくに何もありません。 なに	沒什麼特別的事。
故郷の友だちと遊びました。 ふるさと とも あそ	和故郷（老家）的朋友一起 玩了。
クラシックコンサートに行きまし い た。	我去聽了古典音樂會。
彼女ができました。 かのじょ	我有女朋友了。
運命の人が見つかりました。 うんめい ひと み	我找到了命中注定的人。

試験が終わったところです。 我剛考完試。

演劇コンクールで１位になりました！ 在戲劇比賽中得到了第一名。

冬休みに入りました。 開始放寒假了。

大学を卒業しました。 大學畢業了。

病気になりました。 我生病了。

けがをしました。 我受傷了。

關 聯 單 字

★開頭（P.134）

・順調です。 じゅんちょう	很順利
[順調] じゅんちょう	順利
[順風満帆] じゅんぷうまんぱん	一帆風順
[平凡] へいぼん	平凡
[多忙] たぼう	繁忙
[カゼ気味] ぎみ	有點感冒
[憂鬱] ゆううつ	鬱悶
[不安] ふあん	不安
・とても忙しいです。 いそが	非常忙
[忙しい] いそが	忙
[楽しい] たの	快樂
[寂しい] さび	寂寞

★關於其他（P.136）

・故郷の友だちと遊びました。 ふるさと　とも　　あそ	和故郷（老家）的朋友一起玩了
[故郷の友だち] ふるさと　とも	故郷（老家）的朋友
[学校の友だち] がっこう　とも	學校的朋友
[彼氏] かれし	男朋友

[彼女] かのじょ	女朋友
[男友だち] おとこども	男性朋友
[女友だち] おんなとも	女性朋友
・クラシックコンサートに行きました。 い	我去聽古典音樂會了
[クラシックコンサート]	古典音樂會
[コンサート]	音樂會
[ライブ]	演唱會
[ミュージカル]	歌舞劇
[演劇] えんげき	戲劇
[映画] えいが	電影
[トークショー]	脱口秀
・演劇コンクールで1位になりました！ えんげき　　　　　　いちい	在戲劇比賽中得了第一名
[演劇コンクール] えんげき	戲劇比賽
[音楽コンクール] おんがく	音樂比賽
[絵画コンクール] かいが	繪畫比賽
[ディベート大会] たいかい	辯論比賽
[陸上競技会] りくじょうきょうぎかい	田徑比賽
[水泳大会] すいえいたいかい	游泳比賽
[野球大会] やきゅうたいかい	棒球比賽
[サッカー大会] たいかい	足球比賽
[バレーボール大会] たいかい	排球比賽

05-06.mp3

● 其他的通知 ●

★好事

あした結婚式なんです！ けっこんしき	明天是我的婚禮！
来月誕生日を迎えます。 らいげつたんじょうび　むか （自分のことについて） じ ぶん	下個月是我的生日。 （述說自己的事）
親友が誕生日を迎えました。 しんゆう　たんじょうび　むか	我摯友過了生日。
恋人ができました。 こいびと	我有戀愛對象（情人）了。
新しい友人ができました。 あたら　ゆうじん	我有新朋友了。
２０歳になりました。 はたち	我滿二十歲了。
もうすぐ１９歳になります。 じゅうきゅうさい	我就要十九歲了。
成人しました。 せいじん	我已經是成人了。
今年、成人です。 ことし　せいじん	我今年就是成人了。
おめでたです。	有喜了。
妊娠しました。 にんしん	懷孕了。
出産しました。 しゅっさん	分娩了。
男の子を出産しました。 おとこ こ　しゅっさん	生了個男嬰。
双子が生まれました！ ふたご　う	生了雙胞胎！
子どもが立って歩くようになりました。 こ　た　ある	小孩已經能站起來走路了。
入学しました。 にゅうがく	入學了。

子どもが小学校に入学しました。 こ　　　　しょうがっこう　にゅうがく	小孩進小學了。
高校の試験に合格しました。 こうこう　し けん　ごうかく	高中考試合格了。
卒業しました。 そつぎょう	畢業了。
大学を卒業しました。 だいがく　そつぎょう	大學畢業了。
就職しました。 しゅうしょく	已經就業了。
やっと就職が決まりました。 しゅうしょく　き	工作終於定下來了。
昇格しました。 しょうかく	升遷了。
大きなプロジェクトを任されました。 おお　　　　　　　　　　　まか	我被委任一項巨大計畫。
起業に成功しました。 き ぎょう　せいこう	創業成功了。
夢が叶いました。 ゆめ　かな	夢想實現了。
長年の思いが叶いました。 ながねん　おも　　かな	長年的願望實現了。
将来やりたいことが見つかりました。 しょうらい　　　　　　　　　み	找到了將來想做的事。

★表揚、入選的通知

ディベート大会で優勝しました。 たいかい　ゆうしょう	在辯論比賽上取得了冠軍。
絵画のコンクールで入賞しました。 かい が　　　　　　　　にゅうしょう	在繪畫比賽中入選了。
投稿した小説がグランプリを受賞しました。 とうこう　しょうせつ　　　　　　じゅしょう	投稿的小說獲得最優秀獎。
研究論文が表彰されました。 けんきゅうろんぶん　ひょうしょう	研究論文受到了表揚。

サッカーの代表選手に選ばれました。 だいひょうせんしゅ　えら	被選為足球代表隊的選手。
スピーチコンテストへの出場が決まりました。 しゅつじょう　き	參加演講比賽的事情已經定下來了。

★復出的通知

会社に復帰しました。 かいしゃ　ふっき	已經回公司了。
ようやくけがが治りました。 なお	終於養好傷了。
持病が完治しました。 じびょう　かんち	老毛病已經完全治好了。
―よかったね！	太好了！
―本当に良かったです。 ほんとう　よ	真是太好了。
―とても安心しました。 あんしん	非常安心了。
―ずっと健康でいてください。 けんこう	希望你一直保持健康。
―これからもお元気でいてください。 げんき	願您以後也保持健康。

★壞事

会社を解雇されました。 かいしゃ　かいこ	被公司解雇了。
退学処分を受けました。 たいがくしょぶん　う	收到了勒令退學處分。
落第しました。 らくだい	落榜了。
大学受験に失敗しました。 だいがくじゅけん　しっぱい	大學考試失敗了。
会社にリストラされました。 かいしゃ	被公司裁員了。

勤めていた会社が倒産しました。
つと　　　　　　かいしゃ　とうさん

我上班的公司倒閉了。

書道コンクールで落選しました。
しょどう　　　　　　　らくせん

書法比賽落選了。

サッカーの試合に惨敗しました。
し　あい　ざんぱい

足球比賽慘敗。

交通事故に遭いました。
こうつうじ　こ　　あ

遭遇交通事故。

インフルエンザと診断されました。
しんだん

被診斷為流行性感冒。

大病しました。
だいびょう

得了重病。

143

05-07.mp3

● 煩惱／告白 ●

★商量煩惱

—悩みがあるんじゃないですか。	你是不是有什麼煩惱？
—私で良ければ相談にのります。	如果我可以的話，可以找我商量。
お考えを聞かせていただけますか。	把您的想法告訴我可以嗎？

文法 【お（ご）…いただく】為「してもらう」的謙讓語。

悩みを聞いていただけますか。	可以請您聽聽我的煩惱嗎？
私にアドバイスをください。	請給我一點建議。
友だちとけんかをしました。	我跟朋友吵架了。
彼との仲直りの方法がわかりません。	我不知道怎麼做才能和他和好。
彼氏が別の女性と浮気しています。	我的男朋友勾搭上別的女人。
男性に付きまとわれて困っています。	有個男的纏著我，真煩人。
授業を理解できません。	無法理解講課的內容。
人間関係で悩んでいます。	煩惱著人際關係。
仕事で大きな失敗をしました。	工作上有很大的挫敗。
仕事をやめるか迷っています。	猶豫著要不要辭掉工作。
将来が不安です。	對將來感到不安。

生活費に困っています。 せいかつひ こま	我正為了生活費煩惱。
離婚を迫られています。 りこん せま	我正被要求離婚。
子どもがでたらめばかり言います。 こ い	小孩總在胡說八道。

★告白

好きだ！／あなたが好きです！ す す	喜歡！／我喜歡你！
愛しています。 あい	我愛你。
私と付き合ってください。 わたし つ あ	請跟我交往吧。
私と付き合ってもらえませんか。 わたし つ あ	能跟我交往嗎？
結婚を前提に付き合ってください。 けっこん ぜんてい つ あ	請以結婚為前提，跟我交往吧。
あなたと一緒にいられて幸せです。 いっしょ しあわ	能和你在一起就是幸福。
あなたとずっと一緒にいたい。 いっしょ	希望能永遠和你在一起。
私と結婚してください。 わたし けっこん	跟我結婚吧。

05-08.mp3

● 願望／將來的夢想 ●

★願望

關聯單字 P.147

今、何がしたい？	你現在想做什麼？
何か欲しいものがありますか。	有什麼想要的東西嗎？
かっこいいバイクが欲しい。	我想要帥氣的摩托車。
1か月の休暇が欲しい。	我想要一個月的休假。
家でゆっくり休みたい。	我想在家裡好好地休息一下。
彼氏が欲しい。	我想要男朋友。
学生時代の友だちに会いたい。	我想見學生時代的朋友。
アジア旅行に行きたい。	我想去亞洲旅行。
留学しようと思います。	我打算去留學。

★將來的夢想

夢はなんですか。	你的夢想是什麼？
将来、何になりたいですか。	將來想當什麼？
教師になりたいです。	我想當老師。
お金持ちになりたいです。	我想當有錢人。
外科医になるのが夢です。	當外科醫生是我的夢想。
将来は、選手としてオリンピックに出るのが目標です。	我將來的目標是作為選手參加奧運。
努力して弁護士を目指します。	我想以成為律師而努力。

★願望（P.146）

・今、何がしたい？	你現在想做什麼？
［今］	現在
［暇になったら］	有空的話
［退職したら］	退休以後
［日本に帰ったら］	回日本以後
［私の家に来たら］	來我家的話
［出かけるまでの間］	在出門之前
［休暇の間］	在休假期間
・かっこいいバイクが欲しい。	我想要帥氣的摩托車
［かっこいいバイク（1台）］	帥氣的摩托車（一台）
［赤い車］	紅色的車
［オープンカー］	敞篷車
［電動自転車］	電動自行車
［マウンテンバイク］	越野自行車
［スイス製の腕時計］	瑞士（製）的手錶
［革ベルト］	皮帶
［万年筆］	鋼筆

● 願望／將來的夢想

● 回應對方的話時 ●

★稍微接話／追問

そう……。	這樣啊……。
そうですか。	是這樣嗎。
そうだったんですか！？	原來是這樣啊！？
へえー。	嘿……。
ふーん。	是嗎。
うん、それから？	噢，後來呢？
続けてください。	請繼續講下去。
聞いています。	我正在聽。

★好／壞

とてもいいですね。	挺好啊。
とてもいいことですね。	挺好的事啊。
よかったね。	太好了。
とてもいいと思います。	我覺得挺好的。
それは駄目だよ。	那可不行。
悪いことです。	是不好的事。
いけないことだと思います。	我覺得很不應該。

賛成します。 さんせい	我贊成。
反対です。 はんたい	我反對。
あまり気乗りがしません。 き の	我不太感興趣。

★祝福

關聯單字 P.153

おめでとう！	恭喜！
おめでとうございます。	恭喜你。
誕生日おめでとう！ たんじょう び	祝你生日快樂！
結婚おめでとう！ けっこん	恭喜你結婚！
卒業おめでとう！ そつぎょう	恭喜你畢業！
就職おめでとうございます！ しゅうしょく	恭喜你就職！
優勝おめでとうございます！ ゆうしょう	恭喜你獲得優勝！
決勝戦進出おめでとうございます！ けっしょうせんしんしゅつ	恭喜你進入決賽！
このたびは、おめでとうございます。	這次，非常恭喜你。
お幸せに。 しあわ	祝你幸福。
幸せになってね。 しあわ	願你能夠幸福。
どうぞ、お幸せに！ しあわ	願你幸福！
本当によかったね。 ほんとう	真是太好了。
すごくうれしいよ。	我太高興了。
私もうれしいです。 わたし	我也很高興。

心からお祝いします。 こころ　　　いわ	衷心祝福你。
成功を祈ってます。 せいこう　　いの	祝你成功。
うまくいくと信じています。 　　　　　　　　しん	相信你一切都順利。
うまくいくといいね。	願你能夠一切順利。

＊【うまくいく】表「進展順利」的意思。

やった！	太好啦！
やったね！	好棒啊！
よくやったね。	幹得好啊。
やりましたね。	做到了啊。
よく頑張ったね。 　　がん　ば	你做得很好。
念願が叶ったね。 ねんがん　かな	你的心願實現了。
願いが叶いましたね。 ねが　　　かな	你的願望實現了。
想いが届きましたね。 おも　　とど	你的願望成真了。
悲願を達成したね。 ひ がん　たっせい	夙願完成了。

すばらしい！	了不起！
すごい！	真厲害！
それはすごいことだね！	那真是件了不起的事啊！
立派です。 りっ ぱ	很了不起。
大したものです。 たい	真不簡單。

★慰勉的話

お疲れさま。 つか	辛苦了。
お疲れさまでした。 つか	您辛苦了。
大変だね。 たいへん	很麻煩吧、很辛苦吧。
大変だったね。 たいへん	你辛苦了。
大変そうだね。 たいへん	好像很辛苦呢。
お大事に。 だいじ	多保重。
体調に気をつけて。 たいちょう　き	注意身體啊。
慎重にね。 しんちょう	小心點。
くれぐれも注意して。 ちゅうい	好好注意身體。
頑張って！ がんば	加油！
頑張ってください。 がんば	請加油！
困ったときは言ってください。 こま　　　　　　い	有什麼困擾就跟我說。
力になります。 ちから	我會成為你的助力。

★慰勞的話

残念です。 ざんねん	很遺憾。
残念でしたね。 ざんねん	真可惜。
お気の毒に。 き　どく	我同情你。
大変お気の毒です。 たいへん　き　どく	我非常同情你。

気を落とさないでください。	請不要灰心喪氣。
そんなに肩を落とさないでください。	請不要那麼垂頭喪氣。

＊【肩を落とす】表「無力、大失所望」的意思。

元気を出してください。	請打起精神。
あきらめないでください。	請不要放棄。

★沒錯／弄錯了

あなたの言うとおりです。	和你說的一樣。
間違いありません。	沒錯。
違います！	不對！
誤解だ！	你誤解了！
私は知りません。	我不知道。
それはうそです。	那不是真的。
そんな事実はありません。	那不是事實。
あなたは正しいと思います。	我覺得你是對的。
あなたは間違っていると思います。	我覺得你錯了。
私の方が正しいです	我是對的。
彼の気持ちもわかります。	可以理解他的心情。

★装傻

そんなことあったかなあ。	有過那樣的事嗎？
なんのこと？	什麼事？
いつのことですか。	是什麼時候的事？
そんなこともあったね。	還發生過那樣的事啊。
忘れました。 わす	我忘了。

關 聯 單 字

★祝福（P.149）

・誕生日おめでとう！ たんじょう び	祝你生日快樂！
［誕生日］ たんじょう び	生日
［成人］ せいじん	成人
［出産］ しゅっさん	分娩／生孩子
［入学］ にゅうがく	入學
［退院］ たいいん	出院

05-10.mp3

● 道別 ●

★下次的約會

次はいつ会おうか。 つぎ　　　　あ	下次什麼時候見面？
次はいつ会えますか。 つぎ　　　　あ	下次什麼時候能見面？
あした会える？ 　　　あ	明天能見面嗎？
来週の日曜日の都合はどう？ らいしゅう　にちようび　　つごう	下個星期天怎麼樣？
—いいよ。	可以。
—会えるよ。 　あ	可以見面。
—ごめん、会う時間がない。 　　　　　あ　じかん	對不起，沒時間見面。
—時間があるかまだわからないよ。 　じかん	我還不知道有沒有時間。
週末は空いてますか。 しゅうまつ　あ	週末有空嗎？
—空いてます。 　あ	有空。
—仕事です。 　しごと	有工作。
—ほかの予定があります。 　　　　よてい	有別的安排。
—予定を確認しておきます。 　よてい　かくにん	我看看有沒有預定的安排。
近いうちにドライブに行こうね。 ちか　　　　　　　　　い	近期去開車兜風吧。

＊【近いうちに】表「近期之內」的意思。

かならず連絡をくださいね。 　　　れんらく	一定要跟我聯絡啊。

★和朋友道別

また来ます。 <small>き</small>	我會再來的。
今度電話するよ。 <small>こんど でんわ</small>	下次我會打電話給你的。
機会があれば、またいつか会いましょう。 <small>き かい あ</small>	有機會的話，下次再見面。
皆さんによろしく伝えてください。 <small>みな つた</small>	請幫我向大家問好。
またね。	再會。
元気でね。 <small>げん き</small>	保重。
元気でね。（身体に気をつけてね） <small>げん き からだ き</small>	保重（注意身體健康）。
元気でね。（身体を大事にしてね） <small>げん き からだ だいじ</small>	保重（要保重身體啊）。

Memo

6.

生活的會話

06-01.mp3

● 日常生活中 ●

★起床／就寢

あしたは早く起きます。	明天我要早起。
あしたは休みです。	明天我休息。
6時に起きよう。	六點起床吧。
私は6時に起きます。	我六點起床。
あしたは6時半に起きましょう。	明天六點半起床吧。
あしたは6時まで寝ます。	明天睡到六點。
5時に早起きします。	五點就早起。
目覚まし時計を7時にセットしておきます。	把鬧鐘設在七點。
6時に起こして。	六點叫醒我。
6時まで起こさないで。	六點之前不要叫醒我。
7時にはもう起きています。	七點時已經起床了。
普段は7時半に起きます。	平時七點半起床。
休みの日は10時くらいまで寝ています。	在休假日我睡到十點左右。
きのうは11時半に寝ました。	昨天是十一點半睡的。
起きてください。	起床啦。

さあ、起きて！ 　　　　快起床！

起きる時間よ。 　　　　該起床了！

もう朝です。 　　　　已經早上了。

遅刻するよ！ 　　　　你會遲到的！

―7時に起きます。 　　　　我七點起床。

―もう少し寝かせてください。 　　　　再讓我睡一下。

もう寝ます。 　　　　我要睡了。

11時に寝ます。 　　　　我十一點睡覺。

門限は夜の11時です。 　　　　門禁是晚上十一點。

毎日12時まで起きています。 　　　　每天到十二點前還醒著。

12時には寝るようにしています。 　　　　努力在十二點睡。

寝るときは2時くらいになっています。 　　　　睡的時候已經是半夜兩點左右了。

なかなか寝つけないで困っています。 　　　　總是睡不著，真困擾。

ベットに入るとすぐ眠ってしまいます。 　　　　一上床就睡著了。

12時になったら寝るよ。 　　　　到了十二點就睡。

30分くらいたったら寝るよ。 　　　　過三十分鐘左右就睡。

1時までは寝ません。 　　　　一點之前不睡。

1時くらいまでは寝られません。 　　　　不到一點左右睡不著、不到一點左右不能睡。

１０時には寝たいと思っているけど……。 じゅう じ　ね　　おも	雖然我想十點睡……。
１０時までに寝られるといいけど……。 じゅう じ　　ね	要是能在十點之前睡覺就好了……。

★用餐／入浴

食事を作ります。 しょく じ　つく	我去煮飯。
食事を作るのを手伝います。 しょく じ　つく　　　て づた	我幫忙你煮飯。
食事を作るのを手伝って。 しょく じ　つく　　　て づた	請幫忙我煮飯。
朝食の用意ができました。 ちょうしょく　よう い	已經準備好早餐了。
帰って夕食を食べます。 かえ　　ゆうしょく　た	我回來吃晚餐。
１２時になったら食事にしましょう。 じゅうに じ　　　　　　しょく じ	到了十二點就吃飯吧。
７時半くらいに食事にしましょう。 しち じ はん　　　しょく じ	七點半左右吃飯吧。
早く食事にしましょう。 はや　しょく じ	快點吃飯吧。
先にシャワーを浴びます。 さき　　　　　　あ	我先去淋浴一下。
先にシャワーを浴びていいよ。 さき　　　　　　あ	可以先淋浴喔。
これからお風呂に入ります。 ふ ろ	我現在要去泡澡。

★休息

關聯單字 P.161

クラシック音楽を聴きます。 おんがく　き	聽古典音樂。

長編小説を読みます。
ちょうへんしょうせつ　　よ

閲讀長篇小說。

テレビを観ます。
　　　　　　み

看電視。

テレビゲームをします。

玩電視遊戲。

子どもと遊びます。（あやす）
こ　　　　　あそ

和小孩玩（哄小孩）。

＊【あやす】表「討好小孩子、哄小孩」的意思。

家でごろごろします。
いえ

在家裡無所事事。

みんなでゆっくり話をしましょう。
　　　　　　　　　はなし

大家慢慢聊吧。

急用ができたので休日がつぶれまし
きゅうよう　　　　　　きゅうじつ
た。

因為有急事，假日無法休息
了。

關 聯 單 字

★休息（P.160）

・クラシック音楽を聴きます。
　　　　　　おんがく　き

聽古典音樂。

［クラシック音楽］
　　　　　　おんがく

古典音樂

［ジャズ］

爵士樂

［ポップス］

流行音樂

［ロック］

搖滾樂

［○○（歌手名）の歌］
　　　か しゅめい　　うた

○○（歌手名）的歌

・長編小説を読みます
　ちょうへんしょうせつ　　よ
閱讀長篇小說

[長編小説]
　ちょうへんしょうせつ
長篇小說

[推理小説]
　すいり しょうせつ
偵探小說

[短編小説]
　たんぺんしょうせつ
短篇小說

[〇〇（作家）の小説]
　　　さっか　　　　しょうせつ
〇〇（作家名）的小說

[漫画]
　まんが
漫畫

[雑誌]
　ざっし
雜誌

[車雑誌]
　くるまざっし
汽車雜誌

[旅雑誌]
　たびざっし
旅遊雜誌

[ファッション誌]
　　　　　　　し
時裝雜誌

・テレビを観ます。
　　　　　み
看電視

[テレビ]
電視

[ドラマ]
連續劇

[音楽番組]
　おんがくばんぐみ
音樂節目

[トークショー]
脫口秀

[ニュース番組]
　　　　　ばんぐみ
新聞節目

[スポーツ中継]
　　　　　ちゅうけい
體育比賽實況轉播

● 外出 ●

★外出時

出かけます。 で	我出去一下。
遊びに行きます。 あそ　い	我出去玩。
午後、病院に行きます。 ごご　びょういん　い	下午去醫院。
犬と一緒に散歩に行きます。 いぬ　いっしょ　さんぽ　い	帶狗去散步。
今日は早く帰ります。 きょう　はや　かえ	今天我早點回去。
しばらく帰りが遅くなります。 かえ　おそ	最近回家會晚一些。
―今夜は早く帰ってきてください。 こんや　はや　かえ	請你今天晚上早點回家。

★鎖門／防盜

カギをかけましたか。	鎖好了嗎？
戸締まりをきちんとしてください。 と　じ	請你把門鎖好。
カギがかかっていません。	沒上鎖。
窓が開きっぱなしでした。 まど　あ	窗戶一直開著呢。

文法【っぱなし】為（動詞連用形＋っぱなし）表「動作一直持續、置之不理」的意思。

カギをかけ忘れました。 わす	我忘記上鎖了。
カギをなくしました。	我把鑰匙弄丟了。
カギを車内に閉じ込めました。 しゃない　と　こ	我把鑰匙鎖在車裡了。

★散歩

散歩に行ってきます。	我去散步。
散歩に行きましょう！	去散步吧！
散歩にいきませんか。	要不要散步？
その辺りをぶらぶらしましょう。	在這附近閒晃吧。
少し体を動かさない？	稍微讓身體活動一下如何？
寒くなったね。	變冷了啊。
暑くなったね。	變熱了啊。
今日は暖かいね。	今天很暖和啊。
めっきり涼しくなりました。	明顯地涼起來了。

＊【めっきり】表「明顯改變」的意思。

夜はかなり寒いね。	夜裡相當冷啊。
吐き出した息が白いよ。	呼出的氣都是白色的。
紅葉の季節です。	是紅葉的季節。
もうすぐ雪が降るよ。	不久就會下雪的。
あ、犬だ。	啊，是狗。
あそこに猫がいます。	那邊有隻貓。
子どもが遊んでいます。	小孩在玩。
田中さん、こんにちは！	田中先生，你好！
この辺りも変わったね。	這附近也變了啊。
すっかり様変わりました。	全變了樣。

この町は昔から全然変わりません。	這個城鎮和以前一樣都沒變。
吉田さんの住む町はずっと変わりませんか。	吉田先生住的城鎮一直沒有變化嗎？
子どもが増えました。	小孩變多了。
お年寄りが増えました。	老年人變多了。
若い人が減りました。	年輕人變少了。
アパートが増えました。	公寓變多了。
あれ、クリーニング店がここになかったっけ？	咦，這裡原來沒有洗衣店嗎？
ここにコンビニなんかあった？	這裡原來有便利商店嗎？
いつスーパーマーケットができたんだろう？	什麼時候蓋了超市？
いつの間になくなったんだろう？	什麼時候不在了？
何か建つようですね。	好像要建什麼的樣子啊。
何ができるんだろう？	能建什麼呢？
ファーストフード店かな？	可能是速食店吧？
祭りをやっています！	正在舉行祭典呢！
花見をやっています。	正在賞花呢。
花火をしています。	正在放煙火呢。
わいわいやってるね。	氣氛很熱鬧啊。
楽しそうだね。	好像很有趣啊。

外出

私たちも見に行こうか。	我們也去看看吧。
あ、危ない！	啊，危險！
気をつけて、自転車が来たよ！	小心，自行車來了！
突然車が角を曲がってきた！	突然汽車轉彎過來了！
工事中だ。	施工中。
ここは通れません。	這裡不能通過。
暗くなってきたね。	天黑了啊。
寒くなってきたね。	變冷了啊。
すっかり夜も更けましたね。	已經是深夜了。
疲れたね。	累了啊。
たくさん歩いたね。	走了好多路啊。
おなかがすいたね。	肚子餓了吧。
そろそろ食事の時間かな？	快到吃飯的時間了吧？
もう帰ろうか。	該回去了吧？
早く帰りましょう。	早點回去吧。

● 去理髮店、美容院 ●

★預約

予約が必要ですか。	需要預約嗎？
カットの予約をしたいのですが。	我想預約剪髮。
パーマの予約をお願いします。	我要預約燙髮。

★進到店裡

髪を切りに来ました。	我來剪髮。
どれくらい待ちますか。	需要等多久？
待ちます。	我等吧。
また来ます。	我會再來的。
帰ります。	我回去了。

★消費

カットしてください。	請幫我剪髮。
パーマをかけたいのですが。	我想要燙髮。
短くしてください。	剪短一點。
あまり短くしないでください。	不要剪得太短了。
髪を適当に切りそろえてください。	把頭髮適當的剪一剪，弄整齊。

前髪は切りません。 まえがみ　き	瀏海不要剪。
このような髪型にしてください。 かみがた	請做這樣的髮型。
ヘアカラーをします。	我要染髮。
明るい色がいいです。 あか　いろ	亮麗的顏色比較好。
黒い色に戻してください。 くろ　いろ　もど	染回黑色吧。
洗髪してください。 せんぱつ	請幫我洗髮。
髭そりをしてください。 ひげ	請幫我刮鬍子。
メイクをしてほしいのですが。	我想請你幫我化妝。
ヘアセットもしてもらえますか。	能幫我的頭髮做造型嗎？

★理髪時

痛いです。 いた	很痛。
お湯が熱いです。 ゆ　あつ	熱水很燙。
シャンプーが目に入りました。 め　はい	洗髮精進眼睛裡了。

● 來客 ●

★應對

どなたですか。	哪位？
どのようなご用件ですか。	有什麼事嗎？
お引き取りください。	請回去吧。
今、ドアを開けます。	現在就來開門。
ご苦労さまです。	你辛苦了。
ようこそいらっしゃいました。	歡迎你來。
どうぞ家に上がってください。	請到屋裡坐坐。
ゆっくりしていってください。	請當自己家。

★招待

關聯單字 P.170

どうぞ座ってください。	請坐。
お茶を召し上がってください。	請喝茶。
楽にしてください。	請放輕鬆。
昼食を食べていってください。	請吃午餐後再走吧。
—ありがとうございます。	謝謝。
—それではお言葉に甘えます。	那我就恭敬不如從命了。
—次回、そうさせてください。	下次請讓我那麼做。

—トイレを貸してください。	請借一下洗手間。
どうぞ。	請吧。
どうぞ使ってください。	請使用吧。
—そろそろ失礼します。	我該走了。
もっとゆっくりしていってください。	請再多待一會兒吧。
また来てください。	請再來玩。
—失礼します。	告辭了。
—さようなら。	再見。

關 聯 單 字

★招待（P.169）

・昼食を食べていってください。	請吃午餐後再走吧。
［昼食］	午餐
［夕食］	晚餐
［私の手料理］	我做的料理
［自慢の料理］	我的拿手菜

● 電話的應對 ●

★接電話

もしもし。	喂。
もしもし、大明です。	喂，我是大明。
どちら様でしょうか。	您是哪位？
どなたにおかけですか。	您要打給誰？
もう一度お名前を言ってください。	請再說一遍您的名字。
番号が違います。	電話號碼錯了。
おかけになっている先が違います。	我們這裡不是您要打的地方。

★對話

大明は私です。	我就是大明。
どのようなご用件ですか。	有什麼事嗎？
今、手が離せません。	現在我沒空。
十分後にかけなおしてください。	請十分鐘之後再回撥給我吧。
こちらからかけなおします。	由我打過去。
母ですね？少々お待ちください。	找我母親嗎？請等一下。
母は留守です。	我母親不在家。

母はいません。 はは	我母親不在。
今、母はいません。 いま　はは	我母親現在不在。
兄はここに住んでいません。 あに　　　　　す	我哥哥不住在這裡。
兄は外出しています。 あに　がいしゅつ	我哥哥出去了。
兄はまだ仕事から帰っていません。 あに　　　しごと　　かえ	我哥哥還沒下班回家呢。
今、父は入浴中です。 いま　ちち　にゅうよくちゅう	我父親現在正在洗澡。
今、妹は電話に出られません。 いま　いもうと　でんわ　で	我妹妹現在不能接電話。
今、弟は手が離せません。 いま　おとうと　て　はな	我弟弟現在沒空。
あとでかけさせます。	稍後讓他（她）回你電話。
あとでかけなおしましょうか。	我稍後再打電話給你好嗎？
彼（彼女）に伝えます。 かれ　かのじょ　　つた	我一定轉告給他（她）。
改めてかけなおしてもらえますか。 あらた	你能再打電話來嗎？
―何時くらいにかけなおしたらいい 　いっ ですか。	什麼時候方便再打電話給你？
―いつなら家にいますか。 　　　　いえ	你什麼時候在家？
７時くらいにかけなおしてくださ しちじ い。	七點再打電話來吧。
１時間後にかけなおしてください。 いちじかんご	一個小時後再打電話來吧。
妹は８時過ぎなら家にいます。 いもうと　はちじ　す　　いえ	我妹妹八點以後在家。
妹は８時以降なら手が空きます。 いもうと　はちじ　いこう　　て　あ	我妹妹八點以後有空。
宜しくお願いします。 よろ　　　ねが	請多指教。

★打電話

もしもし。	喂。
朝早くに申し訳ありません。 あさはや　　　もう　わけ	請原諒我這麼早打電話給你。
夜分遅くに申し訳ありません。 や　ぶんおそ　　　もう　わけ	請原諒我這麼晚打電話給你。
鈴木さんのお宅ですか。 すず　き　　　　たく	是鈴木先生的家嗎？
鈴木さんの携帯電話でしょうか。 すず　き　　　けいたいでん わ	是鈴木先生的手機嗎？
―いいえ、違います。 　　　　　ちが	不是。
すみません、かけ間違いです。 　　　　　　　　ま ちが	對不起，你打錯了。
―はい、そうです。	是的。
大明と申します。 だいめい　もう	我是大明。
王大明と申します。 おうだいめい　もう	我叫王大明。
鈴木さんの友だちです。 すず き　　　とも	我是鈴木先生的朋友。
鈴木太郎さんはいらっしゃいますか。 すず き た ろう	鈴木太郎先生在嗎？
鈴木太郎さん、ご本人でしょうか。 すず き た ろう　　　　ほんにん	鈴木太郎先生是您本人嗎？
島田明子さんをお願いします。 しま だ あき こ　　　　ねが	請讓島田明子小姐接電話。
島田明雄さんをお願いします。 しま だ あき お　　　　ねが	請讓島田明雄先生接電話。
―少々お待ちください。 　しょうしょう　ま	請稍候。
―今、おりません。 　いま	他現在不在。
―外出しています。 　がいしゅつ	他出去了。

●電話的應對

かけなおします。	我重打一次。
後でかけなおします。	稍後我再打電話過來。
あしたまたかけなおします。	明天我再打電話過來。
あしたの午前中なら、いらっしゃいますか。	明天上午的話他在嗎？
何時にお戻りになりますか。	他什麼時候回來？

文法（お/ご＋「動詞ます形」去掉「ます」＋になる）表示尊敬。

電話があったことを伝えてください。	請告訴他我有打電話來。
電話をするように伝えてください。	請他回電話給我。
一電話番号をおしえてください。	請告訴我他的電話號碼。
私の電話番号はご存知のはずです。	他應該知道我的電話號碼。
私の電話番号は１２３４－５６７８です。	我的電話是一二三四－五六七八。

なんと言ったのですか。	你說什麼？
もう一度言ってください。	請再說一遍。
もう少し大きな声で話してください。	請再大聲一點。
ゆっくり話してください。	請說慢一點。
電波が届きにくいようですが……。	收訊好像不太好……。
お声が聞き取りにくいのですが……。	聽不清楚您的聲音……。
一度かけなおした方がいいですか。	要不要再重打一次？

● 生活中的麻煩 ●

★故障／破損

關聯單字 P.177

冷蔵庫が壊れました。 れいぞうこ　こわ	冰箱壞了。
洗濯機が動きません。 せんたっき　うご	洗衣機不會動（壞了）。
水漏れです。 みずも	漏水了。
浸水しています。 しんすい	浸水了。
窓ガラスが割れました。 まど　　　　わ	窗戶破了。
電話で故障の原因を尋ねましょう。 でんわ　こしょう　げんいん　たず	用電話問問故障的原因吧。
修理屋を呼んでください。 しゅうりや　よ	請叫維修的工匠來。

★遭竊／可疑人物

關聯單字 P.177

自転車を盗まれました。 じてんしゃ　ぬす	自行車被偷了。
泥棒に入られました！ どろぼう　はい	小偷進來了。
部屋を荒らされています！ へや　あ	屋子被翻得很亂。
家の前に不審者がいます！ いえ　まえ　ふしんしゃ	我家前面有形跡可疑的人。
家の中に誰かいます！ いえ　なか　だれ	家裡好像有什麼人！

★緊急事態

子どもが帰ってきません！ こ　　　　かえ	小孩還沒回家！

父が倒れました！
<ruby>父<rt>ちち</rt></ruby>が<ruby>倒<rt>たお</rt></ruby>れました！

我父親昏倒了！

隣人を呼んできてください！
<ruby>隣人<rt>りんじん</rt></ruby>を<ruby>呼<rt>よ</rt></ruby>んできてください！

請叫鄰居來！

★通報

救急車を呼んでください！
<ruby>救急車<rt>きゅうきゅうしゃ</rt></ruby>を<ruby>呼<rt>よ</rt></ruby>んでください！

請叫救護車！

すぐに警察に通報してください！
すぐに<ruby>警察<rt>けいさつ</rt></ruby>に<ruby>通報<rt>つうほう</rt></ruby>してください！

請立刻通知警察！

關 聯 單 字

★故障／破損 (P.175)

・冷蔵庫が壊れました。 れいぞうこ こわ	冰箱壞了。
・洗濯機が動きません。 せんたくき うご	洗衣機不會動（壞了）。
[冷蔵庫] れいぞうこ	冰箱
[洗濯機] せんたくき	洗衣機
[テレビ]	電視機
[ＣＤプレーヤー]	CD 播放器
[ＤＶＤプレーヤー]	DVD 播放機
[エアコン]	空調
[電話] でんわ	電話

★遭竊／可疑人物 (P.175)

・自転車を盗まれました。 じてんしゃ ぬす	自行車被偷了。
[自転車] じてんしゃ	自行車
[預金通帳] よきんつうちょう	銀行存摺
[カギ]	鑰匙
[お金] かね	現金

Memo

7.

天氣話題

07-01.mp3

● 好天氣 ●

★好天氣時

關聯單字 P.182

いい天気だね。	天氣真好啊。
今日はいい天気だね。	今天天氣真好啊。
すごくいい天気だね。	真是非常好的天氣。
天気がいいですね。	天氣真是好啊。
最近、天気がいいね。	最近天氣真好。
近ごろは天気がいいですね。	近來天氣真好啊。
天気のいい日が続いてるね。	一直是好天氣啊。
からりと晴れ渡ってるね。	天氣很晴朗啊。
ぽかぽかしてるね。	天氣很暖和啊。
湿気がなくてさわやかですね。	濕度小，很清爽啊。
風が涼しくて気持ちがいいね。	吹著涼風，很舒服啊。
気持ちのいい風が吹いています。	吹著令人舒服的風。
行楽日和だね。	這是出遊的好日子啊。
海水浴日和だね。	這是去海邊遊玩的好日子啊。
気持ちのいい陽気です。	令人感到舒服的好天氣。

＊【陽気】表「季節、氣候」的意思。

★晴天

晴天です。 <small>せいてん</small>	晴天。
快晴だね！ <small>かいせい</small>	是個大晴天啊。
晴れてきたね。 <small>は</small>	放晴了。
晴れてきてよかったね。 <small>は</small>	放晴了，太好啦。
晴れてきて、本当によかった！ <small>は　　　　　ほんとう</small>	放晴了，真是太好啦！
ようやく晴れてきたね。 <small>は</small>	終於放晴了。
すっきりと晴れたね！ <small>は</small>	完全放晴了。
今日はきれいに晴れましたね。 <small>きょう</small>	今天十分晴朗啊！
ずっと晴天が続いていますね。 <small>せいてん　　つづ</small>	一直是晴天啊！
ずっと雨が降らないですね。 <small>あめ　ふ</small>	一直沒下雨啊。
太陽が出てきたよ。 <small>たいよう　で</small>	太陽出來了。
雲間から光が差してきたね。 <small>くもま　　ひかり　さ</small>	從雲縫中透出陽光了。
晴れ間が見えてきました。 <small>は　ま　み</small>	雲層裂出縫隙了。

＊【晴れ間】表「雲層縫隙中窺見到的天空」的意思。

明るくなってきました。 <small>あか</small>	明亮起來了。
空が真っ青です。 <small>そら　ま　さお</small>	天空非常藍。
雲1つない青空だよ！ <small>くもひと　　　あおぞら</small>	一點雲朵也沒有的晴空啊！
ぬけるような青い空です。 <small>あお　そら</small>	萬里無雲的晴空。
空が高く感じます。 <small>そら　たか　かん</small>	感覺天空變高了。

●好天氣

太陽がまぶしい！ 陽光刺眼！
たいよう

まぶしいくらいの日差しです。 令人感到刺眼的陽光。
ひ ざ

關 聯 單 字

★好天氣時 （P.180）

・すごくいい天気だね。　真是非常好的天氣。
てん き

［すごく］　非常

［まあまあ］　普通

・湿気がなくてさわやかですね。　濕度小，很清爽啊。
しっ け

［さわやか］　清爽

［涼しい］　涼快
すず

［暖かい］　暖和
あたた

・海水浴日和だね。　這是去海邊遊玩的好日
かいすいよく び より　子啊。

［海水浴］　海邊遊玩
かいすいよく

［花見］　賞花
はな み

［散歩］　散步
さん ぽ

● 壞天氣 ●

★壞天氣時

天気が悪いね。	天氣不好。
この前の日曜日も天気が悪かったね。	上個星期天天氣也不好。
嫌な天気だなあ。	令人討厭的天氣。
どんよりとした天気ですね。	陰沉沉的天氣。
じめじめしていて嫌ですね。	溼答答的，很討厭。
はっきりしない天気ですね。	陰晴不定的天氣。
すっきりと晴れた日がずっとないね。	天氣一直都不晴朗。
しばらく太陽を拝んでないなあ。	一段陣子沒看到太陽了。

文法 【拝む】為「見る」的謙讓語。

水曜日くらいから、天気があまりよくないね。	差不多從星期三起天氣就不太好。
曇ってるね。	是陰天啊。
雲が多いですね。	是個多雲的天氣啊。
今日は雲が多いね。	今天是個多雲的天氣啊。
空に厚い雲がかかっています。	天上的雲很厚。
曇ってて暗いです。	陰陰的天色很暗。

壞天氣

183

太陽が出てないから暗いね。
たいよう　で　　　　　　くら

太陽不出來顯得很暗。

雨が降りそうな天気だね。
あめ　ふ　　　　　てん き

好像要下雨的天氣。

雨が降りそうで降りません。
あめ　ふ　　　　　ふ

好像要下雨可是沒有下。

★風很大的時候

風がすごい！
かぜ

風很強！

強風だ！
きょうふう

颳強風呢！

外は暴風だよ！
そと　ぼうふう

外面颳著狂風呢！

湿っぽい風が吹いてきました。
しめ　　　　かぜ　ふ

帶著濕氣的風吹來了。

風がびゅーびゅー吹いてるよ。
かぜ　　　　　　　　ふ

大風颼颼地吹著。

傘が吹き飛ばされるよ！
かさ　ふ　と

傘會被吹飛的。

● 下雨、下雪 ●

★下雨、下雪時

雨音がします。 あまおと	聽見下雨的聲音了。
雨音がしませんか。 あまおと	聽見下雨的聲音了嗎？
雨音がしているような……。 あまおと	好像有下雨的聲音。
雨音がすごいよ。 あまおと	雨聲好大啊。
雨かな？ あめ	下雨了？
雪だ！ ゆき	下雪了！
あっ、初雪だ！ はつゆき	啊，第一場雪！
雨が降ってる？ あめ ふ	下雨了嗎？
降ってきた？ ふ	下起來了嗎？
雪が降ってきた？ ゆき ふ	雪下起來了嗎？
降ってきたかな？ ふ	是不是下起來了？
雨が降っています。 あめ ふ	下雨了。
雨が降ってきました。 あめ ふ	下起雨來了。
降ってきたんだ……。 ふ	下起來了……。
雨が意外と降っています。 あめ いがい ふ	出乎意料地在下雨。
雪が本格的に降ってきました。 ゆき ほんかくてき ふ	雪下的很大了。
とうとう降ってきた！ ふ	終於下起來了！

降り始めたね。 ふ はじ	開始下起來了啊。
突然、降り出したね。 とつぜん ふ だ	突然下起來了。
降りそうだと思ってたら、やっぱり ふ おも 降ってきた！ ふ	我就覺得快下雨，果然下起來了！
さっきから雨が降りだしたね。 あめ ふ	不久前開始下雨了。
いつの間にか、ちらちらと雪が降ってるね。 ま ゆき ふ	不知不覺中雪花紛飛了。
いつの間にかぽつぽつと雨が降ってきてるね。 ま あめ ふ	不知不覺中雨就滴滴答答地下起來了。
やっぱり雨が降ってきた！ あめ ふ	果然下起雨來了！
雨が降ってると思いました。 あめ ふ おも	我就覺得可能在下雨。
朝は晴れてたのに！ あさ は	早上還是晴天呢！
さっきまで天気がよかったのに！ てんき	直到剛才天氣都還不錯呢！
さっきまで雨は降ってなかったのに！ あめ ふ	直到剛才都還沒下雨呢！
まだ雨は降ってるかな？ あめ ふ	雨是不是還在下？

★下雨、下雪的頻率

また雨だ。 あめ	又下雨了。
雨の日が多すぎる！ あめ ひ おお	下雨的日子太多了！
雨にはうんざりだ！ あめ	已經受夠下雨了！
雨ばかりです。 あめ	老是下雨。

きのうも雨が降ったよ。 昨天也下雨了啊。

今週はずっと雨ですね。 這週一直在下雨啊。

雪が降るのは珍しいよね。 很難得會下雪。

雪はめったに降らないです。 很少下雪。

＊【めったにない】表「罕見、稀少」的意思。

こんなに雨が降ることもあまりなか 很少下這麼久的雨。
ったなあ。

こんなに雪が降ったのは何年ぶりで 幾年沒下這樣的雪了。
しょう。

●下雨、下雪

07-04.mp3

● 雨、雪的下法 ●

★雨的下法

小雨ですね。 こさめ	是小雨。
小降りです。 こふ	下得少少的。
雨がぽつぽつ降っています。 あめ　ふ	雨滴滴答答地下著。
雨がぱらぱら降っています。 あめ　ふ	雨稀哩嘩啦地下著。
申し訳程度の雨しか降っていません。 もう　わけていど　あめ　ふ	雨下得非常小。
たいして降ってないよ。 ふ	下得不大。
雨はそんなに降ってないよ。 あめ　ふ	雨下得不太大啊。
雨はそんなにひどくないよ。 あめ	雨下得不那麼大。
雨の音がほとんどしません。 あめ　おと	幾乎聽不到雨聲。
すぐにやみそうな雨だよ。 あめ	這場雨好像很快就會停。
すぐにやむ程度のとおり雨でしょう。 ていど　あめ	應該是一場很快就會停的驟雨。
霧雨のようです。 きりさめ	好像是一場毛毛雨。
雨がざあざあ降っています。 あめ　ふ	雨嘩啦嘩啦地下著。
大粒の雨だね。 おおつぶ　あめ	雨滴很大。
すごい降り方だよ。 ふかた	雨下得很大。
すごい大雨だね。 おおあめ	真是一場大雨啊。

本降りだね。	下大雨了。
今日は大降りだね。	今天是大豪雨。
雨がすごいよ。	雨很大啊。
かなり雨がひどいよ。	雨勢很猛烈啊。
外はすごい雨だよ。	外面的雨下得很大啊。
今、外はどしゃ降りだよ。	外面現在下傾盆大雨了。
結構強い雨が降ってるね。	雨下得相當大啊。
朝から嵐のような雨です。	這場雨從早上開始就像暴風雨一樣。
夜まで降り続きそうです。	看來會一直下到晚上。
バケツを引っ繰り返したような雨です。	簡直就是傾盆大雨。
さっきまで外はどしゃ降りの雨でした。	直到剛才外面都在下傾盆大雨。
さっきよりも雨が激しくなってるよ。	雨比剛剛下得更大了。
雨足が強まってきたようです。	雨下得更猛烈了。

＊【雨足】表「雨勢」的意思。

| 雨の音がすごいです。 | 雨聲很大。 |

★雪的下法

| 粉雪です。 | 是細雪。 |
| どか雪だ。 | 是暴雪。 |

少し水っぽい雪です。	帶點水的雪。
雪がちらちら降ってるよ。	雪花紛紛飄落啊。
舞っている程度の雪です。	飄著小雪。
積もらないでしょう。	不會積雪吧。
積もるほどの雪にはならないでしょう。	不到會積雪的程度吧。
昨晩、雨から雪に変わったようです。	昨天晚上好像從雨變成雪了。

吹雪だ！	暴風雪！
すごい雪だよ！	雪下得很大啊！
前もよく見えないくらい雪が降ってる！	雪下得看不清楚前方的路了！
アラレが降ってるよ！	下霰了！
大きなヒョウが降ってきました！	下大冰雹了。

＊【アラレ】表「直徑 2～5mm 的冰塊」的意思、【ヒョウ】表「直徑 5mm 以上的冰塊」的意思。

今の時期に雪が降らないのは珍しいです。	很少到這時候還不下雪。
こんな大雪に遭うのは生まれて初めてじゃないかなあ。	我長這麼大第一次碰上這麼大的雪。
この辺りでこんなに雪が降ったのは久しぶりです。	這附近很久沒下這麼大的雪了。

この辺りで雪が積もったのは何年か
ぶりです。

這附近好幾年沒像這樣積雪了。

★積雪

雪が積もってる！	積雪了！
雪が積もりましたね。	積雪了啊。
どんどん雪が積もっています。	雪積得越來越厚。
庭にも雪が積もりました。	院子裡也積雪了。
雪が降って辺り一面真っ白です。	下雪後周圍變得一片雪白。
朝起きたら外がすべて真っ白になっていました。	早上起來發現外面全是一片雪白。

★停止

雨がやんだ？	雨停了嗎？
雨がやんだかな？	雨停了吧？
雨はもうやみましたか。	雨已經停了嗎？
雪はやんだよ。	雪停了啊。
雪がやんだようです。	雪好像停了。
もう雨はあがったようです。	雨好像已經停了。
ようやく雨があがりましたね。	雨總算停了啊。
いつの間にか、雨がやんだね。	雨不知不覺地停了。

天気が回復しましたね。

天氣又好起來了。

どうやらやっと天気も回復したみたいです。

看來似乎天氣總算好起來了。

雪はきれいになくなった。

雪都融化了。

あんなに降ったのにもう跡形もないね。

曾經下得那麼大,現在已經無影無蹤了。

積もっていた雪はすっかり溶けてなくなりました。

積雪全都融化了。

● 雷／霧 ●

★雷 關聯單字 P.194

今、光った！ <small>いま　ひか</small>	現在有閃電！
空が光りました。 <small>そら　ひか</small>	天空有閃電。
雷だ！ <small>かみなり</small>	打雷了！
落雷です！ <small>らくらい</small>	雷打下來了！
どこかに落ちた？ <small>お</small>	雷打在哪裡了？
すぐ近くに落ちました！ <small>ちか　お</small>	雷就打在附近了。
近くに雷が落ちたようです。 <small>ちか　かみなり　お</small>	附近好像遭雷擊了。
雷が鳴っています。 <small>かみなり　な</small>	雷在轟隆作響。
雷の音が聞こえます。 <small>かみなり　おと　き</small>	可以聽到打雷的聲音。
雷がすごく近いよ。 <small>かみなり　ちか</small>	雷靠我們很近啊！
雷は遠いみたいですね。 <small>かみなり　とお</small> （雷鳴を聞いて） <small>らいめい　き</small>	雷聲好像在遠處。 （聽到雷聲）

● 雷／霧

★霧 關聯單字 P.194

霧だ。 <small>きり</small>	有霧。
霧が出てきました。 <small>きり　で</small>	起霧了。
霧が濃いです。 <small>きり　こ</small>	霧很濃。
前が見えないくらいの深い霧です。 <small>まえ　み　ふか　きり</small>	霧濃得看不見前方。

關聯單字

★雷（P.193）

・どこかに落ちた？	雷打在哪裡了？
［どこか］	哪裡
［近く］	附近
［あそこ］	那裡
［あの辺り］	那附近
［あの高い木］	那棵高高的樹上

★霧（P.193）

・前が見えないくらいの深い霧です。	霧濃得看不見前方。
［前が見えない］	看不見前方
［前の車が見えない］	看不見前面的車
［周囲が見えない］	看不見周圍

● 氣候 ●

★氣候好

關聯單字 P.197

暖かいですね。 あたた	很暖和啊。
ずいぶん涼しくなったね。 すず	天氣變得很涼快了。
あまり暑くないね。 あつ	不會很熱。
曇っているおかげで暑くないです。 くも あつ	因為陰天所以不熱。
過ごしやすい気候だと思います。 す きこう おも	我想這是很舒適的氣候。
今日は涼しいですね。 きょう すず	今天很涼快啊。
暖かい日が続いてるね。 あたた ひ つづ	天氣一直很暖和。
暖かい日が多くなってきたね。 あたた ひ おお	暖和的日子多起來了。
寒さが落ち着きましたね。 さむ お つ	天氣不那麼冷了。
去年と比べたら今年は暖冬です。 きょねん くら ことし だんとう	和去年比今年是暖冬。
今年の冬は言われているほど寒くないです。 ことし ふゆ い さむ	今年冬天不像傳聞得那麼冷。

★嚴峻氣候

暑い！ あつ	好熱！
寒い！ さむ	好冷！
蒸し暑い！ む あつ	真悶熱！

●氣候

暑すぎる！	太熱了！
いくらなんでも暑すぎる。	不管怎麼說也未免太熱了。
毎日寒い！	每天都很冷。
絶対寒い！	真夠冷的！
寒くてたまらない！	冷得要命！
むしむししています。	又悶又熱。
焼けつくような暑さです。	彷彿要燒傷的熱。
夏らしい暑さだね。	真是符合夏天的熱。
凍えるような寒さです。	好像要把人凍僵的寒冷。
芯から冷えるような寒さです。	冷透心的寒冷。
暑さが厳しいね。	熱的很厲害。
今日は暑いね。	今天很熱啊。
今日は蒸すね。	今天很悶啊。
湿気が多い日だね。	今天濕度很高啊。
最近、寒くなったね。	最近變冷了。
最近、急に寒くなった！	最近突然變冷了。
めっきり寒くなりました。	一下子冷起來了。
厳しい暑さが続いてますね。	一直是炎熱的天氣啊。
暑さが弱まる気配がないね。	炎熱沒有減弱的跡象。
こんなに暑いのも珍しいよ。	這麼熱是很少見的。

こんなに暑い天気も久しぶりです。

好久沒碰到這麼熱的天氣了。

去年はこんなに寒くなかったです。

去年沒這麼冷。

今夏は、ここ数年で１番の暑さです。

今年夏天是幾年來最熱的夏天。

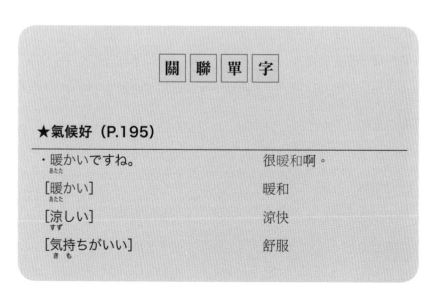

關聯單字

★氣候好（P.195）

・暖かいですね。 很暖和啊。

[暖かい] 暖和

[涼しい] 涼快

[気持ちがいい] 舒服

07-07.mp3

● 詢問天氣 ●

★詢問現在的天氣

天気はどう？ <small>てん き</small>	天氣如何？
天気はどうですか。 <small>てん き</small>	天氣怎麼樣？
晴れてる？ <small>は</small>	是晴天嗎？
―晴れてるよ。 <small>は</small>	是晴天呢。
曇ってる？ <small>くも</small>	是陰天嗎？
―曇ってるよ。 <small>くも</small>	是陰天呢。
雨が降ってる？ <small>あめ ふ</small>	下雨了嗎？
雨が降ってるの？ <small>あめ ふ</small> (信じたくないとき) <small>しん</small>	在下雨嗎？（不想相信時）
まさか雨が降ってるの？ <small>あめ ふ</small>	難道在下雨嗎？
雪が降ってきたの？ <small>ゆき ふ</small>	下雪了？
もしかして雪が降ってきたの？ <small>ゆき ふ</small>	難道下起雪來了嗎？
雪が積もってる？ <small>ゆき つ</small>	有積雪嗎？
やんだ？	停了？
―雨がやんだよ。 <small>あめ</small>	雨停了。
―雨が降ってるよ。 <small>あめ ふ</small>	下著雨呢。
―雨がまだ降っています。 <small>あめ ふ</small>	還下著雨呢。

一さっきから降ってるよ。	剛剛就在下了。
一雪が降ってきました。	開始下雪了。
一雨が降ってないよ。	沒下雨呀。
一まだ降ってないよ。	還沒下呢。
一これから雨が降りそうです。	好像就快下雨了。
一雪が積もってきた。	積起雪了。

★打雷

雷？	打雷了？
今の音は雷じゃない？	剛剛那是打雷的聲音嗎？
今光ったのは雷じゃないですか。	現在看到的閃光不就是打雷嗎？
一雷だね。	是打雷吧。
一雷じゃないと思うよ。	我覺得不是打雷。
一雷とは違うと思います。	我想這不是打雷。

★關於氣候

暑い？	會熱嗎？
寒い？	會冷嗎？
外は暖かいですか。	外面暖和嗎？
今日は涼しいですか。	今天涼快嗎？

ー暑いよ。 很熱呀。

ーすごく暑い！ 非常熱呀！

ー蒸し暑いです。 很悶熱。

ー寒いです。 很冷。

ー暖かいです。 很暖和。

ー涼しいです。 很涼快。

ー歩いていて気持ちいい気候だよ。 這種氣候適合散步。

ー出かけたくありません。 我不想出門。

★詢問接下來的天氣

關聯單字 P.203

今日は晴れるの？ 今天會是晴天嗎？

あしたは晴れですか。 明天會是晴天嗎？

午後から雨ですか。 下午開始下雨嗎？

夜から雪が降るの？ 晚上會下雪嗎？

1週間は天気が悪いの？ 一整個星期天氣都不好嗎？

しばらくは天気がいいの？ 這幾天會是好天氣嗎？

今日の天気を知ってる？ 你知道今天的天氣嗎？

天気予報は何と言っていましたか。 天氣預報是怎麼說的？

ー晴れるよ。 是晴天呀。

ー快晴です。 是晴朗的天氣。

―大雨だそうです。 聽說會下大雨。

―雪が積もるらしいけど……。 好像會積雪……。

―雨は降らないそうです。 聽說不會下雨。

―天気はいいらしいよ。 好像是好天氣呢。

―予報は曇りでした。 預報說陰天。

―今日は晴れのち曇りです。 今天是時晴時陰的天氣。

―1日中、雪が降るそうだよ。 雪可能下一整天呢。

―午前中は雨だって。 聽說上午有雨。

―朝からずっと雨が降るらしいで 從早上開始一直在下雨的樣
す。 子。

―夜遅くから雪が降ると聞いたよ。 聽說夜裡晚點會下雪呢。

―来週からは天気が崩れるそうで 聽說下週天氣會變壞。
す。

―当分、雨の心配はないそうです。 暫時好像還不會下雨。

―天気の悪い日が続くそうです。 聽說天氣會一直不好。

今日は寒いの？ 今天冷嗎？

今日も暑いの？ 今天也很熱嗎？

―寒いって！ 聽說很冷啊！

―寒くなるって！ 聽說要變冷了。

―今年1番の暑さだって！ 聽說這是今年最熱的一天！

―涼しいらしいよ。 好像會很涼快啊。

―少しは涼しくなるそうです。
すこ　　　すず

聽說會稍微涼快一些。

―ちょうどいい陽気です。
ようき

聽說是個好天氣。

―過ごしやすい気候になるそうです。
す　　　　　　　　　き こう

聽說將是令人感到舒適的氣候了。

―きのうよりも冷え込むみたい。
ひ こ

今天好像會比昨天冷。

―あしたは寒さも和らぐそうだよ
さむ　　　やわ

明天，寒冷好像也會緩和一些呢。

―今日は海水浴日和だって！
きょう　　　かいすいよくび より

聽說今天是適合去海邊遊玩的好天氣！

―行楽日和の一日だそうです。
こうらく び より　　いちにち

似乎是出遊的好日子。

★詢問接下來的天氣（P.200）

・快晴です。 かいせい	晴朗的天氣。
[快晴] かいせい	晴朗
[晴れ] は	晴天
[曇り] くも	陰天
[雨] あめ	雨
[小雨] こさめ	小雨
[大雨] おおあめ	大雨
[雪] ゆき	雪
[大雪] おおゆき	大雪
・寒いって！ さむ	聽說很冷啊
[寒い] さむ	冷
[暖かい] あたた	暖和
[涼しい] すず	涼快
[暑い] あつ	熱
[蒸し暑い] む　あつ	悶熱
[冷える] ひ	變冷、冷

07-08.mp3

● 眺望天空的樣子 ●

★好轉的徵兆

天気はよくなりそうだね。 てん き	天氣好像好起來了。
天気はなんとか持ちこたえてくれそ てん き　　　　　　　も うです。	好天氣好像會繼續下去。

＊【持ちこたえる】表「維持、堅持住」的意思

あしたには天気が回復しそうです。 てん き　　かいふく	明天好像就能恢復好天氣 了。
午後から晴れそうだね。 ご ご　　　は	下午天空好像就會放晴。
雨が降ることはなさそうです。 あめ　ふ	好像不會下雨。
雪が積もることはなさそうです。 ゆき　つ	好像不會積雪。
少しの雨だしすぐにやみそうだね。 すこ　　あめ	只下點雨馬上就會停的。
雨も降ったし涼しくなりそうだね。 あめ　ふ　　　すず	下了雨，似乎會涼快一些 了。

★樂觀的預測

晴れるよ！ は	會放晴的！
まもなく晴れるよ。 は	不久就會放晴的。
きっと晴れてくるよ。 は	一定會放晴的。
雲が多いけれど晴れるでしょう。 くも　おお　　　は	雖然雲很多但是會放晴的。
雨は降らないよ！ あめ　ふ	不會下雨的！

雨が降るはずないよ！	怎麼可能會下雨呢！
雨が降ってくることはないよ！	不會有下雨這種事的！
雨が降ってくることはないでしょう。	不會有下雨這種事的吧。
雨の心配はないでしょう。	不用擔心下雨吧。
どうせとおり雨だよ。	只是一場陣雨。
雪にはならないでしょう。	不會變成下雪吧。
もうやむでしょう。	已經要停了吧。
そのうちやむよ。	遲早會停的。

もうすぐ霧も晴れるでしょう。	霧馬上就會散開的。
雷なんかすぐやむよ。	打雷馬上就會停了。
暖かくなってくるよ！	天氣會變暖和的！

★惡化的徵兆

雲行きが怪しいね。	雲的走向很奇怪。
天気が崩れそうですね。	天氣要變不好了。
晴れそうにないなあ。	好像不會放晴。
降りそう……。	好像要下了……。
降りそうだなあ。	好像會下吧。
雨が降りそうな天気だね。	好像要下雨的天氣。
今にも降りだしそうですね。	好像現在就會下起來。

雨が降るかもしれません。	可能會下雨。
雨に降られそうです。	好像要下雨的樣子。
雨がやみそうにないね。	雨不會停的樣子。
雨がなかなかやみそうにないね。	雨一直沒有要停的樣子。
雨がひどくなりそうです。	雨好像下得更厲害了。
雨が弱まる気配がありません。	雨沒有變小的跡象。
雨が全然弱まらないね。	雨完全沒有變小。
雨はどんどん強まるばかりだ。	雨越下越大了。
雪になりそう。	好像要變成下雪了。
吹雪になりそうな天気です。	好像要變成暴風雪了。
雪がすごく降ってるから、積もりそうだなあ。	雪下得很大，好像會積雪。
霧が出そうだなあ。	好像會起霧呢。
雷がどこかに落ちそうだね。	雷好像快要打在某處的樣子。
あしたも寒そうだなあ。	明天好像也會很冷。

★不安的預測

晴れるかな。	會晴天吧。
ずっと曇ったままかな。	會不會一直陰天呢。
まだ降るのかな。	會不會繼續下呢。

このまま降り続けるのかな。 ふ　つづ	會不會一直這樣下下去呢。
雨はやまないのかな。 あめ	雨會不會停呢。
夜にはやむかな。 よる	夜裡會不會停呢。
朝にはやんでるかな。 あさ	早上會不會停呢。
雨はましになるかな。 あめ	雨會不會變小呢。
１日中、雨かな。 いちにちじゅう　あめ	會不會下一整天雨呢。
今日はずっとこんな天気かな。 きょう　　　　　　てんき	今天會不會一直是這樣的天氣呢。
しばらく雨の日が続くのかな。 あめ　ひ　つづ	會不會好一陣子都是雨天呢。
霧が晴れるかな。 きり　は	霧會不會散呢。
あしたも暑いのかな。 あつ	明天會不會也很熱呢。

★期待天氣

關聯單字 P.209

晴れるといいね！ は	放晴該有多好啊！
晴れたらいいなあ。 は	要是放晴就好了。
天気がよくなるといいね。 てんき	天氣變好該有多好啊。
雨は降らなくていいよ！ あめ　ふ	不下雨也很好啊！
雪が積もらないといいなあ。 ゆき　つ	地面不要積雪就好了。
雨が降らないといいけど……。 あめ　ふ	如果不下雨就好了……。
曇ると嫌だなあ。 くも　　いや	我討厭陰天。
晴れてほしい。 は	多希望放晴啊。

眺望天空的樣子

雨がいい加減やんでほしい。 あめ　　　か げん	雨下夠多了也該停了吧。

＊【いい加減】表「適可而止」的意思

雪が積もってほしい。 ゆき　つ	希望地面積很多雪。
雪が降らないかな。 ゆき　ふ	會不會下雪呢。
少なくとも小降りになればなあ。 すく　　　　こ ぶ	至少變成小雨也好啊。
このひどい雨がなんとかならないかな。 あめ	能不能不要下這麼大的雨呢。
曇りのまま持ちこたえてくれないかな。 くも　　　　　も	能不能一直維持陰天就好呢。

降るな！ ふ	別下啦！
どうか降らないで！ ふ	請別再下啦！
雨はもうたくさんだ！ あめ	雨下夠多啦！
たくさん降れー！ ふ	下越多越好！
どんどん積もれー！ つ	雪越積越多吧！

霧が出ないといいけど……。 きり　で	沒有霧就好了……。
雷が早く遠ざかってほしい。 かみなり　はや　とお	希望雷趕快走遠。
暖かくなるといいなあ。 あたた	暖和起來就好了。
早く涼しくなるといいね。 はや　すず	早點涼快起來就好了。
この暑さには耐えられない。 あつ　　　た	這麼熱真是受不了。

★期待天氣（P.207）

・晴れるといいね！ <small>は</small>	放晴該有多好啊！
[晴れる] <small>は</small>	放晴
[雨がやむ] <small>あめ</small>	雨停了
[雪がやむ] <small>ゆき</small>	雪停了
[雪が降る] <small>ゆき　ふ</small>	下雪
[風が出る] <small>かぜ　で</small>	刮風
[風がやむ] <small>かぜ</small>	風停了
[風が弱まる] <small>かぜ　よわ</small>	風小了
[雷がやむ] <small>かみなり</small>	不打雷了
[霧が晴れる] <small>きり　は</small>	霧散了
[暑さが弱まる] <small>あつ　よわ</small>	不那麼熱了
[寒さが弱まる] <small>さむ　よわ</small>	不那麼冷了
・この暑さには耐えられない。 <small>あつ　　　　た</small>	這麼熱真是受不了。
[暑さ] <small>あつ</small>	熱
[寒さ] <small>さむ</small>	冷

●眺望天空的樣子

Memo

8.

工作

08-01.mp3

● 工作中 ●

★上班／下班

よろしくお願いします。 <small>ねが</small>	請多多指教。
失礼します。（入室時） <small>しつれい　　　　　　にゅうしつとき</small>	失禮了。 （進入辦公室、房間時）
失礼します。／失礼しました。 <small>しつれい　　　　　しつれい</small> (退室時) <small>たいしつとき</small>	打擾了。 （退出辦公室、房間時）
お疲れ様でした。 <small>つか　　さま</small>	辛苦啦。
ご苦労さまでした。 <small>くろう</small>	辛苦你了。

＊【お疲れ様】用在「下對上」的時候、而【ご苦労さま】則用在「上對下」的時候，如果對上司說【ご苦労さま】是不禮貌的行為。

お先に失礼します。 <small>さき　　しつれい</small>	我先離開了。

★有事相求

關聯單字 P.215

今、忙しいですか。 <small>いま　いそが</small>	現在很忙嗎？
今、よろしいでしょうか。 <small>いま</small>	現在有時間嗎？
手伝ってもらってもいいですか。 <small>てつだ</small>	能幫我個忙嗎？
―いいですよ。	好啊。
―すみません、忙しいです。 <small>いそが</small>	對不起，我很忙。
―手が離せません。 <small>て　はな</small>	我忙得不可開交。
ファクスを送ってください。 <small>おく</small>	請傳真給我。

コピーを1部とってください。	請複印（影印）一份給我。
スケジュール表を配布してください。	請把日程表（預定計劃表）發下去。
会議の資料を5人分そろえてください。	請準備好五人份的會議資料。
取引先にメールを送ってください。	請傳電子郵件給客戶。

お茶をください。	請給我一杯茶。
コーヒーをください。	請給我一杯咖啡。
伊藤社長にコーヒーを入れてください。	請給伊藤總經理倒杯咖啡。

★答謝

すごく役立ちます。	非常有幫助。
今後の参考になりました。	可以當以後的參考。
光栄です。	很榮幸。
身にあまる光栄です。	無比榮幸。
誇りに思います。	很自豪。

★為失敗道歉

すみませんでした。	對不起了。
申し訳ありません。	非常抱歉。

工作中

誠に申し訳ありません。	實在非常抱歉。
ご迷惑をかけて申し訳ありませんでした。	給你添了麻煩，非常抱歉。
大変失礼をいたしました。	我失禮了非常抱歉。
お手数をおかけしました。	給您添麻煩了。
次からは改善します。	下次一定會改進。
今後気をつけてまいります。	今後一定會注意。
二度とこのようなことがないようにします。	決不再發生第二次這樣的事。
これからはさらに精進してまいります。	今後我一定會再接再厲。

★休息時間

お昼休みは１時間です。	中午休息一個小時。
外出してきます。	我出門一下。
お昼を食べに行きましょう。	一起去吃午餐吧。
一緒にお昼を食べに行きませんか。	想不想一起去吃午餐？

★有事相求（P.212）

・ファクスを送ってください。 おく	請傳真給我。
［ファクス］	傳真
［パソコンメール］	電子郵件
［Ｅメール］	E-mail
［携帯電話メール］ けいたいでん わ	（手機）簡訊
［書類］ しょるい	文件（文書的總稱）
［文書］ ぶんしょ	文件
［データ］	數據
［資料］ し りょう	資料
［コピー］	複印／拷貝

●
工
作
中

08-02.mp3

● 應對 ●

★來客的應對

關聯單字 P.220

いらっしゃいませ。	歡迎光臨。
一王と申します。 <small>おう　もう</small>	我姓王。
一田中部長はいらっしゃいますか。 <small>た なか ぶ ちょう</small>	田中經理在嗎？
王様ですね。 <small>おうさま</small>	您是王先生吧。
お待ちしておりました。 <small>ま</small>	正等著您呢。
ただいま田中部長を呼んでまいります。 <small>た なか ぶ ちょう　よ</small>	現在我就去通知田中經理。
田中部長は会議中です。 <small>た なか ぶ ちょう　かい ぎ ちゅう</small>	田中經理正在開會。
お約束はされていますか。 <small>やくそく</small>	您和他約好了嗎？
一はい、1時にお約束しています。 <small>いち じ　やくそく</small>	是的，約定一點見面。
一いいえ、お約束はしていません。 <small>やくそく</small>	不，我沒和他約時間。
少々お待ちください。 <small>しょうしょう　ま</small>	請稍候一下。
しばらくお待ちください。 <small>ま</small>	請等一下。
ソファにおかけになってお待ちください。 <small>ま</small>	請坐在沙發上等吧。

★電話的應對①

關聯單字 P.221

株式会社時田でございます。 <small>かぶしきがいしゃとき だ</small>	我這裡是時田公司。

―こんにちは。 你好。

―はじめまして。 初次見面。

―お世話になってます。 一直受您的照顧。

―お世話になっております。 承蒙您照顧。

―お忙しいところすみません。 百忙之中很抱歉。

―王と申します。 我姓王。

―コバヤシ商事の王と申します。 我在小林商事服務，我姓王。

―横山様をお願いします。 我找橫山先生。

―横山様はいらっしゃいますか。 橫山先生在嗎？

―営業部の横山様をお願いします。 我找營業部的橫山先生。

はい、横山です。 喂，我是橫山。

横山は私です。 我就是橫山。

先ほどメールを読みました。 剛才看了您的電子郵件。

先ほどファクスを受け取りました。 剛才收到了傳真。

先ほどお電話をいただいたそうですね。 剛才您好像打過電話。

先ほどお見えになったそうですね。 剛才您好像來過了。

* 【お見え】指「某人到達該處」的敬語形式。

きのうはありがとうございました。 昨天真是謝謝您。

先日は失礼いたしました。 前些日子真是失禮了。

―こちらこそ先ほどはありがとうございました。 | 我才是，剛才謝謝你了。

―ファクスを送信したので、ご確認ください。 | 已經傳真過去，請確認一下。

―メールを送りましたので、ご確認ください。 | 已經傳電子郵件過去，請確認一下。

―あした、お送りした資料が届くと思います。 | 我送去的資料應該明天就能收到。

かしこまりました。 | 知道了、遵命。

早急に確認たします。 | 我會馬上確認的。

＊ 【早急】表「緊急地、火速地」的意思。

★電話的應對②

關聯單字 P.221

少々お待ちください。 | 請稍候。

どのようなご用件でしょうか。 | 您有什麼事嗎？

加藤課長は外出中です。 | 加藤課長出去了。

ただ今席をはずしておりますが、すぐ戻ります。 | 現在他不在位子上，馬上就會回來。

加藤課長は食事に出かけております。 | 加藤課長出去吃飯了。

すぐに戻ると思います。 | 他馬上會回來。

4時に戻る予定です。 | 預計四點回來。

加藤課長は本日お休みです。 かとうかちょう　ほんじつ　やす	加藤課長今天休息。
３０日まで出張しております。 さんじゅうにち　しゅっちょう	他出差到三十號。
外出先から直帰するので戻りません。 がいしゅつさき　ちょっき　もど	他出去辦事，然後直接回家，不回公司了。

＊【直帰】指「從公司出去辦事，辦完事後不用返回公司，而直接回家」的行為。

本日はもう帰りました。 ほんじつ　かえ	他今天已經回去了。
折り返しお電話ください。 お　かえ　でんわ	請回我電話。
改めてお電話ください。 あらた　でんわ	請再打電話過來吧。
電話があったことを伝えます。 でんわ　つた	我會告訴他有人打電話來。
こちらからご連絡させます。 れんらく	我們會跟您聯絡。
こちらからご連絡させましょうか。 れんらく	我們回電話給您吧？
―はい、よろしくお願いします。 ねが	好，麻煩你。
―いえ、結構です。 けっこう	不，不用。
連絡先を教えてください。 れんらくさき　おし	請告訴我聯絡方法。
―私の電話番号は７８９０－１２３４です。 わたし　でんわばんごう	我的電話號碼是七八九〇－一二三四。
―携帯電話にご連絡ください。 けいたいでんわ　れんらく	請打我的手機。
―私の携帯電話番号はご存知のはずです。 わたし　けいたいでんわばんごう　ぞんじ	他應該知道我的手機號碼。
かしこまりました。	明白了、遵命。
承りました。 うけたまわ	知道了、敬悉瞭解。

★電話聯絡的對象不在時

またお電話します。 でんわ	我會再打電話的。
日を改めてお電話します。 ひ　あらた　　　　でんわ	我改日再打電話。
大明から電話があったとお伝えくだ だいめい　　でんわ　　　　　　つた さい。	請告訴他大明打過電話。
伝言は結構です。 でんごん　けっこう	不必轉達什麼。

關 聯 單 字

★來客的應對（P.216）

・田中部長はいらっしゃいますか。 　た なか ぶ ちょう	田中經理在嗎？
［（田中）部長］ 　　た なか　 ぶ ちょう	（田中）經理
［社長］ 　しゃちょう	總經理
［専務］ 　せん む	專務董事
［課長］ 　か ちょう	課長
・田中部長は会議中です。 　た なか ぶ ちょう　かい ぎ ちゅう	田中經理正在開會。
［会議中］ 　かい ぎ ちゅう	正在開會
［電話中］ 　でん わ ちゅう	正在講電話
［来客中］ 　らいきゃくちゅう	正在接待客人
［外出中］ 　がいしゅつちゅう	正外出

★電話的應對① （P.216）

・営業部の横山様をお願いします。 えいぎょう ぶ　よこやまさま　　ねが	我找營業部的橫山先生。
［営業部］ えいぎょう ぶ	營業部（處）
［総務部］ そう む ぶ	總務部（處）
［経理部］ けい り ぶ	財務部（處）

★電話的應對② （P.218）

・携帯電話にご連絡ください。 けいたいでん わ　　　れんらく	請打我的手機。
［（私の）携帯電話］ わたし　　けいたいでん わ	我的手機
［会社の電話］ かいしゃ　でん わ	公司的電話

●
應
對

08-02-1.mp3

 主 要 的 店 名 稱

免税店 めんぜいてん	免税商店
店 みせ	商店
洋服店 ようふくてん	西服店／服飾店
靴屋 くつや	鞋店
カバン屋 や	皮包店
メガネ屋 や	眼鏡店
帽子屋 ぼうしや	帽子店
宝石店 ほうせきてん	珠寶店
ブランド洋品店 ようひんてん	名牌服飾店
食料品店 しょくりょうひんてん	食品店
八百屋 やおや	蔬菜店
果物屋 くだものや	水果店
魚屋 さかなや	鮮魚店
肉屋 にくや	肉店
米屋 こめや	米店
乾物屋 かんぶつや	乾貨店
お菓子屋 かしや	點心店
ケーキ屋 や	蛋糕店
ファーストフード店 てん	速食店
デパート	百貨公司
ショッピング・センター	購物中心

コンビニエンス・ストア	便利商店
家具店 か ぐ てん	家具店
電気用品店 でん き ようひんてん	家電用品店
金物店 かなものてん	五金店
電気店 でん き てん	電器商店
本屋 ほん や	書店
文具店 ぶん ぐ てん	文具店
楽器店 がっ き てん	樂器店
おもちゃ屋 や	玩具店
雑貨屋 ざっ か や	雜貨店
土産屋 みやげ や	當地特產商店
免税店 めんぜいてん	免稅（商）店
ペットショップ	寵物商店
花屋 はな や	花店
薬屋 くすり や	藥店
露店 ろ てん	攤販

●
應
對

Memo

9.

購物

09-01.mp3

● 外出購物 ●

★準備外出

關聯單字 P.230

買い物に出かけます。 か もの で	我去買東西。
買い物に出かけましょう。 か もの で	我們去買東西吧。
１人で買い物に行ってきます。 ひとり か もの い	我一個人去買東西。
免税店に行きましょう。 めんぜいてん い	我們去免稅商店吧。
夕飯の材料を買いに行きましょう。 ゆうはん ざいりょう か い	我們去買做晚飯的材料吧。
春服を見に行きませんか。 はるふく み い	你不去看看春季服裝嗎？
新しくできた店に行ってみません あたら みせ い か。	你不去新開的商店看看嗎？

★目的地

行きたい店があります。 い みせ	有一家商店我想去看看。
好きな洋服店があります。 す ようふくてん	有一家我喜歡去的服飾店。
いつも行っているスーパーマーケッ い トがあります。	有一家我常去的超市。
町をぶらぶらしたいです。 まち	我想去四處逛逛。

＊【ぶらぶら】表「閒晃、散步」的意思。

● 前往店鋪 ●

★不知店家在哪裡時

デパートを探しています。	我在找百貨公司。
ショッピング・センターに行きたいのですが。	我想去購物中心。
食料品店はどこですか。	食品店在哪裡？
どこかにコンビニはありませんか。	哪裡有便利商店？
おもちゃ屋までどう行けばいいですか。	去玩具店怎麼走？
道を教えてください。	可以告訴我怎麼走嗎？
果物屋までの道を教えてください。	去水果店的路怎麼走？
露店まで近いですか。	去攤販近嗎？
露店までまだ遠いですか。	離攤販還很遠嗎？
靴屋はすぐ近くにありますか。	鞋店就在附近嗎？
カバン屋はこの辺りにありますか。	這附近有皮包店嗎？
どれくらいの時間がかかりますか。	需要花多長時間？

★找不到想去的店

ここに宝石店があったはずなんですが。	這裡本來有一家珠寶店呀。

227

この通りに雑貨屋があったはずなんですが。	這條街上本來有一家雜貨店呀。
このフロアに中古屋があったはずなんですが。	這層樓裡本來有一家中古商店呀。
メガネ屋は閉店したんですか。	眼鏡店歇業了嗎？
メガネ屋はなくなったんですか。	眼鏡店沒有了嗎？

★中途順路逛逛

この店に入りたいです。	我想進這家店看看。
入ってもいいですか。	可以進去嗎？
ちょっと立ち寄ってもいいですか。	可以順便去看看嗎？
―いいですよ。	可以啊。
―駄目です。	不可以。
―時間がありません。	沒時間了。
―先を急ぎましょう。	我們快點走吧！

★到達目的的店家

いつも来る店です。	經常來的店。
しばしば来る店です。	時常來的店。

＊【しばしば】表「屢次、多次」的意思。

ときどき買い物に来る洋服店です。	有時來這家服飾店買衣服。

普段はこの肉屋で買い物します。
ふ だん　　　　　にくや　　か　もの

平時在這家肉店買肉。

私の好きな店です。
わたし　す　　みせ

這是我喜歡的商店。

お気に入りの花屋です。
き　い　　　　はなや

這是我喜歡的花店。

入りましょう。
はい

我們進去吧。

今日は休業日のようです。
きょう　きゅうぎょう び

今天好像沒有營業。

．．

この店は安いです。
みせ　やす

這個店的東西很便宜。

この店の魚は新鮮です。
みせ　さかな　しんせん

這個店賣的魚很新鮮。

このブティックは高級品を取り扱っ
こうきゅうひん　と　あつか
ています。

這家服飾店有賣高級品。

＊【ブティック】原為法文的 boutique 表「販賣時裝、小物、裝飾品等的商店」的
意思。

このデパートは輸入品を取りそろえ
ゆ にゅうひん　と
ています。

這家百貨公司的進口商品很
齊全。

この百貨店はなんでも取り扱ってい
ひゃっ か てん　　　　　　　　と　あつか
ます。

這家百貨公司什麼都賣。

この食料品店は遅くまで営業してい
しょくりょうひんてん　おそ　　　えいぎょう
ます。

這家食品店營業到很晚。

この食料品店は早くから営業してい
しょくりょうひんてん　はや　　　えいぎょう
ます。

這家食品店很早開門。

229

關 聯 單 字

★準備外出（P.226）

・夕飯の材料を買いに行きましょ 　ゆうはん　ざいりょう　か　い 　う。	我們去買做晚飯的材料 吧。
[夕飯の材料] 　ゆうはん　ざいりょう	做晚飯的材料
[〇人分の飲み物] 　にんぶん　の　もの	〇人份的飲料
[弁当] 　べんとう	便當
[バースデーケーキ]	生日蛋糕
[パーティー用品] 　　　　　ようひん	宴會用品
[お祝いの花束] 　いわ　　　はなたば	慶祝用花束
[正月飾り] 　しょうがつかざ	新年裝飾
[ペットのえさ]	寵物食品（飼料）
[必要なもの] 　ひつよう	必要的東西
[ストックがないもの]	沒有存貨的東西

09-03.mp3

● 入店 ●

★詢問店家

關聯單字 P.233

開店は何時ですか。 かいてん いつ	幾點開店？
何時まで営業していますか。 いつ えいぎょう	營業到幾點？
営業時間を教えてください。 えいぎょう じ かん おし	請告訴我營業時間。
定休日はありますか。 ていきゅう び	有沒有固定的休息日？
祝祭日は営業していますか。 しゅくさいじつ えいぎょう	節慶假日有營業嗎？
手荷物預かり所はありますか。 て に もつあず しょ	有放隨身行李的地方嗎？
トイレはどこですか。	洗手間（廁所）在哪裡？
ペットは同伴できますか。 どうはん	可以帶寵物嗎？

＊【同伴】表「同行」的意思。

★店頭的會話

―いらっしゃいませ。何かお探しで なに さが すか。	歡迎光臨，您想找什麼嗎？
見ているだけです。 み	我只是看一看。
店内を見せてください。 てんない み	請讓我進店裡看看。
店内を見て回ってもいいですか。 てんない み まわ	請讓我進店裡面四處看看。
これは人気がありますか。 にん き	這個很受歡迎嗎？
このカバンは好評ですか。 こうひょう	這個皮包評價好嗎？

231

―はい、人気がある商品です。	是的，這是很受歡迎（有人氣）的商品。
―これははやっている商品です。	這是很流行的商品。
どんな人に人気がありますか。	在什麼族群當中有人氣？
どこではやっていますか。	在哪裡流行？
―年配の方に人気があります。	在上了年紀的人當中有人氣。
―若い女性にはやっています。	在年輕女性當中很流行。
魅力はなんですか。	它的魅力在於什麼呢？
―色です。	顏色。
―デザインです。	設計。
―使いやすさです。	好用。
―値段です。	價格。
黒と赤では、どちらの色がおすすめですか。	黑色和紅色，你推薦哪個顏色？
―赤をおすすめします。	我推薦紅色。
ほかにおすすめの商品はありますか。	還有其他推薦的商品嗎？
あなたのおすすめはなんですか。	你推薦什麼？
この店のおすすめの商品はなんですか。	這個店的推薦商品是什麼？
これから人気が出そうなジャケットはありますか。	有時尚的夾克嗎？

關 聯 單 字

★詢問店家（P.231）

・トイレはどこですか。	洗手間（廁所）在哪裡？
[トイレ]	洗手間／廁所
[入り口] い ぐち	入口
[出口] で ぐち	出口
[ロッカー]	寄物櫃
[手荷物預かり所] て に もつあず しょ	寄物處
[階段] かいだん	樓梯
[エスカレーター]	電扶梯
[エレベーター]	電梯
[売り場] う ば	販賣處
[レジ]	收銀處
[駐車場] ちゅうしゃじょう	停車場

09-03-1.mp3

服 裝 相 關 的 單 字

● 衣服

Ｔシャツ	Ｔ恤（衫）	タキシード	男禮服
ブラウス	襯衫	スーツ	西裝
セーター	毛衣	ドレス	女性禮服
キャミソール	無袖女用內衣	ロングドレス	女性晚禮服
タンクトップ	背心	チャイナドレス	旗袍
綿のズボン めん	棉褲	喪服 も ふく	喪服
ジーパン	牛仔褲	下着 した ぎ	內衣
半ズボン はん	短褲	パンティ／パンツ	內褲
スカート	裙子	パンティ／ブリーフ	三角褲
ミニスカート	短裙／迷你裙	トランクス	四角褲
ロングスカート	長裙	ブラジャー	胸罩
ワンピース	連衣裙	ストッキング	絲襪
上下のジャージ じょうげ	運動休閒套裝	靴下 くつした	襪子
コート	大衣	タイツ	緊身襪
薄手のコート うすで	風衣	パジャマ	睡衣
ロングコート	長大衣	靴 くつ	鞋
ジャケット	夾克	カバン（全般） ぜんぱん	包
カーディガン	開襟毛衣	メガネ	眼鏡

サングラス	墨鏡	手袋 てぶくろ	手套
帽子 ぼうし	帽子	ネクタイ	領帶
マフラー	圍巾	ハンカチ	手帕

● 顔色、様子

ベージュ	淡黄色、米色	黄色 きいろ	黃色
ゴールド	金黄色	オレンジ	橙色
シルバー	銀白色	緑 みどり	綠色
グレー	灰色	青 あお	藍色、青色
アイボリー	象牙色	紫 むらさき	紫色
セピア	褐色、深棕色	パステルカラー	柔和色調
白 しろ	白色	ストライプ	條紋
黒 くろ	黑色	チェック	方格
茶色 ちゃいろ	茶色	花柄 はながら	花紋
水色 みずいろ	水藍色	水玉 みずたま	水珠花樣
赤 あか	紅色	無地 むじ	素色
ピンク	粉紅色		

235

09-04.mp3

● 在洋裝店裡 ●

★瀏覽商品

關聯單字 P.239

これはＳサイズですか。	這是 S 尺寸（小號）的嗎？
これはＭサイズですか。	這是 M 尺寸（中號）的嗎？
このコートはＬサイズですか。	這件大衣是 L 尺寸（大號）的嗎？
サイズはなんですか。	要什麼尺寸的？
このスカートは何号ですか。 なんごう	這件裙子什麼尺寸的？
素材はなんですか。 そざい	什麼布料？
軽量ですか。 けいりょう	質料很輕嗎？
通気性はいいですか。 つうきせい	透氣嗎？
汗を吸いますか。 あせ　す	會吸汗嗎？
しわになりやすいですか。	容易皺嗎？
クリーニング店に出す必要があります か。　　てん　だ　ひつよう	是不是需要交給乾洗店去洗？
どこの製品ですか。 せいひん	是哪裡製造的？
どこのブランドですか。	是哪裡的品牌？
１点物ですか。 いってんもの	只剩一件嗎？

＊【１点物】表「只有現有物品，沒有其他同樣的東西」的意思。

限定品ですか。 げんていひん	限量嗎？

私に似合いそうです。 <small>わたし　に　あ</small>	好像很適合我。
かわいいです。	很可愛。
かっこいいデザインです。	帥氣的設計。
色がきれいです。 <small>いろ</small>	顏色很漂亮。
色がとてもきれいです。 <small>いろ</small>	顏色特別漂亮。
上品ですね。 <small>じょうひん</small>	很高雅。

＊【上品】表「文雅、典雅」的意思。

おとなっぽいですね。	很有大人味。
珍しいデザインですね。 <small>めずら</small>	很少見的設計。
とても気に入りました。 <small>き　い</small>	特別喜歡。
私はあまり好きではありません。 <small>わたし　　　　す</small>	我不太喜歡。

★尋找商品

Sサイズはありますか。	有 S 尺寸（小號）的嗎？
Mサイズはありますか。	有 M 尺寸（中號）的嗎？
Lサイズはありますか。	有 L 尺寸（大號）的嗎？
9号はどれですか。 <small>きゅうごう</small>	九號的是哪件？
24cmのブーツを探しています。 <small>にじゅうよん　　　　　　さが</small>	我在找二十四公分的長筒靴子。
別のサイズが欲しいのですが。 <small>べつ　　　　　ほ</small>	我想要別的尺寸。
フリーサイズしか見当たりません。 <small>み　あ</small>	只找到了零碼的。

同じ服のＳサイズを見せてください。 おな　ふく　　　　　　　　　　　　み	同樣的衣服，給我看看 S 尺寸（小號）的。
これより大きいサイズを見せてください。 　　　　　おお　　　　　　　　　　み	給我看看比這個再大一點的。
白い服はありますか。 しろ　ふく	有白色的衣服嗎？
同じ服でベージュはないのですか。 おな　ふく	同樣的衣服，有淡黃色的嗎？
どんな色がありますか。 　　　いろ	有什麼顏色的？
これより落ち着いた色の服はありますか。 　　　　お　つ　　　いろ　ふく	有比這個顏色看起來更樸素（素淨、不花俏）的衣服嗎？

＊【落ち着く】用在顏色指「樸素、不花俏、不刺眼」的意思。

薄手のセーターが欲しいんだけど。 うすで　　　　　　　ほ	我要更輕薄的毛衣。
革製のカバンを探しています。 かわせい　　　　　　さが	我在找皮革製的包包。
春物のコートを取り扱っていますか。 はるもの　　　　　と　あつか	有春天穿的大衣嗎？
これより暖かいコートを取り扱っていますか。 　　　　あたた　　　　　　　と　あつか	有比這個更暖和一點的大衣嗎？

關聯單字

★瀏覽商品（P.236）

・これはＳサイズですか。	這是 S 尺寸（小號）的嗎？
［Ｓサイズ］	S 尺寸、小號
［ＳＳサイズ］	SS 尺寸、特小號
［ＬＬサイズ］	LL 尺寸、特大號
［フリーサイズ］	零碼
［小さいサイズ］ ちい	小號
［大きいサイズ］ おお	大號
［別のサイズ］ べつ	其他尺寸
・かわいいです。	很可愛。
［かわいい］	可愛
［子どもっぽい］ こ	顯得孩子氣
［（色が）明るい］ いろ あか	（顏色）明亮
［（色が）暗い］ いろ くら	（顏色）晦暗
［あでやか］	絢麗
［派手］ は で	華麗
［地味］ じ み	樸素
［シンプル］	簡單

09-05.mp3

● 試穿 ●

★準備試穿

試着できますか。	可以試穿嗎？
Tシャツを試着してもいいですか。	可以試穿 T 恤嗎？
水着を試着します。	我試穿一下泳衣。
何着まで試着できますか。	可以試穿幾件？
私に靴を選んでください。	請幫我選一雙鞋。
私に合うサイズの靴を選んでください。	請幫我選一雙合腳的鞋。
試着室はどこですか。	更衣室在哪裡？
Mサイズを試着します。	我試穿 M 尺寸（中號）的。
これより小さいサイズを試着します。	我試一下比這個小一號的。
もう1回り大きいサイズを試着します。	我試一下再大一號的尺寸。
白い色の服を試着します。	我試穿白色的衣服。
違う色のスニーカーを試着します。	我試穿一下不同顏色的球鞋。

★試穿 ①穿起來的感覺

關聯單字 P.244

ゆるいです。／大きいです。	有點大。

ぶかぶかです。	太大了。
きついです。／小さいです。	有點小。
ピッタリです。	非常合身。
ちょうどいいです。	剛剛好。
サイズが合いません。	尺寸不對。
裾が余ります。	袖子有點長。
肩の部分が張ります。（きついです）	肩膀有點窄（很緊）。
着れました。／履けました。	能穿上。
着れません。／履けません。	穿不下。
入りました。	穿上了。
丈が足りません。	不夠長。
このズボンは履きやすいです。	這條褲子很好穿。
このズボンは履きにくいです。	這條褲子不好穿。
着やすいです。	穿起來很舒服。
歩きやすいです。	走起來很輕鬆。
走りやすいです。	跑起來很輕鬆。
使いやすいです。	很好用。

★試穿 ②外觀

似合いますか。	適合嗎？

スリムに見えますか。	顯得苗條嗎？
―とてもお似合いです。	非常適合。
―とてもスリムに見えます。	看起來非常苗條。
サイズはどうですか。	大小怎麼樣？
サイズは私に合っていますか。	尺寸適合我嗎？
―ピッタリです。	非常合身。
―もう１回り小さいサイズを試着しますか。	要試試再小一號的嗎？
そのようにお願いします。 （ご面倒をかけます）	那就麻煩你了。
この服にします。	就買這件衣服了。

太って見えますね。	看起來很胖呢。
少し太って見えますね。	看起來有點胖呢。
すごく太って見えますね。	看起來太胖了呢。
背が高く見えます。	顯得身高很高。
背が低く見えます。	顯得身高很矮。
明るく見えます。	顯得很明亮。
暗く見えます。	顯得很晦暗。
きれいに見えます。	看起來很漂亮。
あか抜けて見えます。	看起來很時髦。

＊【あか抜ける】表「服裝、樣貌、動作等非常講究、高尚、不土氣」的意思。

ほっそりして見えます。
み

看起來很苗條。

想像通りです。
そうぞうどぉ

和我想的一樣。

思っていたのと違います。
おも　　　　　　　　　ちが

和我想的不一樣。

私には似合いません。
わたし　　　　に あ

對我來說不適合。

展示されている感じと違います。
てん じ　　　　　　　　かん　　ちが

感覺跟展示時的樣子不一樣。

★修改尺寸

長くしてください。
なが

請加長一些。

もう少し長くしてください。
すこ　　なが

再加長一點。

もっと短くしてください。
みじか

再用短一點。

裾を上げてください。
すそ　あ

下擺要高一些。

裾を切ってください。
すそ　き

請把下擺剪短一些。

スカートをヒザ丈にしてください。
たけ

請把裙子的長度裁剪到膝蓋的位置。

元に戻してください。
もと　もど

請恢復原樣。

關 聯 單 字

★試穿 ①穿起來的感覺 (P.240)

・ゆるいです。／大きいです。	有點大。
[ゆるい／大きい]	大
[長い]	長
[短い]	短
[（高さが）高い]	高
[（高さが）低い]	低
[太い]	粗
[細い]	細
[厚い]	厚
[薄い]	薄
[暖かい]	暖和
[涼しい]	涼快
[手触りがいい]	手感好
[肌触りがいい]	摸起來柔軟、手感滑溜
[ごわごわ（する）]	硬梆梆
[ちかちか（する）]	刺刺的

● 進入食品店 ●

★瀏覽商品

これはおいしいですか。	這個好吃嗎？
どれがおいしいですか。	哪個好吃？
この野菜はどんな味ですか。	這種蔬菜吃起來是什麼味道？
おいしそうです。	好像很好吃。
とてもおいしそうです。	好像非常好吃。
おいしそうな果物ですね。	這水果好像很好吃。
新鮮ですか。	新鮮嗎？
このタケノコは採れたてですか。	這竹筍是剛採的嗎？
このマグロはとれたてですか。	這鮪魚（金槍魚）是剛撈上來的嗎？

＊【とれたて】表「剛收穫的（蔬菜、魚類）」的意思。

ホウレン草は産地直送ですか。	菠菜是由產地直接送來的嗎？
イチゴは旬ですか。	現在是草莓的季節嗎？
このマンゴーは食べごろですか。	這個芒果現在吃正好嗎？
新鮮なトマトですね。	很新鮮的番茄啊。
今が旬の野菜ですね。	這種蔬菜正是現在季節的蔬菜。

栄養が豊富ですか。	很營養嗎？
体にいいですか。	對身體好嗎？
体によさそうです。	好像對身體好。
カロリーが高そうです。	好像熱量很高。
国内産ですか。	是國產的嗎？
この肉は輸入品ですか。	這種肉是進口的嗎？
この豚肉の産地はどこですか。	這種豬肉的產地是哪裡？
無農薬栽培ですか。	是無農藥栽培的嗎？
遺伝子組替え食品ですか。	是基因改造食品嗎？
食品添加物が入っていますか。	裡面有食品添加成份嗎？
化学調味料を使っていますか。	含有化學調味料嗎？
日持ちしますか。	能長時間保鮮嗎？
この果物は傷みやすいですか。	這種水果容易壞嗎？
賞味期限はいつですか。	賞味期限（保質期）到什麼時候？
すぐに食べなければいけませんか。	必須馬上吃嗎？

文法【なければいけません】為（動詞未然形＋なければいけません）表「必須、非…不可」的意思。

毒性はありませんか。	有毒嗎？
どのように調理しますか。	怎麼烹調呢？
電子レンジで調理できますか。	可以用微波爐烹調嗎？
どのように保存すればいいですか。	該怎麼保存呢？

★有關食物過敏

私は食品アレルギーを持っています。 わたし しょくひん も	我對某些食物過敏。
卵（鶏卵）を使用していますか。 たまご とりたまご しよう	有放雞蛋嗎？
そば粉が入っている食品ですか。 こ はい しょくひん	是有摻蕎麥粉的食品嗎？
牛乳アレルギーでも食べられますか。 ぎゅうにゅう た	對牛奶過敏的人也可以吃嗎？

★尋找商品

チョコレートはありますか。	有巧克力嗎？
高級なチョコレートはどこにありますか。 こうきゅう	高級巧克力在哪裡？
もっと新鮮な野菜はないのですか。 しんせん やさい	沒有更新鮮的蔬菜嗎？
松阪牛はこれですか。 まつさかうし	松阪牛肉是這個嗎？
筆柿という果物はどれですか。 ふでかき くだもの	叫做筆柿的水果是哪個？
淡水魚を売っていますか。 たんすいぎょ う	這裡賣淡水魚嗎？
ここは海水魚を売っていますか。 かいすいぎょ う	這裡賣鹹水魚嗎？
インスタント食品を取り扱っていますか。 しょくひん と あつか	這裡賣速食食品嗎？
健康食品を取り扱っていますか。 けんこうしょくひん と あつか	這裡賣健康食品嗎？
缶詰が欲しいです。 かんづめ ほ	我要罐頭。

247

お買い得の食品はまだ残っています
か。 還有特價食品嗎？

お買い得の食品はもう残っていませ
んか。 特價食品已經賣完了嗎？

牛乳は売り切れましたか。 牛奶賣完了嗎？

● 試吃／試喝 ●

★試吃／試喝

試食できますか。 ししょく	能試吃嗎？
一口試飲できますか。 ひとくち し いん	能試喝一口嗎？
試食していいですか。 ししょく	可以試吃嗎？
これを試食できますか。 ししょく	能試吃一下這個嗎？
このチーズを試食できますか。 ししょく	能試吃一下這個乳酪嗎？
どれを試食できますか。 ししょく	哪個可以試吃？
試食できるものはないのですか。 し しょく	沒有可以試吃的嗎？

★關於味道

關聯單字 P.251

おいしいです。	好吃。
とてもおいしいです。	非常好吃。
おいしいリンゴですね。	很好吃的蘋果啊。
おいしくありません。	不好吃。
あまりおいしくありません。	不怎麼好吃。
まずいです。	很難吃。
口に合います。 くち あ	很合胃口。
私の口には合いません。 わたし くち あ	不合我的胃口。

好きな味です。	我喜歡的味道。
苦手な味です。	我不喜歡的味道。
物足りない味です。	不夠味。

甘いです。	很甜。
辛いです。	很辣。
苦いです。	很苦。
濃厚です。	味道濃厚。
淡白です。	味道清淡。
あっさりしてます。	清淡。
さっぱりしてます。	爽口。
コクがあります。	味道濃醇。
キレがあります。	有清爽的感覺。
のどごしがいいです。	很順口。
歯ごたえがあります。	有嚼勁（咬勁）。
身がしまっています。	魚很新鮮。

＊【身がしまる】通常指「魚類很新鮮」的意思。

關 聯 單 字

★關於味道（P.249）

・甘いです。 あま	很甜。
[甘い] あま	甜
[すっぱい]	酸
[塩辛い] しおから	鹹
[薄い] うす	淡
[濃い] こ	濃
・あっさりしてます。	清淡。
[あっさり]	清淡
[こってり]	油膩味濃
・コクがあります。	味道濃醇。
[コク]	（味道）濃醇
[（味の）クセ] あじ	（味道）獨特
[独特のくさみ] どくとく	特別的膻味

09-08.mp3

● 在其他店裡 ●

★電器行、傢俱店裡

關聯單字 P.256

操作は簡単ですか。 そうさ　かんたん	操作簡單嗎？
お年寄りでも簡単に操作できますか。 としよ　　　かんたん　そうさ	上了年紀的人也能簡單地操作嗎？
国外でも使えますか。 こくがい　　つか	在國外也能用嗎？
台湾国内でも使えますか。 たいわんこくない　　つか	在台灣國內也能用嗎？
どんな機能がありますか。 きのう	有什麼功能？
組立て式家具ですか。 くみた　しきかぐ	是組合式家具嗎？
簡単に組み立てられますか。 かんたん　く　た	能簡單地組合起來嗎？
どれくらいの重量に耐えられますか。 じゅうりょう　た	能承受多大的重量？
ＤＶＤレコーダーはどこですか。	DVD 燒錄機在哪裡？
冷蔵庫はどこで売っていますか。 れいぞうこ　　　う	冰箱在哪裡有賣？
1人用の洗濯機を探しています。 ひとりよう　せんたくき　さが	我在找一人用的洗衣機。
最新型のテレビが欲しいのですが。 さいしんがた　　　ほ	我想買最新型號的電視機。
ダブルベッドを取り扱っていますか。 と　あつか	這裡有賣雙人床嗎？
保証書はありますか。 ほ　しょうしょ	有保證書嗎？
保証期間はどれくらいですか。 ほ　しょうきかん	保固期間有多長？

取り付けをしてくれますか。 と　つ	你們會負責安裝嗎？
取付け工事をお願いします。 とりつ　こうじ　　ねが	麻煩你們安裝一下。
配送してください。 はいそう	請幫我運送。

★在書店、唱片行裡

關聯單字 P.257

これが話題の本ですか。 　　わだい　　ほん	這就是最近造成轟動的那本書嗎？
これが今売り出し中の作家の本ですか。 　　いまう　　だ　　ちゅう　さっか　　ほん	這就是最近知名的人氣作家寫的書嗎？
○○という本はありますか。 　　　　　　　ほん	○○這本書，有嗎？
○○という雑誌を置いていますか。 　　　　　ざっし　　お	你們有○○雜誌嗎？

＊ 詢問有沒有貨也可以用【在庫がありますか】、【取り扱っていますか】。

参考書はどこにありますか。 さんこうしょ	哪裡有參考書？
今はやっているＣＤはこれですか。 いま	現在很流行的 CD 就是這個嗎？
ラジオでよく流れている曲（ＣＤ） 　　　　　　 なが　　　　　きょく はどれですか。	廣播常放的 CD 是哪一片？
○○というＣＤを探しています。 　　　　　　　　さが	我正在找○○CD。
○○という本は絶版ですか。 　　　　　ほん　ぜっぱん	○○是絕版書嗎？
○○というＣＤは廃盤ですか。 　　　　　　　　はいばん	○○CD 已經停產了嗎？
対象年齢は何歳ですか。 たいしょうねんれい　なんさい	對象年齡是多大？
ＣＤの予約をしたいのですが。 　　　よやく	我想預訂 CD。
○○というＣＤを予約します。 　　　　　　　　よやく	我要預訂○○CD。

○○というＣＤを早急に取り寄せて
ください。
そうきゅう　と　よ

請快一點進貨○○CD。

＊【取り寄せる】表「索取」的意思。

ＣＤを予約した者です。
よやく　もの

我有預訂 CD。

予約したＣＤは届いていますか。
よやく　とど

預訂的 CD 已經到貨了嗎？

★在珠寶店裡

關聯單字 P.257

一何をお探しですか。 なに　さが	您要找什麼？
指輪です。 ゆびわ	戒指。
ダイヤの指輪です。 ゆびわ	鑽石戒指。
結婚指輪です。 けっこんゆびわ	結婚戒指。
ネックレスです。	項鏈。
ブレスレットです。	手環。
ピアスです。	耳環。
クリスマスプレゼントです。	聖誕節禮物。
誕生日プレゼントです。 たんじょうび	生日禮物。
結婚記念日のプレゼントです。 けっこんきねんび	結婚紀念日禮物。
どんな指輪が人気ですか。 ゆびわ　にんき	哪種戒指受歡迎？
若い女性に何を贈るといいですか。 わか　じょせい　なに　おく	送年輕女性什麼好？
一どなたへのプレゼントですか。	送給誰的禮物？
彼です。 かれ	男朋友。
彼女です。 かのじょ	女朋友。

妻へのプレゼントです。
給妻子的禮物。

—何歳ですか。
幾歲？

３０歳です。
三十歲。

１０代です。
十幾歲。

—サイズは何号ですか。
尺寸要多大號的？

７号です。
七號。

９号です。
九號。

１１号です。
十一號。

—彼女は普段どのような格好をして
ますか。
她平時穿什麼樣子？

カジュアルです。
休閒服。

スポーティーです。
便於運動的服裝。

女性らしい服装です。
具有女人味的服裝。

スカートを好んで穿いています。
愛穿裙子。

＊【好んで】表「喜歡、自願」的意思。

ズボンをたびたび穿いています。
有時穿褲子。

ズボンしか穿かない女性です。
她是總穿褲子的女性。

きちんとした格好が多いです。
經常穿著整齊。

おしゃれな小物を身に着けている人
です。
她身上戴著很時尚的小飾品。

—こちらはどうですか。
這個怎麼樣？

手に取って見てもいいですか。
可以拿起來看嗎？

―はい、どうぞ。 　　　　　　　可以，請吧。

―少し待ってください。 　　　　請稍候。
　　すこ　　ま

＝＝＝

| 關 | 聯 | 單 | 字 |

★電器行、傢倶店裡（P.252）

・ＤＶＤレコーダーはどこです　　DVD燒錄機在哪裡？
　か。

[ＤＶＤレコーダー]　　　　　　DVD燒錄機

[ＤＶＤプレーヤー]　　　　　　DVD播放器

[テレビ]　　　　　　　　　　　電視機

[デジタルカメラ]　　　　　　　數位照相機

[ストーブ]　　　　　　　　　　火爐

[扇風機]　　　　　　　　　　　電扇
　せんぷうき

[エアコン]　　　　　　　　　　空調

[携帯電話]　　　　　　　　　　手機
　けいたいでんわ

[テーブル]　　　　　　　　　　桌子

[椅子]　　　　　　　　　　　　椅子
　いす

[ベッド]　　　　　　　　　　　床

[カーペット]　　　　　　　　　地毯

[カーテン]　　　　　　　　　　窗簾

[ソファ]　　　　　　　　　　　沙發

★在書店、唱片行裡（P.253）

・これが話題の本ですか。	這就是最近造成轟動的那本書嗎？
[本]	書
[小説]	小說
[漫画]	漫畫
[実用書]	實用書
[辞書]	詞典
[ＤＶＤ]	DVD
[おもちゃ]	玩具
[テレビゲーム]	電視遊戲

★在珠寶店裡（P.254）

・指輪です。	戒指。
[指輪]	戒指
[アクセサリー]	首飾（泛指身上裝飾品）
[ペンダント]	綴飾（項鍊、耳環）
[イアリング]	耳環
[ネクタイピン]	領帶別針
[ブローチ]	胸針
[金]	金
[銀]	銀
[プラチナ]	白金
[真珠]	珍珠

09-09.mp3

● 購買 ●

★購入／付錢

いくらですか。	多少錢？
全部でいくらになりますか。	總共多少錢？
買います。	我買了。
これをください。	請給我這個。
これだけ買います。	我只要買這個。
２つください。	我要買兩個。
同じお菓子をもう１つください。	再來一個同樣的甜點。
これは買いません。	我不買這個。
ヨーグルトはやめておきます。	我不買優格了。
今はやめておきます。	現在先不買了。
１０００円札で支払います。	用一千日圓付款。

＊【札】表「紙幣、鈔票」的意思。

１０００円で足りますか。	一千日圓，夠不夠？
おつりをください。	請找錢。

★使用信用卡、旅行支票

クレジットカードは使えますか。	能用信用卡嗎？

トラベラーズチェックで支払います。	我用旅行支票付款。
一括払いにします。	一次付清。
分割払いにします。	分期付款。
サインをしなくていいのですか。	不簽名可以嗎？
領収書をください。	請給我收據。

★要求包裝

包んでください。	請幫我包起來。
丁寧に包んでください。	請幫我包仔細點。
しっかり包んでください。	請包裝結實一點。
別々に包んでください。	請分開包起來。
２つ一緒に包んでください。	請把兩個包在一起。
贈答用なので、きれいに包んでください。	這是送禮用的，請包裝得漂亮一點。
あとで別々に包むので、何枚か袋をください。	我等等要分別裝，請給我幾個袋子。

★請求配送

ソファを配送してください。	請把沙發送過去。
配送してもらえますか。	能幫忙運送嗎？

259

配送先に届くのはいつですか。	什麼時候能送到？
あさってには届きますか。	後天能送到嗎？
到着日時を指定します。	我想指定送達的時間。
あした、届けてください。	請在明天送到。
明日中に届けてください。	請在明天之內送到。
7日の3時に届けてください。	請在七號的三點送到。
平日の到着は避けてください。	請避免在平日送到。
補償はつきますか。	有（貨物）損壞賠償嗎？
補償を付けてください。	請附加上（貨物）損壞賠償。
補償を付けるといくらですか。	附加（貨物）損壞賠償要多少錢？

● 殺價 ●

★價格交涉

これはいくらですか。	這個多少錢？
ー５００円です。 ごひゃく えん	五百日圓。
高い！ たか	很貴！
高いです！ たか	價格很高！
高すぎます！ たか	太貴了！
少しまけてください。 すこ	請便宜一點。

＊【まける】表「使價錢便宜或多給一些物品」的意思。

もっと安くしてください。 やす	請再便宜一點。
ーでは４００円でどうですか。 よんひゃく えん	四百日圓，怎麼樣？
まだ高いです。 たか	還是有點貴。
もっと安くならないのですか。 やす	不能再便宜一點嗎？
この価格より安くならないのです か。 か かく　　やす	比這個價格再便宜一點不行 嗎？
その値段では買いません。 ね だん　　か	這個價格就不買了。
以前もこの店で買いました。 い ぜん　　みせ　か	以前也在這間商店買過。
今日は友人を連れてきました。 きょう　　ゆうじん　つ	今天帶朋友一起來了。
ーわかりました。	好吧。
ーいくらなら買うのですか。 か	多少錢你要買呢？

261

３００円なら買います。
さんびゃく えん か

三百日圓就買。

３００円で売ってください。
さんびゃく えん う

賣我三百日圓吧。

３００円でどうですか。
さんびゃく えん

三百日圓怎麼樣？

―それは安すぎます。
やす

那就太便宜了。

―３５０円にしてください。
さんびゃくごじゅうえん

那三百五十日圓吧。

わかりました。

好吧。

その値段でいいです。
ね だん

這個價格可以。

３５０円で買いましょう。
さんびゃくごじゅうえん か

用三百五十日圓買了吧。

● 客訴 ●

★商品

この肉は買っていません。 <small>にく か</small>	我沒買這塊肉。
私は買っていません。 <small>わたし か</small>	我沒買呀。
これは私が買った商品ではありません。 <small>わたし か しょうひん</small>	這不是我買的商品。
空です。／中身がありません。 <small>から なかみ</small>	是空的。／裡面沒東西。
数が足りません。 <small>かず た</small>	數量不足。

★洋裝

汚れています。 <small>よご</small>	髒了。
破れています。 <small>やぶ</small>	破了。
壊れています。 <small>こわ</small>	壞了。
糸がほつれています。 <small>いと</small>	脫線了。
ボタンがとれています。	扣子掉了。
ジッパーが壊れています。 <small>こわ</small>	拉鏈壞了。
サイズが間違っています。 <small>まちが</small>	尺寸不對。

★食品

汚れています。 <small>よご</small>	不乾淨。

腐っています。 _{くさ}	腐壞了。
傷んでいます。 _{いた}	（物品）有傷。
虫がいます。 _{むし}	有蟲子。
味が変です。 _{あじ へん}	味道不對。
色が変です。 _{いろ へん}	顏色變了。
変なにおいがします。 _{へん}	有不好聞的氣味。
賞味期限がきれています。 _{しょうみ きげん}	有效日期過了。

★付帳

お金が足りません。 _{かね た}	錢不夠。
お金を持っていません。 _{かね も}	我沒帶錢。
現金が足りません。 _{げんきん た}	現金不足。
小銭がありません。 _{こ ぜに}	沒有零錢。
金額が違います。 _{きんがく ちが}	金額錯了。
金額が高すぎます。 _{きんがく たか}	金額過高。
計算が違います。 _{けいさん ちが}	你算錯了。
おつりが違います。 _{ちが}	找的錢，數目不對。
おつりが少ないです。 _{すく}	找的錢少了。
おつりが足りません。 _た	找的錢不夠。
クレジットカードの支払い方法が違います。 _{し はら ほうほう ちが}	信用卡的支付方法不對。

クレジットカードを返してもらって いません。	信用卡沒還給我。

文法【てもらう】為（動詞て形＋もらう）表「說話的人（或說話的一方）接受他人為自己做的行為、動作」的意思。

サインをしていません。	我沒有簽字。

★要求說明

ちゃんと説明してください。	請好好地說明。
責任者を呼んでください。	叫負責人來。
担当者を呼んでください。	把負責這件事的人叫來。
あの人が担当でした。	那個人是這件事的負責人。
担当は山本さんでした。	負責人是山本先生。
私は説明を受けていません。	我沒聽到說明。
そんな説明は受けていません。	我沒聽到像那樣的說明。
そのときは何も説明がありませんでした。	當時沒有任何說明。
はじめて聞きました。	我第一次聽說。

★退貨／退款／換貨

返品します。	我要退貨。
今すぐ返品します。	現在馬上退貨。
ピアスを返品できますか。	耳環可以退貨嗎？

返品の手続きをお願いします。
へんぴん　てつづ　　　　　　ねが

請辦理退貨手續。

返金してください。
へんきん

請把錢退還給我。

購入した宝石の返金をお願いします。
こうにゅう　　　ほうせき　へんきん　　　ねが

請把買寶石的錢還給我。

口座宛に返金してください。
こうざあて　へんきん

請把退款匯入我的帳戶。

交換してください。
こうかん

請幫我換一個。

きれいなものと交換してください。
こうかん

請幫我換一個乾淨的。

もう1回り大きい帽子と交換してください。
ひとまわ　おお　　　　ぼうし　こうかん

請幫我換大一號的帽子。

10.

外食

10-01.mp3

關聯單字 P.269

● 外出用餐 ●

★準備外出吃飯

外食に行きましょう。	去外面吃飯吧。
これから外に食事に行きましょう。	現在去外面吃飯吧。
みんなで露店を見に行きましょう。	大家一起去攤販看看。
久しぶりにレストランに行きましょう。	我們好久沒去餐廳吃飯了，一起去吧。
フランス料理はどうですか。	吃法國料理怎麼樣？
私は寿司が食べたいです。	我想吃壽司。
私は甘いものが食べたいです。	我想吃甜食。
パスタはこの前食べました。	上次吃了義大利麵。
しっかり食べたいです。	想好好吃一頓。
軽食でいいです。	隨便吃點就好。
日本料理を食べに行きましょう。	去吃日本料理吧。
ラーメンにしましょう。	選拉麵吧。
酒の種類が豊富な店にしましょう。	去酒的種類多的店吧。

關 聯 單 字

★準備外出吃飯（P.268）

・外食に行きましょう。 がいしょく　い	去外面吃飯吧。
［外食］ がいしょく	外面吃飯
［高級料理店］ こうきゅうりょうりてん	高級餐廳
［大衆食堂］ たいしゅうしょくどう	普通餐館
［喫茶店］ きっさてん	咖啡廳、茶館
［バー］	酒吧
［ファーストフード店］ てん	速食店
・フランス料理はどうですか。 りょうり	吃法國料理怎麼樣？
［フランス料理］ りょうり	法國料理
［広東料理］ かんとんりょうり	廣東料理
［四川料理］ しせんりょうり	四川料理
［上海料理］ しゃんはいりょうり	上海料理
［日本料理］ にほんりょうり	日本料理
［韓国料理］ かんこくりょうり	韓國料理
［西洋料理］ せいようりょうり	西洋料理
［タイ料理］ りょうり	泰國料理
［インド料理］ りょうり	印度料理
［郷土料理］ きょうどりょうり	故鄉料理、鄉土料理
［家庭料理］ かていりょうり	家常菜
［懐石料理］ かいせきりょうり	懷石料理
［精進料理］ しょうじんりょうり	素食

10-02.mp3

● 關於店家 ●

★詢問店家（營業日／營業時間）

営業は何時からですか。 えいぎょう　なんじ	幾點開始營業？
営業は何時までですか。 えいぎょう　なんじ	營業到幾點？
平日の営業は何時までですか。 へいじつ　えいぎょう　なんじ	平日營業到幾點？
ラストオーダーは何時ですか。 なんじ	最後的點餐時間是幾點？
朝から営業していますか。 あさ　えいぎょう	從早上開始營業嗎？
遅くまで営業していますか。 おそ　えいぎょう	一直營業到很晚嗎？
営業時間を教えてください。 えいぎょうじかん　おし	請告訴我營業時間。
定休日はありますか。 ていきゅうび	有固定休息日嗎？
祝祭日も営業していますか。 しゅくさいじつ　えいぎょう	節日也有營業嗎？

★預算／店家特色

關聯單字 P.272

名物料理がありますか。 めいぶつりょうり	有招牌菜嗎？
―予算はどれくらいですか。 よさん	預算大約多少錢？
どのくらい予算があればいいですか。 よさん	要有多少預算？
私の予算は１６００円までです。 わたし　よさん　せんろっぴゃくえん	我的預算是不超過一千六百日圓。
人気がある店ですか。 にんき　みせ	是受歡迎的店嗎？

有名な店ですか。
是有名的店嗎？

高級な店ですか。
是高級的店嗎？

地元の人が通う店ですか。
是當地人常去的店嗎？

１人でも入れる店ですか。
是一個人也可以進去的店嗎？

１人で入っても十分に楽しめる店ですか。
是一個人也能充份享受的店嗎？

★不知道店家地址的時候

關聯單字 P.272

○○という店は近いですか。
叫○○的店近嗎？

○○という店まで遠いですか。
到○○的店遠嗎？

○○という店はここから遠いですか。
叫○○的店離這裡遠嗎？

○○という店は駅の近くですか。
叫○○的店是在車站附近嗎？

日本料理店はありますか。
有日本料理店嗎？

この辺りにフランス料理店はありますか。
在附近有法國餐廳嗎？

喫茶店はどこにありますか。
在哪裡有咖啡廳？

この通りにファーストフード店はありますか。
這條街上有速食店嗎？

關 聯 單 字

★預算／店家特色（P.270）

・人気がある店ですか。 　にんき　　　みせ	是受歡迎的店嗎？
［人気がある］ 　にんき	受歡迎的
［静かな］ 　しず	安靜的
［にぎやかな］	熱鬧的
［落ち着ける］ 　お　つ	舒適的
［（あなたが）よく（しばしば） 　行く］	你常去的
［（あなたが）ひいきにしてい 　る］	你喜歡的、你偏愛的
［どんな］	什麼樣的

★不知道店家地址的時候（P.271）

・○○という店は近いですか。 　　　　　みせ　ちか	叫○○的店近嗎？
［近い］ 　ちか	近
［駅から遠い］ 　えき　　とお	離車站遠
［すぐ（の距離）］ 　　　きょり	馬上就能到
［ここからどれくらい（の距離）］ 　　　　　　　　　　きょり	離這裡有多遠
［歩いてどれくらい(の距離)］ 　ある　　　　　　きょり	走過去有多遠
［バスでどれくらい（の距離）］ 　　　　　　　　きょり	坐公車去有多遠
［タクシーでどれくらい 　（の距離）］ 　　　きょり	坐計程車去有多遠

● 抵達店家 ●

★首先

営業していますか。 えいぎょう	現在營業嗎？
まだ営業していますか。 えいぎょう	還在營業嗎？
食事に来ました。 しょくじ　き	來用餐的。
今から食事ができますか。 いま　しょくじ	現在能用餐嗎？
テイクアウトはできますか。	能外帶嗎？
店内で待ち合わせをしています。 てんない　ま　あ	正在店裡等人。
小林さんを呼び出してもらえますか。 こばやし　よ　だ	能叫小林先生出來嗎？
３名です。 さんめい	三位。
１０名以上のグループです。 じゅう　めい　い　じょう	十人以上的團隊。
テーブル席にしてください。 せき	請安排桌椅式的座位。
カウンターにしてください。	請安排吧台式的座位。
個室を希望します。 こしつ　きぼう	希望能去包廂。
喫煙席がいいです。 きつえんせき	能吸煙的座位比較好。
禁煙席がいいです。 きんえんせき	禁止吸煙的座位比較好。
子どもがいます。 こ	有小孩。
たばこを吸います。 す	我吸煙。

たばこは吸いません。 （す）	我不吸煙。

★確認訂位／訂位

關聯單字 P.276

予約している大明ですが。 （よやく）（だいめい）	我是訂位過的大明。
人数が１人減りました。 （にんずう）（ひとり）（へ）	人數少一位。
人数が１人増えても大丈夫ですか。 （にんずう）（ひとり）（ふ）（だいじょうぶ）	人數多一位可以嗎？
早く着きました。 （はや）（つ）	來早了。
到着が遅くなりそうです。 （とうちゃく）（おそ）	看樣子會晚一點到。
予約をキャンセルします。 （よやく）	我要取消訂位。
あしたの予約はできますか。 （よやく）	可以訂明天的位置嗎？
予約をしたいのですが。 （よやく）	我想訂位。
個室を予約します。 （こしつ）（よやく）	我要預約包廂。
３名で予約します。 （さんめい）（よやく）	我預訂三位。
６時の予約をお願いします。 （ろくじ）（よやく）（ねが）	我要訂六點。
あしたの８時で予約をお願いします。 （はちじ）（よやく）（ねが）	我要訂明天八點。

★人很多的時候

満席ですか。 （まんせき）	是客滿嗎？
席は空きそうですか。 （せき）（あ）	快有空位了嗎？
席はもうすぐ空きそうですか。 （せき）（あ）	馬上就有空位了嗎？

待たなければいけませんか。	不等不行嗎？
待っていれば私たちの順番になりますか。	如果等的話能輪到我們嗎？
どれくらい待ちますか。	要等多久？
待ちます。	我等。
少しなら待ちます。	如果時間短的話我就等。
しばらく待ちます。	我等一會兒。
外で待っているので呼んでください。	我在外面等著，有空位了請叫我。
あとでまた来ます。	我等等再來。
待ちません、帰ります。	我不等，要回去了。

★在速食店、路邊攤

持ち帰ります。	買了帶走。
包んでください。	請包起來。
ここで食べます。	在這裡吃。
店内で食べます。	在店裡吃。
すぐに食べます。	馬上就吃。

關 聯 單 字

★確認訂位／訂位（P.274）

・あしたの予約はできますか。 　　　　　よやく	可以預約明天嗎？
［あした］	明天
［今晩］ 　こんばん	今天晚上
［今週末］ 　こんしゅうまつ	這個週末
［来週］ 　らいしゅう	下星期
［1 か月後］ 　いっ　　げつご	一個月以後
［○○日］ 　　　にち	○○號

10-04.mp3

● 看菜單 ●

★要求菜單

メニューをください。	請給我菜單。
中国語のメニューをください。	請給我中文的菜單。
子ども向けのメニューをください	請給我兒童菜單。
ワインリストはありますか。	有葡萄酒單嗎？

★看菜單

品数が豊富です。	菜色很豐富。
新メニューがありますね！	有新的菜色啊！
何を頼もうか迷います。	要點什麼菜難以決定。

＊【頼む】除了拜託他人的意思外，這裡指「請人幫忙做…、點餐」的意思。

これは前菜ですか。	這個是前菜嗎？
これは肉料理ですか。	這個是用肉做的料理嗎？
魚料理はどれですか。	用魚做的料理是哪一個？
看板料理を出してください。	請上店裡的招牌菜。
予算は超えないですよね？	不會超過預算吧？

すき焼きとはどんな料理ですか。	壽喜燒是什麼料理？
お好み焼きとはどんな食材を使っていますか。	大阪燒是用什麼食材做的？

277

この料理は何と読みますか。	這道菜的名字怎麼唸？
何人分ですか。	幾人份的量？
1人で食べられる量ですか。	一個人吃得完的量嗎？
大体どれくらいの量ですか。	大約是多少量？
食材の変更はできますか。	使用的食材可以改嗎？
食材を変更してください。	請更換使用的食材。

★關於食物過敏

食品アレルギーがあります。	我有食物過敏症。
豚肉が食べられません。	我不能吃豬肉。
エビが食べられません。	我不能吃蝦。
小麦アレルギーの人でも食べられますか。	有小麥過敏症的人也能吃嗎？
塩分を極度に控えてください。	請嚴格控制鹽分。

● 選菜、點菜 ●

★選菜

關聯單字 P.282

好きな料理を注文しましょう。	點喜歡吃的菜吧。
それぞれ違う料理を注文しましょう。	我們彼此點不一樣的菜吧。
たくさん注文しましょう。	來點很多菜吧。
少な目に注文しましょう。	少點一些菜吧。
選ぶのに迷います。	點餐猶豫不決。
なかなか決められません。	總是決定不了。
フルコースはやめましょう。	別點套餐了。

＊【フルコース】表「西餐中從前菜開始到甜點的套餐」的意思。

なんでも注文してください。	點什麼都可以。
どんどん注文してください。	多點一點。
何か食べたいものはありますか。	有什麼想吃的菜嗎？
みなさんお気に召すと思います。	我想大家會喜歡的。
あなたは好きだと思います。	我覺得你會喜歡的。
しゃぶしゃぶをぜひおすすめします。	我推薦涮涮鍋料理。

スープを注文しませんか。	點個湯吧？
刺身を注文しましょうか。	我們點生魚片吧？

そばを注文してもいいですか。 ちゅうもん	我可以點蕎麥麵嗎？
サラダを食べますか。 た	你吃沙拉嗎？
ウニを食べられますか。 た	你能吃海膽嗎？
うどんはどうですか。	烏龍麵怎麼樣？
ラーメンは悪くないですね。 わる	拉麵不錯。
カツ丼はとてもおいしいですよね。 どん	豬排蓋飯特別好吃。
私も親子丼は好きです。 わたし おや こ どん す	我也喜歡親子丼。
寿司は大好物です。 す し だいこうぶつ	我特別喜歡壽司。
茶碗蒸しに決めました。 ちゃわん む き	我決定點茶碗蒸。
私は天ぷらにします。 わたし てん	我決定點天婦羅。
おでんを食べたいです。 た	我想吃關東煮。
私もおでんを食べたいです。 わたし た	我也想吃關東煮。
冷えたビールを飲みたいです。 ひ の	我想喝冰啤酒。
かならず最後にコーヒーを飲みたい です。 さいご の	我一定要最後喝杯咖啡。
できればデザートも注文したいで す。 ちゅうもん	如果可以的話，我還想點個甜品。
苦手なので食べられません。 にがて た	我不喜歡所以吃不下去。
私は刺身は苦手です。 わたし さしみ にがて	我不喜歡吃生魚片。
私はアズキは食べられません。 わたし た	我不敢吃紅豆。

★點菜

注文できますか。	能點菜嗎？
注文を取ってください。	請幫我們點菜。
料理を決めたら呼びます。	選好菜以後叫你。
懐石料理をください。	點一份懷石料理。
フルコースを３人前ください。	請給我套餐三份。
フグ鍋とウナギ丼をください。	請上河豚火鍋和鰻魚飯。
ワインを１本ください。	來一瓶葡萄酒。
酒をもう１杯ください。	再來一杯酒。
ひとまず生ビールをください。	請先上一杯生啤酒。
食後にコーヒーをください。	請在飯後上咖啡。
料理と一緒に飲み物を持ってきてください。	請將菜和飲料一起上。
コース料理を注文します。	我要點套餐。
注文しすぎです。	點得太多了。
食べきれません。	吃不下。
そんなにたくさん食べられません。	吃不了那麼多。
同じような料理をすでに注文しました。	已經點過同樣的菜了。

關 聯 單 字

★選菜（P.279）

・たくさん注文しましょう。 　　　　　ちゅうもん	來點很多菜吧。
［たくさん］	很多菜
［いろいろ］	各式各樣的菜
［全部］ 　ぜん ぶ	全部的菜
［○○と□□］	○○和□□
［1つずつ］ 　ひと	每一種菜
・苦手なので食べられません。 　にが て　　　　た	我不喜歡所以吃不下去。
［苦手］ 　にが て	不喜歡、不擅長、怕（吃）
［嫌い］ 　きら	討厭
［アレルギーがある］	會過敏
［満腹］ 　まんぷく	吃飽了

 主要的食材

10-05-1.mp3

肉 にく	肉	ドジョウ	泥鰍
豚肉 ぶたにく	豬肉	サケ	鮭魚
鶏肉 とりにく	雞肉	イワシ	沙丁魚
牛肉 ぎゅうにく	牛肉	サンマ	秋刀魚
羊肉 ようにく	羊肉	ヒラメ	比目魚
レバー	肝	カレイ	鰈
鶏卵 けいらん	雞蛋	マグロ	鮪魚
アヒルの卵 たまご	鴨蛋	タイ	鯛魚
生卵 なまたまご	生雞蛋	スッポン	鱉
卵黄 らんおう	蛋黃	エビ	蝦
卵白 らんぱく	蛋白	カニ	螃蟹
魚 さかな	魚	ホタテ	扇貝
海産物 かいさんぶつ	海產	ハマグリ	文蛤
川魚 かわざかな	淡水魚	アサリ	花蛤
海の魚 うみ　ざかな	鹹水魚	タコ	章魚
コイ	鯉魚	イカ	烏賊
フナ	鯽魚	ウニ	海膽
ソウギョ	草魚	イクラ	鮭魚卵
マス	鱒魚	ナマコ	海參
ウナギ	鰻魚	穀類 こくるい	穀類

● 選菜、點菜

283

米 こめ	稲米	キャベツ	高麗菜
モチ米 こめ	糯米	ニンジン	胡蘿蔔
小麦 こむぎ	小麥	ゴボウ	牛蒡
豆 まめ	豆類	ダイコン	白蘿蔔
ダイズ	黃豆	レンコン	蓮藕
アズキ	紅豆	ジャガ芋 いも	馬鈴薯
枝豆 えだまめ	毛豆	サツマ芋 いも	蕃薯、地瓜
ソラ豆 まめ	蠶豆	トウモロコシ	玉米
モヤシ	豆芽菜	タケノコ	筍
野菜 やさい	蔬菜	マツタケ	松茸
キュウリ	黃瓜	シイタケ	香菇
トマト	番茄	キクラゲ	木耳
ナス	茄子	果物 くだもの	水果
カボチャ	南瓜	ライチ	荔枝
ピーマン	青椒	リュウガン	龍眼
ハクサイ	白菜	アンズ	杏子
コマツナ	小松菜	サクランボ	櫻桃
ホウレンソウ	菠菜	ビワ	枇杷
ネギ	青蔥	リンゴ	蘋果
タマネギ	洋蔥	メロン	哈密瓜
ブロッコリー	青花菜	スイカ	西瓜
カリフラワー	花椰菜	イチゴ	草莓
レタス	萵苣	ブドウ	葡萄

モモ	桃子	アイスクリーム	冰淇淋
ミカン	橘子	アメ	糖果
オレンジ	柳丁	チョコレート	巧克力
グレープフルーツ	葡萄柚	ポテトチップス	薯片
ウニ	海膽	クッキー	餅乾
アワビ	鮑魚	キャラメル	牛奶糖
フグ	河豚	ガム	口香糖
おかゆ	粥／稀飯	緑茶 りょくちゃ	綠茶
ラーメン	拉麵	ウーロン茶 ちゃ	烏龍茶
団子 だんご	糯米丸子	プーアル茶 ちゃ	普洱茶
どら焼き や	銅鑼燒	ロンジン茶 ちゃ	龍井茶
和菓子 わがし	和果子	紅茶 こうちゃ	紅茶
水羊羹 みずようかん	水羊羹	ジャスミン茶 ちゃ	茉莉花茶
ケーキ	蛋糕	麦茶 むぎちゃ	麥茶

10-05-2.mp3

常用的料理名

しゃぶしゃぶ	涮涮鍋	塩ラーメン しお	鹽味拉麵
すき焼き や	壽喜燒	豚骨ラーメン とんこつ	豚骨拉麵
おでん	關東煮	旭川ラーメン あさひかわ	旭川拉麵
鍋物 なべもの	火鍋	札幌ラーメン さっぽろ	札幌拉麵
天ぷら てん	天婦羅	函館ラーメン はこだて	函館拉麵
とんかつ	炸豬排	博多ラーメン はかた	博多拉麵
鉄板焼き てっぱん や	鐵板燒	尾道ラーメン おのみち	尾道拉麵
お好み焼き この や	大阪燒	親子丼 おや こ どん	親子丼
もんじゃ焼き や	文字燒	カツ丼 どん	豬排蓋飯
茶碗蒸し ちゃわん む	茶碗蒸	しるこ	年糕紅豆湯
温泉卵 おんせんたまご	溫泉蛋	フグ鍋 なべ	河豚火鍋
卵焼き たまご や	玉子燒	懐石料理 かいせきりょう り	懷石料理
刺身 さし み	生魚片	漬物 つけもの	醬菜
寿司 す し	壽司	味噌汁 み そ しる	味噌湯
ちらし寿司 す し	散壽司、什錦壽司飯	たこ焼き や	章魚燒
ウナギ丼 どん	鰻魚飯	さんま塩焼き しお や	鹽烤秋刀魚
そば	蕎麥麵	お握り にぎ	飯糰
うどん	烏龍麵	お茶漬けご飯 ちゃ づ はん	茶泡飯
醤油ラーメン しょう ゆ	醬油拉麵	抹茶 まっちゃ	抹茶
味噌ラーメン み そ	味噌拉麵	焼きそば や	炒麵

● 點菜到吃完 ●

★準備用餐

空腹です。 くうふく	空腹、空著肚子、餓。
おなかがすきました。	肚子餓了。
おなかがぺこぺこです。	肚子餓扁了。
いただきます。	我開動了。
乾杯！ かんぱい	隨意！
祝杯をあげましょう！ しゅくはい	讓我們舉杯！
ではいただきましょう。	我們用餐吧。
早く食べましょう。 はや　た	快點吃吧。
熱いうちに食べましょう。 あつ　　　　た	趁熱吃吧。
冷めないうちに食べましょう。 さ　　　　　　た	趁還沒涼的時候吃吧。

文法 【うちに】為（名詞、形容詞＋うちに／形容動詞＋な＋うちに）表「趁…的時候」的意思。

食べてください。 た	請用餐。
どんどん食べてください。 た	多吃一點。
たくさん召し上がってください。 め　あ	請多吃些。

文法 【召し上がる】為「食う、飲む」的尊敬語。

ゆっくり飲んでください。 の	請慢慢飲用。
遠慮しないで食べてください。 えんりょ　　　　た	請別客氣，多吃些。

287

私がつぎましょう。 わたし	我來倒（水、酒）吧。
私が取り分けましょうか。 わたし　と　わ	我來分配吧。

＊【取り分ける】表「把食物分裝在別的容器裡或從同樣的物品裡面挑出特別的出來」的意思。

もう1杯どうぞ。 いっぱい	請再來一杯。
もう1杯どうですか。 いっぱい	再來一杯怎麼樣？
―結構です。（遠慮します） けっこう　　　　　えんりょ	謝謝，不用了。
―もう飲めません。 の	已經喝不下了。
―もう満腹です。 まんぷく	已經吃飽了。
―もうたくさんいただきました。	已經吃很多了。

★要餐具、調味料

はしをください。	請給我筷子。
スプーンをください。	請給我湯匙。
フォークをください。	請給我叉子。
ナイフはありますか。	有刀子嗎？
紙ナプキンをもう1枚ください。 かみ　　　　　　　　いちまい	請再給我一張紙巾。
塩をください。 しお	請給我鹽。
しょうゆをください。	請給我醬油。
酢をください。 す	請給我醋。
ラー油をください。 ゆ	請給我辣油。

コショウをください。	請給我胡椒。
マヨネーズをください。	請給我美乃滋。
ケチャップをください。	請給我蕃茄醬。
砂糖はありますか。	有砂糖嗎？
ミルクはありますか。	有牛奶嗎？

★關於味道、份量

いい香りです。	味道真香。
甘い香りがします。	甜甜的香味。
香りがきついです。	香味太嗆了。
味はどうですか。	味道怎麼樣？
どんな味ですか。	什麼味道？
おいしいですか。	好吃嗎？
おいしいです。	好吃。
とてもおいしいです。	非常好吃。
私には好きな味です。	是我喜歡的味道。
私には苦手な味です。	是我不喜歡的味道。
私の口には合いません。	不合我的胃口。
甘いです。	甜的。
辛いです。	辣的。
しょっぱいです。	鹹的。

酸っぱいです。 <small>す</small>	酸的。
苦いです。 <small>にが</small>	苦的。
味が濃いです。 <small>あじ こ</small>	味道很濃。
味が薄いです。 <small>あじ うす</small>	味道很淡。
油っこいです。 <small>あぶら</small>	很油膩。
あっさりしてます。	很清淡。
さっぱりしてます。	很清爽。

量が多そうです。 <small>りょう おお</small>	看上去量好像很多。
量が多いです。 <small>りょう おお</small>	量很多。
こんなに量が多いとは思いませんで した。 <small>りょう おお おも</small>	沒想到量這麼多。
盛り付けがきれいです。 <small>さか つ</small>	擺盤很漂亮。
すごいボリュームですね。	份量很多呢。

＊【ボリューム】表英文的 volume，指「物品的量、份量、容量」的意思。

メニューで見るより量が少ないで す。 <small>み りょう すく</small>	量比菜單上的照片少。

★用餐中

食べ方がわかりません。 <small>た かた</small>	不知道該怎麼吃。
食べ方を教えてください。 <small>た かた おし</small>	請教我怎麼吃。
おかわりをください。	請再來一碗。
もう１杯ください <small>いっぱい</small>	請再來一杯。

おかわりができますか。	能再來一碗嗎？
注文を追加します。	我要加點。
ギョウザを追加で注文します。	再加點個餃子。
まだ来ていない料理がありますか。	還有菜沒上嗎？
料理は全部来ましたか。	菜都上完了嗎？
デザートが来ません。	甜點沒來。
デザートはまだですか。	甜點怎麼還沒來？
満腹です。	吃飽了。
おなかがいっぱいです。	肚子很撐。
もう食べられません。	已經吃不下了。
もう飲めません。	已經喝不下了。
食べすぎました。	吃太多了。
飲みすぎました。	喝太多了。
代わりに食べてください。	請替我吃吧。
ごちそうさまでした。	我吃飽了、多謝款待、買單。

★用餐後的感想

満足です。	滿足了。
大満足です。	非常滿足。
楽しい食事でした。	這頓飯吃得很愉快。

おいしく食べられました。　　　　我吃的津津有味。

いい気分です。　　　　　　　　　心情很好。

★說明飯後身體的不適

酔いました。　　　　　　　　　　我醉了。

吐きそうです。　　　　　　　　　好像要吐出來了。

気分が悪いです。　（嘔吐感）　　感到噁心（想吐）。

頭痛がします。　　　　　　　　　頭痛。

おなかが痛いです。　　　　　　　肚子痛。

歩けません。　　　　　　　　　　無法走路。

ふらふらします。　　　　　　　　身體搖晃站不穩。

● 結帳 ●

★付帳

いくらですか。	多少錢？
全部でいくらですか。 ぜん ぶ	一共多少錢？
勘定をお願いします。 かんじょう　　ねが	請結帳。
一緒に支払います。 いっしょ　し はら	一起付。
支払いはレジでしますか。 し はら	是在櫃檯付款嗎？
おつりはありますか。	能找錢嗎？
５００円でおつりはありますか。 ごひゃく　えん	給您五百日圓的話，能找錢嗎？

★各付各的

別々に支払いします。 べつべつ　し はら	分開結帳。
別々に支払えますか。 べつべつ　し はら	可以分開結帳嗎？
別々の会計にしてください。 べつべつ　かいけい	請分開結帳。
割り勘にしましょう。 わ かん	我們分開付款（各付各的）吧。
私が先に支払います。 わたし　さき　し はら	我先付款。
とりあえず私が支払っておきます。 わたし　し はら	先由我來付錢吧。

293

★請客

私がおごります。 わたし	我請客。
私に支払わせてください。 わたし　しはら	請讓我付錢吧。
今日は私のおごりです。 きょう　わたし	今天由我請客。

★用信用卡、旅行支票

クレジットカードは使えますか。 つか	可以使用信用卡嗎？
トラベラーズチェックで支払います。 しはら	用旅行支票付款。
一括払いにします。 いっかつばら	一次付清。
分割払いにします。 ぶんかつばら	分期付款。
サインは必要ですか。 ひつよう	需要簽名嗎？
サインをしなくていいのですか。	可以不簽名嗎？
領収書をください りょうしゅうしょ	請給我收據。

★就座前

（私の）予約が通っていません。	怎麼沒有我的預訂？
席が足りません。	座位不夠。
テーブルが汚れています。	桌子太髒。

★點餐、用餐中

コップを割りました。	我把杯子摔破了。
はしを落としました。	筷子掉在地上了。
水をこぼしました。	水灑出來了。
料理が来ません。	餐點沒來。
料理がまだ来ません。	餐點還沒來。
料理が来るのが遅いです。	上餐太慢了。
1皿多いです。	多了一盤。
1皿足りません。	少了一盤。
皿が割れています。	盤子裂了。
皿が汚れています。	盤子很髒。
肉料理は注文していません。	沒點葷食。
注文が間違っています。	點的餐不對。

変な味がします。 へん あじ	有一種奇怪的味道。
においが変です。 へん	氣味很奇怪。
甘すぎます。 あま	太甜了。
辛すぎます。 から	太辣了。
しょっぱいです。	很鹹。
苦いです。 にが	很苦。
酸味が強すぎます。 さんみ つよ	酸味太重了。
量が少なすぎます。 りょう すく	份量太少了。
焼けていません。 や	沒烤熟。
肉に火が通っていません。 にく ひ とお	肉沒全熟。
ソーセージが焦げています。 こ	香腸燒焦了。
スープがひどく臭います。 にお	湯是臭的。
お茶に虫が入っています。 ちゃ むし はい	茶裡有蟲子。

★付帳

お金が足りません。 かね た	錢不夠。
現金を持ち合わせていません。 げんきん も あ	沒帶錢。
金額が違います。 きんがく ちが	金額不對。
金額が高すぎます。 きんがく たか	金額太高了。
計算が違います。 けいさん ちが	算錯了。

おつりが違<ruby>違<rt>ちが</rt></ruby>います。	找的錢不對。
おつりが少<ruby>少<rt>すく</rt></ruby>ないです。	找的錢少了。
おつりが足<ruby>足<rt>た</rt></ruby>りません。	找的錢不夠。

クレジットカードの支払方法<ruby>支払方法<rt>しはらいほうほう</rt></ruby>が違<ruby>違<rt>ちが</rt></ruby>います。　和我指定的信用卡的支付方法不同。

クレジットカードを返<ruby>返<rt>かえ</rt></ruby>してもらっていません。　沒有把信用卡還給我。

サインをしていません。　我沒有簽名。

Memo

11.

在公共設施

11-01.mp3

● 抵達設施後 ●

★開始辦手續為止

すいています。	很空。
こんでいます。	很擠。
結構こんでるね。	相當擠啊。
待つ必要があります。	需要等。
並ぶ必要があります。	需要排隊。
待っている人が多いなあ。	等的人真多啊。
手続きに時間がかかりそうです。	辦手續好像很花時間。
手続きにこんなに時間がかかると思いませんでした。	沒想到辦手續這麼花時間。
手続きはすぐ済みそうです。	辦手續好像很快就結束。
待ち時間はどれくらいですか。	要等多久？
並んでいます！	我在排隊呢！
私が先です！	我先來的！

● 銀行 ●

★匯兌

今日<small>きょう</small>のレートはいくらですか。	今天的匯率是多少？
両替<small>りょうがえ</small>してください。	請幫我兌換一下。
日本円<small>にほんえん</small>に両替<small>りょうがえ</small>してください。	請幫我兌換成日幣。
細<small>こま</small>かくしてください。	請兌換成小面額的錢。
少額紙幣<small>しょうがくしへい</small>も混<small>ま</small>ぜてください。	請混雜一些小面額的紙幣。
トラベラーズチェックを発行<small>はっこう</small>してください。	請給我開旅行支票。

★其他手續

振込<small>ふりこ</small>みをしたいのですが。	我想存錢（轉帳）。
手数料<small>てすうりょう</small>はいくらですか。	手續費是多少？
振込<small>ふりこ</small>み窓口<small>まどぐち</small>はどこですか。	辦理存錢（轉帳）的窗口在哪裡？
料金支払<small>りょうきんしはら</small>いはどの窓口<small>まどぐち</small>ですか。	在哪個窗口繳費？
口座<small>こうざ</small>を開<small>ひら</small>きたいです。	我想開個戶頭。

11-03.mp3

● 郵局 ●

★寄信

荷物を送ります。 にもつ　おく	寄包裹。
台湾にこの手紙を送ります。 たいわん　　てがみ　おく	這封信是寄往台灣的。
普通便でお願いします。 ふつうびん　　ねが	寄普通信。
速達でお願いします。 そくたつ　　　ねが	寄限時信。
航空便でお願いします。 こうくうびん　　ねが	寄航空信。
台湾まで何日かかりますか。 たいわん　　なんにち	寄到台灣需要幾天？
台湾までいくらですか。 たいわん	寄到台灣需要多少錢？
割れ物です。 わ　もの	容易碎的東西。
丁寧に扱ってください。 ていねい　あつか	請小心對待。
上下を逆にしないでください。 じょうげ　ぎゃく	上下不可顛倒放。

12.

在娛樂設施

12-01.mp3

● 電影院／劇場 ●

★買票前

關聯單字 P.307

こんでいますか。	很擁擠嗎？
今の時間、席はありますか。 いま　じかん　せき	現在這個時間，還有座位嗎？
いつなら席がありますか。 せき	什麼時候能有座位？
自由席はありますか。 じゆうせき	有自由座嗎？
指定席だけですか。 していせき	只有對號座嗎？
全席自由席ですか。 ぜんせき じゆうせき	全部都是自由座嗎？
立ち見でも構いません。 た み　　かま	站著看也可以。
何時から始まりますか。 なんじ　　はじ	幾點開演？
何時に終わりますか。 なんじ　お	幾點結束？
夜の部はありますか。 よる ぶ	有晚場嗎？
中国語の解説書はありますか。 ちゅうごくご　かいせつしょ	有中文說明書嗎？
吹替え版ですか。 ふきか ばん	這是配音版嗎？
幕間はありますか まくあい	中間有休息嗎？

★買票

關聯單字 P.307

招待券を持っています。 しょうたいけん　も	我有招待券。
割引券を持っています。 わりびきけん　も	我有折價券。

当日券はありますか。 とうじつけん	有當天的票嗎？
ボックス席のチケットはあります せき か。	有包廂票嗎？
昼の部のチケットをください。 ひる ぶ	請給我白天的票。
夜の部のチケットをください。 よる ぶ	請給我晚上的票。
明日午前のチケットを１枚くださ あした ごぜん いちまい い。	請給我明天早場的票一張。

●電影院／劇場

ボックス席にしてください。 せき	我要包廂。
前寄り、中間の席がいいです。 まえ よ ちゅうかん せき	我要靠前，中間的座位。
通路に近い席がいいです。 つうろ ちか せき	我要靠近走道的座位。
観やすいのはどの辺りですか。 み あた	從哪裡看得最清楚？

★在販賣部

売店はどこですか。 ばいてん	販賣部在哪裡？
パンフレットをください。	請給我一份宣傳的小冊子。
プログラムを１部ください。 いちぶ	請給我一張演出節目表。
グッズをください。	請給我紀念品。
グッズはありませんか。	有紀念品嗎？
ＣＤは出ていますか。 で	出 CD 了嗎？
ＤＶＤは出ていますか。 で	出 DVD 了嗎？

★找位子

このチケットの席はどこですか。 せき	這張票的座位在哪裡？
このチケットの席は２階ですか。 せき　　にかい	這張票的座位在二樓嗎？
席を間違えていませんか。 せき　まちが	你坐錯座位了吧？
すみませんが、前を通してください。 まえ　とお	對不起，請借過。

★館內設備

關聯單字 P.307

トイレはどこですか。	洗手間（廁所）在哪裡？
喫煙所はどこですか。 きつえんじょ	吸煙區在哪裡？
全館禁煙なのですか。 ぜんかんきんえん	全館禁煙嗎？
携帯電話を使っていいですか。 けいたいでんわ　つか	可以使用手機嗎？
コートを預かってください。 あず	請把大衣寄放起來。
荷物を預かってもらえますか。 にもつ　あず	可以寄放行李嗎？
ロッカーはありますか。	有置物櫃嗎？

★買票前（P.304）

・夜の部はありますか。	有晚場嗎？
［夜の部］	晚場
［昼の部］	早場
［第2部］	第二場

★買票（P.304）

・ボックス席にしてください。	我要包廂。
［ボックス席］	包廂
［前寄りの席］	靠前面的座位
［中間の席］	前後排的中間座位
［上手の席］	（從觀眾方向看）右手邊座位
［下手の席］	（從觀眾方向看）左手邊座位
［観やすい席］	容易觀看的座位
［最前列の席］	最前排的座位
［2階の席］	二樓座位

★館內設備（P.306）

・トイレはどこですか。	洗手間（廁所）在哪裡？
［トイレ］	洗手間／廁所
［エレベーター］	電梯
［自動販売機］	自動販賣機

12-02.mp3

● 感想 ●

★在電影院或劇場

關聯單字 P.309

おもしろかったね！	很有意思啊！
感動したね！ かんどう	很令人感動啊！
（内容が）よかったね！ ないよう	（內容）很好啊！
期待したよりおもしろくなかったで きたい す。	不像原來想的那麼有意思。
おもしろい映画でした。 えいが	看了一部很有意思的電影。
（映画が）こういう結末だとは思いも えいが　　　　　けつまつ　　　　おも よりませんでした。	沒想到（電影）是這樣的結尾。

＊【思いもよらない】表「出乎意料、萬萬沒想到」的意思。

とても感動しました。 かんどう	非常感動。
ラストシーンで号泣してしまいまし ごうきゅう た。	看到最後一幕我嚎啕大哭起來。
主役の演技が上手でした。 しゅやく　えんぎ　じょうず	主角的演技很好。

★在美術館或博物館

關聯單字 P.310

変わった造形です。 か　　　　ぞうけい	很新奇的造型。
美しい絵画です。 うつく　　かいが	很美的畫。
迫力のある彫像です。 はくりょく　　　ちょうぞう	氣勢雄偉的雕像。

引き込まれるような絵です。　　引人入勝的畫。
ひ　こ　　　　　　　え

＊【引き込む】表「吸引人」的意思。

心が洗われるような絵画です。　心靈都像被洗滌般的畫。
こころ　あら　　　　　かい が

以前、本で見たことがあるような気　以前好像在書上看到過。
い ぜん　ほん み　　　　　　　　　き
がします。

●感想

關聯單字

★在電影院或劇場（P.308）

・おもしろかったね！	很有意思啊！
[おもしろい]	有意思
[よい（映画、芝居）] えい が　　し ばい	好看（電影、戲劇）
[よい（ミュージカル、オペラ）]	好聽（音樂劇、歌劇）
[よい（演奏）] えんそう	好聽（演奏）
[テンポのよい]	有節奏感
[つまらない]	沒意思
[悲しい] かな	傷心
[考えさせられる] かんが	發人深省
[意味がわからない] い み	不能理解
[すばらしい]	很出色
[物足りない] もの た	少了點什麼

・おもしろい映画でした。　　　看了一部很有意思的電
　えい が　　　　　　　　　　影。

[映画]　　　　　　　　　　電影
えい が

[芝居]　　　　　　　　　　戲劇
しば い

[ミュージカル]　　　　　　音樂劇

[オペラ]　　　　　　　　　歌劇

★在美術館或博物館（P.308）

・美しい絵画です。　　　　　很美的畫
うつく　　　かい が

[絵画]　　　　　　　　　　畫
かい が

[色づかい]　　　　　　　　色彩
いろ

[筆づかい]　　　　　　　　筆致
ふで

[絵のタッチ]　　　　　　　筆觸
え

[仏像]　　　　　　　　　　佛像
ぶつぞう

[細工]　　　　　　　　　　工藝
さい く

[装飾]　　　　　　　　　　裝飾
そうしょく

12-03.mp3

● 去看運動比賽 ●

★開始

關聯單字 P.312

入場料はいくらですか。 にゅうじょうりょう	門票一張多少錢？
おとな2枚、子ども1枚ください。 に まい こ いちまい	我要兩張大人、一張小孩的票。
飲食は禁止ですか。 いんしょく きん し	禁止飲食嗎？
カメラの持込みは可能ですか。 もちこ か のう	可以帶相機進去嗎？
写真を撮ってもいいですか。 しゃしん と	可以拍照嗎？
この席はどこにありますか。 せき	這個座位在哪裡？
この席はどの入り口から入るといいですか。 せき い ぐち はい	這個座位，從哪個入口進去比較好？

★比賽開始前

關聯單字 P.312

試合開始は何時ですか。 し あいかいし いつ	幾點開始比賽？
もうすぐ試合開始です。 し あいかいし	比賽就要開始了。
今日は初戦です。 きょう しょせん	今天是第一場比賽。
この最終戦に勝てば優勝だ！ さいしゅうせん か ゆうしょう	這是最後一場比賽，誰獲勝了就是第一名！
今日勝たなければ決勝戦敗退だ。 きょう か けっしょうせんはいたい	今天不獲勝的話，就是在決賽中敗退了。

去看運動比賽

★開始 (P.311)

・カメラの持込みは可能ですか。 <small>もちこ かのう</small>	可以帶相機進去嗎？
[カメラの持込み] <small>もちこ</small>	帶相機進去
[フラッシュ使用] <small>しよう</small>	使用閃光
[ビデオ撮影] <small>さつえい</small>	錄影
[途中退場] <small>とちゅうたいじょう</small>	中途離開
[再入場] <small>さいにゅうじょう</small>	出場後再入場
[喫煙] <small>きつえん</small>	抽煙

★比賽開始前 (P.311)

・今日は初戦です。 <small>きょう しょせん</small>	今天是第一場比賽。
[初戦] <small>しょせん</small>	第一場比賽
[最終戦] <small>さいしゅうせん</small>	終場比賽
[決勝戦] <small>けっしょうせん</small>	決賽
[優勝決定戦] <small>ゆうしょうけっていせん</small>	決定優勝賽
[オープン戦] <small>せん</small>	公開賽
[大事な試合] <small>だいじ しあい</small>	重要的比賽

● 比賽開始 ●

★加油

頑張れ！ がんば	加油！
そこだ！	就是這樣！
もう一息！ ひといき	再加把勁！
もっと応援しよう！ おうえん	再大聲點打氣！
絶対に勝って！ ぜったい　か	絕對要獲勝！
あきらめないで！	別放棄！

★得分、抵達終點時

ゴール！（サッカー）	進球（足球）！

＊【サッカー】表「足球」的意思。

シュート！	射門！
ゴールイン！（リレーなど）	到終點啦（接力賽等）！

＊【リレー】表「接力」的意思。

終わった！ お	比賽結束！
やったー！	太好啦！
決まったー！ き	贏啦！
成功だ！ せいこう	成功啦！
失敗だ！ しっぱい	失敗啦！

残念！ ざんねん	真遺憾！
惜しい！ お	可惜！
もったいない！	太可惜了！
点数が入った！ てんすう　はい	得分啦！
高得点が出たよ！ こうとくてん　で	得分很高！
同点だ！ どうてん	得分相同！
逆転だ！ ぎゃくてん	逆轉了！
すごい記録が出ました。 きろく　で	創下了驚人的記錄。

★看比賽

すごい！	真厲害！
すばらしい！	真了不起！
接戦です。 せっせん	勝負難分的比賽。
いい試合ですね。 しあい	很好的一場比賽啊。
息を飲む展開です。 いき　の　てんかい	扣人心弦的比賽。

＊【息を飲む】表「因為驚訝或驚嚇而一瞬間停止呼吸」的意思。

ミスが多いです。 おお	失誤很多。
この調子なら勝てるよ！ ちょうし　か	照這樣下去一定能贏！
今日は負けそうだなあ……。 きょう　ま	今天好像會輸……。
勝ち目がありません。 か　め	沒有獲勝的希望。

今のラリーはすごかったね！ いま	剛才的拉鋸戰很精彩！
あのラストスパートは見事です。 みごと	那個最後的衝刺很有看頭。
○○選手のシュートは惜しかった せんしゅ　　　　　　　　　お ね。	○○選手的射門真是可惜 了。
もう少しでホームランだったのに。 すこ	差一點就是全壘打了。

反則だ！ はんそく	犯規！
今のは無効だ！ いま　　むこう	剛才的無效！
今のスマッシュはコートの外だ！ いま　　　　　　　　　　そと	這個扣球出界！

比賽開始

★看選手

今日は絶好調だね。 きょう　ぜっこうちょう	今天打得非常好。
調子が悪いようですね。 ちょうし　わる	好像打得不太好。
相手が強すぎる。 あいて　つよ	對手太強。
さすが昨年の優勝チームだね。 さくねん　ゆうしょう	真不愧是去年的優勝隊。

★剩餘時間

時間はまだたっぷりあります。 じかん	還有充分的時間。
残り1分！ のこ　いっぷん	剩下一分鐘！
残り時間はわずかです。 のこ　じかん	只剩下一點時間了。
もう時間がない！ じかん	已經沒有時間了！

315

★比賽結束

關聯單字 P.317

勝った！ か	獲勝了！
優勝だ！ ゆうしょう	榮獲冠軍了！
１位だ！ いち い	榮獲第一（名）啦！
負けちゃったね。 ま	輸了。
これで連敗だ！ れんぱい	這樣一來就連敗了啊！
まさか予選で敗退するなんて……。 よ せん はいたい	沒想到預選時就敗陣下來……。
次の試合頑張って！ つぎ しあいがんば	下次比賽加油！
すごい試合が見られました。 しあい み	看了一場很棒的比賽。
ずっとひやひやしどおしでした。	我一直提心吊膽的。

＊【しどおし】表「某動作長時間持續」的意思。

チームワークがよかったです。	團隊精神表現得很好。
感動しました。 かんどう	我很感動。
がっかりしました。	我很失望。
うれしいです。	很高興。
すごく悔しいです。 くや	非常不甘心。
勝って気分がいいです。 か きぶん	獲勝了，心情很好。
最悪の気分です。 さいあく きぶん	心情壞透了。
○○選手の引退は寂しいです。 せんしゅ いんたい さび	○○選手的引退令人感到難過。

★比賽結束（P.316）

・優勝だ！ ゆうしょう	榮獲冠軍了！
［優勝］ ゆうしょう	冠軍
［準優勝］ じゅんゆうしょう	亞軍
［2位］ に い	第二（名）
［3位］ さん い	第三（名）
［入賞］ にゅうしょう	獲獎
［決勝戦進出］ けっしょうせんしんしゅつ	獲得決賽權
［決勝戦敗退］ けっしょうせんはいたい	在決賽中敗退

12-05.mp3

● 出去遊玩 ●

★出遊邀請

遊びに行きましょう！	一起去玩吧！
次の日曜日に出かけましょう！	下個星期日出門玩吧！
釣りに行きませんか。	要不要去釣魚？
お祭りに行きませんか。	要不要去看祭典？
一緒に花火をしませんか。	一起放煙火好不好？
天気がよかったら山に行きませんか。	天氣好的話去爬山好不好？
休みになったらハイキングに行きませんか。	放假時去郊遊好不好？
花火を見に行きましょう。	去看煙火吧。
日の出を見に行こう！	去看日出吧！
夕日が見たいね。	我很想看落日。
海までドライブしましょう。	開車兜風去海邊吧。
みんなで海に行きましょう。	大家一起去海邊吧！
みんなを誘ってキャンプに行きましょう！	邀大家去露營吧！

12-06.mp3

● 遊山玩水 ●

★漫步山林

關聯單字 P.324

気持ちいい！ き も	真舒服！
空気がおいしい！ くう き	空氣清新！
風が気持ちいい！ かぜ き も	風吹得好舒服！
深呼吸しよう！ しん こ きゅう	深呼吸！
のびのびできるね。	真悠然自得。

＊【のびのび】表「悠閒、悠然自得」的意思。

リラックスできます。	可以放鬆心情。
気分が解放されます。 き ぶん かいほう	心裡很舒坦。

. . . .

緑がきれいですね！ みどり	綠油油的，真漂亮啊！
木漏れ日がきらきらしています。 こ び	穿透樹葉的陽光閃閃發光。

＊【木漏れ日】表「從樹葉空隙照進來的陽光」的意思。

川が流れています！ かわ なが	有一條小河！
まだ雪が残ってるね！ ゆき のこ	有一些雪還沒融化呢！
紅葉の時季ですね。 もみじ じ き	正是楓葉的季節。
紅葉が始まってるね。 もみじ はじ	楓葉已經轉紅了。
紅葉はもう終わりだね。 もみじ お	楓葉已經結束了。
紅葉がきれいです。 もみじ	楓葉很漂亮。

今が紅葉のピークです。 いま　もみじ	現在是楓葉最紅的時候。
あ、トカゲ！	啊，蜥蝪！
見て、ウサギです！ み	看，是兔子！
シカがあそこを横切りました！ よこぎ	小鹿從那邊走過去了！

文法 【を】表示「通過的點，經過的場所」、【に】表示「動作的歸著點」。

あそこに珍しい鳥がいる！ めずら　とり	那邊有珍奇的鳥！
見たことのない動物です。 み　　　　どうぶつ	沒見過的動物。
なんて名前の鳥だろう？ なまえ　とり	這隻鳥叫什麼名字？

きれいな花が咲いています。 はな　さ	美麗的花正在綻放。
花がたくさん咲いています。 はな　　　　さ	很多花都在綻放。
大きな木ですね。 おお　き	好大的樹啊。
立派な木だね。 りっぱ　き	很雄偉的大樹。
樹齢800年の大木です。 じゅれい　はっぴゃく　ねん　たいぼく	這是樹齡有八百年的大樹。

うわっ！	啊！
虫だ！ むし	蟲子！
変な虫！ へん　むし	很怪的蟲子！
虫が多いです。 むし　おお	蟲子很多。
ムカデにかまれた！	被蜈蚣螫了！

★遊河、湖、海

海だ！ うみ	是海！

きれいな川だね！（美しい）
很美的河川！

大きな湖ですね！
很大的湖啊！

晴れてよかったね。
晴天了，太好了。

今日は海水浴日和です。
今天是去海邊遊玩的好日子。

太陽がまぶしいよ。
太陽很刺眼。

きれいな水だね。（清潔だ）
很乾淨的水。

水が透き通っています。
水很透明。

底まで透き通って見えます。
能看見底。

水面がきらきらしています。
水面閃閃發亮。

せせらぎが聞こえます。
可以聽到潺潺水聲。

水の音が耳に心地いいです。
聽水的聲音，心裡很舒服。

＊【心地】表「感覺、心情」的意思。

流れが速いね。
水流很快啊。

水がさらさらと流れています。
潺潺的流水。

海が青いね！
大海很藍！

潮の香りがする。
聞到潮水的氣味。

波の音が聞こえる。
可以聽到波浪的聲音。

海が荒れています。
大海在起風浪。

いい波だね。
很棒的波浪。

波が穏やかだね。
水波很平穩。

波が高いね。	波浪很高啊。
風がきついね。	風吹得很兇。
潮風が強いです。	海風很強。
引き潮です。	退潮。
満ち潮です。	漲潮。
もうすぐ満ち潮です。	馬上就要漲潮了。
雄大な眺めだ。	眼前是雄偉壯闊的景色。
この広い水面が川だなんて信じられない！	河的水面有那麼寬，簡直無法相信！
向こう岸まで、いったい何キロあるんですか。	到對岸到底有幾公里？
魚が泳いでる！	魚在游泳呢！
珍しい魚がたくさんいます。	有好多珍奇的魚。
鳥が水浴びをしています。	小鳥在洗澡。
ここはごみが多いね。	這裡垃圾很多。
水があまりきれいじゃないね。	水不太乾淨。
泳ごう！	游泳吧！
あの島まで泳ぎましょう！	一直游到那座島！
サーフィンしよう！	去衝浪吧！
ダイビングをしましょう！	去潛水吧！
川下りをしましょう！	坐船順流而下吧！

ボートに乗りましょう！	去坐船吧！
ビーチバレーをしよう！	玩海灘排球吧！
今日は寒いよ。	今天很冷啊。
風邪をひくよ。	會感冒的。
ここで泳ぐのは危ないです。	在這裡游泳很危險。
今日泳ぐのは危険だ！	今天游泳很危險！
危ない！	危險！
流される！	會被沖走的！
おぼれる！	會溺水的！
高波が来る！	大浪來了！
流れに足を取られる！	在水流裡會站不穩的！
浮き輪につかまって！	抓住救生圈！
早く船に乗って！	快坐到船上來！
早く岸にあがって！	快上岸！
助けを呼んで！	呼救呀！
誰か助けて！	救命啊！

● 遊山玩水

★漫步山林（P.319）

・緑がきれいですね！ みどり	綠油油的，真漂亮啊！
［緑］ みどり	綠油油的
［紅葉］ もみじ	楓葉
［花吹雪］ はな ふぶき	花瓣飄落、飛雪似的落花
［若葉］ わか ば	嫩葉

● 賞景 ●

★賞花或紅葉

關聯單字 P.330

花見に行こう！ _{はな み い}	去賞花吧！
紅葉狩りに行きましょう！ _{もみじ が い}	去看楓葉吧！
牡丹を見に行こう！ _{ぼ たん み い}	去看牡丹花吧！
まだつぼみです。	還只是花苞。
そろそろ葉が色づいてきたね。 _{は いろ}	葉子就要變紅了。
満開です。 _{まんかい}	盛開。
散り始めています。 _{ち はじ}	開始散落了。
時季が少し遅かったですね。 _{じ き すこ おそ}	時節有點晚了。
きれい！	真美！
すごくきれい！	非常美！
美しい紅葉です。 _{うつく もみじ}	很美的楓葉。
かわいい花ですね。 _{はな}	好可愛的花。
見とれてしまいます。 _み	看得入神了。
こんなところに小さな花が咲いています。 _{ちい はな さ}	這種的地方居然有小花在綻放。
なんていう花かな？ _{はな}	這種花叫什麼？
この花、本で見たことがあります。 _{はな ほん み}	在書上看過這種花。
一雪蓮という花です。 _{せつれん はな}	是雪蓮花。

賞景

一高地にしか咲かない花です。 只有在高地才開的花。

★日景和夜景

朝日だ！ 是朝陽！

日の出です。 是日出。

朝日が出てきました！ 朝陽升起了！

朝日がまぶしいです。 朝陽很刺眼。

地平線が明るくなってきた！ 地平線慢慢變亮了！

すばらしい夕焼けです。 好漂亮的夕陽。

見て、真っ赤な夕焼けだよ。 看，紅澄澄的夕陽。

太陽が沈んでいきます。 太陽下沉了。

夕日がきれいです。 落日很美。

虹だ！ 彩虹！

虹が出ています！ 彩虹出來了！

星がきれいです。 星星很美。

たくさんの星がみえるよ！ 可以看到好多星星呢！

こんなに無数の星は見たことがあり 從來沒見過這麼多星星！
ません！

あ、流れ星！ 啊，流星！

願いことしなくちゃ！ 要趕快許願才行！

月がきれいに出ています。 月亮真好看。

月が雲に隠れてるね。
月亮躲在雲朵後面呢。

今日は満月だよ。
今天是滿月。

三日月です。
是新月。

....

花火をやっています！
正在放煙火呢！

今、花火があがりました！
現在煙火射上去了！

あそこで大きな花火があがったよ！
那邊很大的煙火射上去了呦！

すごい！
真棒！

大きい！
好大！

きれい！
真美！

きれいな花火！
好美的煙火！

珍しい色の花火ですね！
很特別顏色的煙火啊！

煙がすごいね。
煙很濃啊。

雲に隠れちゃったね。
被雲遮住了。

建物に邪魔されて見えない！
有建築物擋著，看不見！

....

夜景がきれい！
夜景很美！

きれいなイルミネーションですね！
真漂亮的燈光裝飾！

すごいね！
真棒啊！

すごく明るいですね。
真明亮啊。

まるで昼みたいだね。
像白天一樣。

光の洪水のようです。
像一片光海。

きらきらしてるね！	閃閃亮亮的！
宝石を散りばめたようです。 ほうせき　　ち	好像鑲嵌著寶石一樣。

★看人、街道

關聯單字 P.330

すごいたくさんの人！ ひと	這麼多人！
人がいっぱいいるね！ ひと	人真多！
若い人が多いね。 わか　ひと　おお	年輕人很多啊。
家族連れが多いですね。 か ぞく づ　　　おお	和家人一起來的很多啊。
あそこに人だかりができています。 ひと	那邊人都擠成一堆了。
あそこで何か催し物をやっています。 なに　もよお　もの	那邊好像在舉行什麼活動。
店の前に行列ができています。 みせ　まえ　ぎょうれつ	商店門前排成長長隊伍了。
あまり人がいないね。 ひと	沒什麼人。
人影がありませんね。 ひとかげ	看不到什麼人影啊。
ちょっと寂しいね。（雰囲気） さみ　　　　　ふん い き	有點冷清啊。
いい町だね。 まち	很好的城鎮呀。
緑が多い町ですね。 みどり　おお　まち	綠樹成蔭的城鎮呀
静かな町だね。 しず　　まち	很安靜的城鎮呀。
にぎやかな町ですね。 まち	很熱鬧的城鎮呀。
活気のある街ですね。 かっ き　　　　まち	生氣蓬勃的城鎮呀。

＊【活気】表「活力、活潑、生動」的意思。

人が気さくな町ですね。 人們都很直爽的城鎮呀。

歴史のある町なんですね。 是個有歷史的城鎮呀。

歴史の古い町なんですか。 是有歷史的舊城鎮嗎？

風情があります。 很有風情、風格。

人がいきいきしてるね。 人人都很有朝氣。

子どもがたくさんいるね。 小孩很多啊。

あそこに公園があります。 那裡有公園。

こんなところに石碑が建っていま 在這種地方居然建有石碑。
す。

これは貴重な建物なんでしょうね。 這可能是寶貴的建築物吧。

物騒な町ですね。 很不安全的城鎮啊。

夜は１人で出歩かない方がいいね。 夜裡最好不要一個人外出走
動。

＊【出歩く】表「外出走動、閒晃」的意思。

● 賞景

329

關 聯 單 字

★賞花或紅葉（P.325）

・牡丹を見に行こう！ ぼ たん　み　い	去看牡丹花吧！
[牡丹] ぼ たん	牡丹花
[桃] もも	桃花
[桜] さくら	櫻花
[梅] うめ	梅花
[菊] きく	菊花
[モミジ]	楓葉
[コスモス]	大波斯菊
[菜の花] な　はな	油菜花

★看人、街道（P.328）

・緑が多い町ですね。 みどり　おお　まち	綠樹成蔭的城鎮呀。
[緑が多い] みどり　おお	綠樹成蔭
[人が多い] ひと　おお	人很多
[車が多い] くるま　おお	車很多
[落ち着きのある] お　つ	恬靜

● 去兜風 ●

★出門前

ドライブに行こう！	去兜風吧！
ドライブに行きませんか。	要不要去兜風？
今からドライブしよう！	現在就去兜風吧！
どこに行こうか。	去哪裡呢？
どこに行くの？	去哪裡呀？
いつもはどこに行くの？	你經常去哪裡呀？
どこまで行くんですか。	去到哪？
行きたい場所はありますか。	有你想去的地方嗎？
ーどこでもいいよ。	哪裡都可以。
ーどこへ行くんでもいいよ！	不管去哪裡都行！
ー行けるところまで行こう！	能去多遠就去多遠吧！
ーとにかく早く行こう！	總之，快走吧！
ー景色のいいところに連れていって。	帶我去景色好的地方。
ー海に連れていって。	帶我去海邊。
ー夜景のきれいな場所に連れていって。	帶我去夜景很美的地方。
ーいつもと違う場所に連れていって。	帶我去平時不去的地方。

—おすすめのスポットに連れていって。　帶我去你推薦的景點。

—都会から離れたところがいいな。　去遠離城市的地方多好啊。

★兜風

いい天気だね。	天氣真好。
ドライブ日和だね。	是兜風的好日子啊。
すいてるね。	車很少啊。
意外とすいてるね。	沒想到車很少啊。
すいててラッキーだね。	不塞車，好幸運啊。
車が多いね。	車真多啊。
車が多すぎるね。	車太多了啊。
休日だからすごくこんでるね。	因為是假日塞車的很厲害。
なかなか進まないね。	完全無法前進啊。
みんなどこに行くのかな？	大家都去哪裡啊？
風が気持ちいい！	風吹得很舒服！
海の香りがする！	有大海的氣味！
朝日だよ！	是朝陽！
夕日だよ！	是落日！
地平線に夕日が沈んでいきます。	落日沉到地平線了。
道がまっすぐ続いてるね。	道路很筆直啊。

道がどこまでも続いています。	道路一直延續下去。
ここどこ？	這是哪裡？
どこまで来たんですか。	到哪裡了？
ずいぶん遠くまで来たね。	到好遠的地方了啊。
日常を忘れるね。	能把日常瑣事全忘掉。

降りよう。	下車吧。
降りて休憩しよう。	下車休息吧。
ちょっと車を止めましょう。	把車停一下。
ここに車を止めましょう。	把車停在這裡。
止めてください！	請把車停下來！
ちょっと止めて！	請停一下車！

あそこには駐車しない方がいいよ。	最好不要把車停在那裡。
車が止められる場所はある？	有停車的地方嗎？
駐車場を探してきてください。	請找一下停車場。
車がぶつからないように見ていてください。	請注意看車不要碰撞到。
オーライ！	可以！
バックバック！	後退，後退！

眠い？	睏了？
眠くなってきた……。	開始睏了……。
寝ていいよ。	可以睡一下。

●去兜風

着いたら起こしてあげるよ。	到了我就叫醒你。
着いたら起こしてください。	到了的話請叫醒我。
運転を代わってもらっていいですか。	替我開一下車好嗎？
安全運転してね。	注意安全駕駛。
スピードを出しすぎです！	開得太快了！
しっかり前を見て！	注意看前方！
よそ見しないで！	別看旁邊！

★車子的問題

ガス欠だ。	沒油了。
ガソリンスタンドはどこですか。	加油站在哪裡？
近くにガソリンスタンドはありますか。	附近有加油站嗎？
一度車を止めよう。	停一下車。
車を止めて確認しよう。	把車停下來確認一下。
大丈夫そうです。	好像還可以。
少しならまだ走れそうです。	好像還可以跑一下。
このままじゃ車を動かせない。	這樣子車沒辦法啟動。
修理が必要だ。	需要修理。
今すぐ修理屋を呼ばなくちゃ！	必須趕快叫修車的來！

危ない！ あぶ	危險！
伏せて！ ふ	趴下！
よけて！	躲開！
ブレーキ！	剎車！
ハンドルをきって！	轉方向盤！
ハンドルが動かない！ うご	方向盤轉不動！
ブレーキが利かない！ き	剎車不靈！
大変だ！ たいへん	糟糕了！
何かにぶつかった！ なに	撞到什麼了！
大丈夫？ だいじょう ぶ	沒事吧？
けがはない？	沒受傷吧？
痛いところはないですか。 いた	有哪裡痛嗎？
誰か来て！ だれ き	來人啊！
人を呼んで！ ひと よ	叫人來！
早く救急車を呼んで！ はや きゅうきゅうしゃ よ	快叫救護車！

12-09.mp3

● 有關天氣的對話 ●

★以天氣為話題

晴れてよかったね。 （は）	晴天了，太好了。
すごくいい天気だね。 （てん　き）	真是好天氣啊。
いい日和になりましたね。 （ひ　より）	天氣變好了。

＊【日和】表「天氣、晴天」的意思。

暖かいですね。 （あたた）	很暖和啊。
涼しいですね。 （すず）	很涼快啊。
ちょうどいい気候だね。 （き　こう）	正是好氣候。
日差しが暖かいですね。 （ひ　さ）　（あたた）	太陽照得暖呼呼的啊。
日差しが強いね。 （ひ　さ）　（つよ）	陽光很強啊。
紫外線が強そうです。 （し　がいせん）　（つよ）	紫外線好像很強。
まったく日陰がないですね。 （ひ　かげ）	完全沒有陰涼的地方啊。
日焼けしそう……。 （ひ　や）	要曬黑了……。
日焼けに気をつけなくちゃ。 （ひ　や）　（き）	要注意別曬黑了。

曇ってるね。 （くも）	陰天啊。
暑いよりいいよ。 （あつ）	比天氣熱好。
曇りの方が暑くないよ。 （くも）　（ほう）　（あつ）	陰天的時候比較不熱。
雨が降らないといいね。 （あめ）　（ふ）	不下雨就好了。

帰るまでに雨が降らなければいいですね。
かえ　　　あめ　ふ

直到回去之前都不下雨就好了。

文法 【までに】為（名詞＋までに／動詞辭書形＋までに）表「直到…」的意思。

雲行きがあやしいなあ。
くも ゆ

雲的走向很奇怪。

雨で残念だね。
あめ　　ざんねん

下雨了，真遺憾。

早くやまないかなあ。
はや

雨會不會很快就停呢。

雨がやむことを祈ろう。
あめ　　　　　いの

祈禱雨快停吧。

寒くなりそうです。
さむ

好像要變冷了。

霧が出てきました。
きり　で

起霧了。

雷が鳴っています。
かみなり　な

打雷了。

霧が濃くて前が見えません。
きり　こ　　まえ　み

霧很濃，看不清前面。

Memo

13.

生病

13-01.mp3

● 對方的身體狀況 ●

★詢問身體狀況

お元気ですか。	身體好嗎？
体調はどうですか。	身體狀況怎麼樣？
あれから体調はどうですか。	後來身體狀況怎麼樣了？
無理していませんか。	有沒有在勉強？
具合の悪いところはないですか。	有沒有不舒服的地方？

＊【具合】表「健康狀況、狀態」的意思。

けがはどうですか。	傷口怎麼樣了？
寝不足ですか。	睡眠不足嗎？
ちゃんと食事をとっていますか。	有沒有好好地吃飯？

★看見對方的狀況

しんどそうです。	好像很痛苦。
つらそうです。	好像很難受。
痛そうです。	好像很痛。
気分が悪そうです。	好像身體不太舒服。
体調が悪そうです。	好像身體不太好。
顔色が優れません。	臉色不太好。

顔色がよくありません。
かおいろ

臉色不好。

元気がありませんね。
げん き

你好像沒精神。

熱があるんじゃないですか。
ねつ

你發燒了吧？

まだ病気が治っていないのですか。
びょう き　　なお

你的病還沒好嗎？

★擔心

無理をしないでください。
む り

請不要勉強。

無理をしないように。
む り

盡量不要勉強。

休みますか。
やす

休息一下嗎？

少し休んでください。
すこ　やす

休息一會兒吧。

しばらく休んでいなさい。
　　　　やす

休息一段時間吧。

病院に行きなさい。
びょういん　い

去醫院吧。

13-02.mp3

● 每天的身體健康 ●

★好

元気です。	很健康。
快調です。	身體很好。
絶好調です。	身體非常好。
元気になりました。	恢復健康了。
少し元気になりました。	身體好一些了。
気持ちがとても楽になりました。	心情好多了。
体調がいいです。	身體狀況很好。
調子がいいです。	感覺身體很好。
近ごろ、体調がいいです。	最近身體狀況很好。
以前より体調がいいです。	身體狀況比以前好。
調子がよくなりました。	感覺身體好些了。
ずいぶん調子がよくなりました。	感覺身體好多了。
毎日が楽しいです。	每天都很愉快。
食欲があります。	有食慾。
食欲が旺盛です。	食慾旺盛。
よく眠れます。	睡得很好。
よく食べられます。	很能吃。

よく眠れるようになりました。	能睡好覺了。
よく食べられるようになりました。	變得很能吃了。

★壞

体調が優れません。	身體狀況不太好。
疲れています。	很疲累。
かなり疲れています。	相當疲累。
最近、疲れています。	最近很疲累。
疲れがたまっています。	疲勞累積很多。
疲れがとれません。	無法消除疲勞。
疲労困憊です。	累得要死。

元気が出ません。	提不起勁。
気力がわきません。	沒有力氣。
体力がもちません。	覺得體力不支。
体力が衰えています。	覺得體力衰竭。
やる気がおきません。	提不起精神來。
ぼんやりしていることが多いです。	經常處於漫不經心的狀態。

＊【ぼんやり】表「無所事事、缺乏活力」的意思。

何をやってもつまらないです。	做什麼都沒興趣。

憂鬱です。	很鬱悶。
暗い気分になります。	心情好沉悶。

343

ストレスを感じます。 <small>かん</small>	感到壓力。
ストレスがたまっています。	累積很多壓力。
精神的にまいっています。 <small>せいしんてき</small>	感到精神不濟。

＊【まいる】表「受不了、吃不消」的意思。

食欲がありません。 <small>しょくよく</small>	沒有食慾。
不安で眠れません。 <small>ふ あん　ねむ</small>	心神不定睡不著覺。
このところ眠れません。 <small>ねむ</small>	最近睡不著覺。
寝不足です。 <small>ね ぶ そく</small>	睡眠不足。

＊【不足】表「缺少、缺乏」的意思。

● 生病／受傷 ●

★痊癒

病気が完治しました。 びょう き　　かん ち	病已經完全治好了。
退院します。（退院を許されました） たいいん　　　　　たいいん　ゆる	可以出院了。
もうすぐ退院します。 たいいん	不久就可以出院了。
もう退院しました。 たいいん	已經出院了。
痛みがなくなりました。 いた （治まりました） おさ	已經不痛了。

＊【治まる】表「平息、平定下來」的意思。

痛みはなくなったようです。 いた	好像已經不痛了。
のどの痛みがなくなって、楽です。 いた　　　　　　らく	喉嚨不痛了，很舒服。
のどのはれがなくなったので安心し ました。　　　　　　　　　あんしん	喉嚨不腫了，放心了。
風邪が治りました。 か ぜ　なお	感冒治好了。
熱が下がりました。 ねつ　さ	退燒了。
食欲が出てきました。 しょくよく　で	有食慾了。
吐き気がおさまりました。 は　け	已經不噁心了。
寒気がなくなりました。 さむ け	不覺得冷了。
（皮膚の）赤みが消えました。 ひ ふ　　あか　　き	（皮膚）不紅了。
はれがひきました。	消腫了。

＊【ひく】表「退、後退」的意思。

傷がよくなりました。 きず	傷口已經好了。
1人でも何歩か歩けるようになりました。 ひとり　　　なんぽ　ある	一個人也能慢慢走幾步了。

★沒治好

關聯單字 P.347

痛みがひきません。 いた	疼痛一點也沒有減輕。
痛みがずっとひきません。 いた	疼痛一直沒有減輕。
薬を飲んでも痛みがひきません。 くすり　の　　　　いた	吃了藥，還是痛。
のどの痛みがひかないので不安です。 いた　　　　　　　ふあん	喉嚨痛沒有好，心裡很不安。
のどの痛みがひどくなったようです。 いた	喉嚨好像痛得更厲害了。
まだのどの痛みが残っています。 いた　　　のこ	喉嚨還有點痛。
一向に治りません。 いっこう　なお	一直治不好。

＊【一向】表「完全、總、一點也…」的意思。

薬を飲んでも治りません。 くすり　の　　　　なお	吃了藥，也沒治好。
薬を飲み続けても治りません。 くすり　の　つづ　　　　なお	一直在吃藥也沒治好。
薬を飲んでいるのに治りません。 くすり　の　　　　　　なお	雖然吃了藥，可是沒治好。
治療を受けても治りません。 ちりょう　う　　　　なお	接受治療還是治不好。
治療を受けているのに治りません。 ちりょう　う　　　　　　なお	明明接受了治療卻治不好。
手術したのに治りません。 しゅじゅつ　　　　なお	做了手術卻沒治好。

いつまでたっても治りません。
一直總是治不好。

こんなに苦しいのに治りません。
忍受那麼大的痛苦還是治不好！

症状が改善されません。
症狀沒有改善。

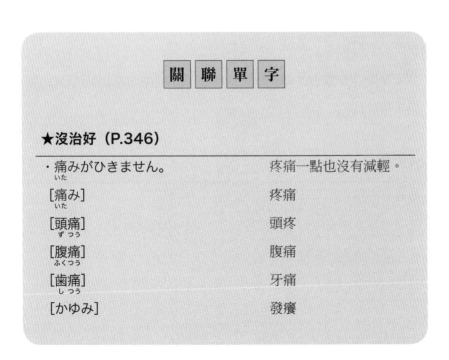

關聯單字

★沒治好（P.346）

・痛みがひきません。	疼痛一點也沒有減輕。
［痛み］	疼痛
［頭痛］	頭疼
［腹痛］	腹痛
［歯痛］	牙痛
［かゆみ］	發癢

13-04.mp3

● 去醫院 ●

★看醫生

内科病院に行きたいです。 ないかびょういん　い	我想去內科看病。
外科病院に行きたいです。 げかびょういん　い	我想去外科看病。
鍼治療を受けたいのですが。 はりちりょう　う	我想接受針灸治療。
漢方薬を処方してくれる病院を探しています。 かんぽうやく　しょほう　びょういん　さが	我在找能開中藥的醫院。
西洋医学系の病院はどこにありますか。 せいよういがくけい　びょういん	在哪裡有看西醫的醫院？
東洋医学系の病院は近くにありますか。 とうよういがくけい　びょういん　ちか	附近有看中醫的醫院嗎？
２４時間、診察している病院はありますか。 にじゅうよじかん　しんさつ　びょういん	有沒有二十四小時看病的醫院？

★緊急

医者を呼んでください。 いしゃ　よ	叫醫生來。
急いで救急車を呼んでください。 いそ　きゅうきゅうしゃ　よ	快叫救護車來。
私を早く病院に連れていって！ わたし　はや　びょういん　つ	快把我送到醫院！

受付は何時からですか。	幾點開始掛號？
受付は何時までですか。	掛號到幾點結束？
診察は何時からですか。	診療從幾點開始？
午前の診察は何時からですか。	上午的診療從幾點開始？
午後の診察は何時までですか。	下午的診療到幾點結束？
待たなければいけませんか。	要等嗎？
待ち時間はどれくらいですか。	要等多久？
明日また来ます。	我明天再來。
受付をお願いします。	我要掛號。
初診です。	是初診。
はじめて来ました。	我是第一次來。
内科に来ました。	我看內科。
外科に来ました。	我看外科。
私はどの科にかかるべきですか。	我應該看什麼科？
定期検診を受けに来ました。	我是來做定期檢查的。
予防接種を受けに来ました。	我是來打預防針的。
健康診断を受けたいのですが。	我想做健康檢查。
山本医師の診療の受付をお願いします。	我要掛號山本醫生。
診察室はどこですか。	診療室在哪裡？

去醫院

349

★看診的順序

私の順番になりましたか。 わたし　じゅんばん	輪到我了嗎？
次は私ですか。 つぎ　わたし	下一個是我嗎？
私の診察は１０番目ですか。 わたし　しんさつ　じゅう　ばん め	我是第十號嗎？
私の診察は何番目ですか。 わたし　しんさつ　なんばん め	我排在第幾號？
私の順番はまだですか。 わたし　じゅんばん	還沒輪到我嗎？
順番を抜かされました。 じゅんばん　ぬ	我的號碼被跳過去了。

＊【抜かす】表「遺漏、漏掉」的意思。

★繳費

診察料はいくらですか。 しんさつりょう	診療費是多少？
保険は使えますか。 ほ けん　つか	能使用保險嗎？
台湾の保険を使いたいのですが。 たいわん　ほ けん　つか	我想使用台灣的保險。
台湾の保険を使うにはどうします たいわん　ほ けん　つか か。	怎麼使用台灣的保險呢？
領収書をください。 りょうしゅうしょ	請給我收據。

★接受檢查時

検査を受けます。 けん さ　う	接受身體檢查。
検査代はいくらになりますか。 けん さ だい	身體檢查是多少錢？
検査室はどこですか。 けん さ しつ	檢查室在哪裡？

私の検査の順番まで、どれくらい時
わたし　けんさ　じゅんばん　　　　　　　　　　　じ
間がありますか。
かん

輪到我檢查還需要多久？

關　聯　單　字

★在櫃檯（P.349）

・内科に来ました。
　ないか　き
我看內科。

[内科]
　ないか
內科

[眼科]
　がんか
眼科

[歯科]
　しか
牙科

[耳鼻咽喉科]
　じびいんこうか
耳鼻喉科

[皮膚科]
　ひふか
皮膚科

[泌尿器科]
　ひにょうきか
泌尿科

[小児科]
　しょうにか
小兒科

[産婦人科]
　さんふじんか
婦產科

13-05.mp3

● 進入診間 ●

★剛開始

私の症状はどうでしょうか。 <small>わたし　しょうじょう</small>	我的症狀如何？
私の症状を診てください。 <small>わたし　しょうじょう　み</small>	請看看我的症狀。
診断書を書いてください。 <small>しんだんしょ　か</small>	請寫診斷書。
処方せんをください。 <small>しょほう</small>	請給我開處方箋。
心臓病の持病があります。 <small>しんぞうびょう　じびょう</small>	我一直患有心臟病。

＊【持病】表「沒治好的老毛病」的意思。

薬を服用しています。 <small>くすり　ふくよう</small>	我正在服藥。
妊娠中です。 <small>にんしんちゅう</small>	我懷孕了。
アレルギーが出る薬があります。 <small>で　くすり</small>	有的藥會引起過敏反應。

★來看病的原因

けがをしました。	我受傷了。
殴られました。 なぐ	我被人打了。
壁にぶつけました。 かべ	我撞到牆了。
人と強くぶつかりました。 ひと つよ	我和人狠狠地相撞了。
足を滑らせて転びました。 あし すべ ころ	我滑倒了。
ドアに指を挟みました。 ゆび はさ	手指被門夾住了。
犬にかまれました。 いぬ	被狗咬了。
虫に刺されました。 むし さ	被蟲子螫了。
目に異物が入りました。 め い ぶつ はい	眼睛裡進東西了。
誤って洗剤を飲みました。 あやま せんざい の	誤喝了清潔劑了。

353

● 說明症狀 ●

★疼痛

痛いです。	很痛。
頭が痛いです。	頭痛。
おなかが痛いです。	肚子痛。
腹痛がおさまりません。	肚子痛不停。
胸に痛みが走ります。	胸口痛。
歯が痛いので診てください。	我牙痛，請幫我看一看。
足が痛くて歩けません。	腳痛得走不了。

★癢

かゆいです。	很癢。
全身がかゆいです。	全身都癢。
発疹が出てかゆいです。	出疹子，很癢。
虫に刺されたところがかゆいです。	被蟲子螫的地方很癢。
薬をつけたところがかゆいです。	塗藥的地方很癢。
シップを貼ったところがかゆいです。	貼藥膏的地方很癢。
かゆくて耐えられません。	癢得受不了。

★難過

苦しいです。 <small>くる</small>	很難受。
胸が苦しいです。 <small>むね　　くる</small>	胸口很難受。
息が苦しいです。 <small>いき　　くる</small>	喘不過氣來。
呼吸が苦しいです。 <small>こきゅう　　くる</small>	呼吸困難。
走ると苦しいです。 <small>はし　　　くる</small>	跑起來的時候很難受。
せきがひどくて苦しいです。 <small>くる</small>	咳嗽很嚴重，很難受。
苦しいのはもう嫌です。 <small>くる　　　　　　いや</small>	已經不想再痛苦了。
しんどいです。	不好受。
薬を飲むのがしんどいです。 <small>くすり　の</small>	吃藥很不好受。
息が切れてしんどいです。 <small>いき　き</small>	喘不過氣來，很不好受。
熱が出て全身がだるいです。 <small>ねつ　で　ぜんしん</small>	發燒全身提不起勁。
つらいです。	很痛苦。
外出できなくてつらいです。 <small>がいしゅつ</small>	不能外出，很痛苦。
治療が長引いてつらいです。 <small>ちりょう　ながび</small>	治療時間太長，很痛苦。

★感覺不舒服／全身無力

気分が悪いです。（体調が優れない） <small>きぶん　わる　　　　たいちょう　すぐ</small>	覺得不舒服（身體不適）。
吐き気がします。 <small>は　け</small>	感覺噁心。
吐きそうです。 <small>は</small>	好像要吐了。
熱中症です。 <small>ねっちゅうしょう</small>	中暑了。

熱中症にかかりました。 ねっちゅうしょう	我中暑了。
体がだるいです。 からだ	全身沒幹勁。
ふらふらします。	搖搖晃晃的。
貧血のようです。 ひんけつ	好像是貧血。
きのうから目まいがします。 め	從昨天開始感覺頭暈。

★回想發作的原因

強く肌をかきました。 つよ はだ	我用力抓過皮膚了。
先週、ひどい熱が出ました。 せんしゅう ねつ で	上週發過高燒。
古くなった魚を食べました。 ふる さかな た	吃了變質的魚肉。
1か月前、外国旅行に行きました。 いっ げつまえ がいこくりょこう い	一個月之前去國外旅行了。
病気になる原因が思い当たりません。 びょうき げんいん おも あ	我想不出發病的原因。
とくに何もしていません。 なに	沒做什麼特別值得一提的事。

★感冒

風邪をひきました。 か ぜ	我感冒了。
風邪をひいたようです。 か ぜ	我好像感冒了。
風邪が長引いています。 か ぜ ながび	感冒一直不好。
寒気がします。 さむけ	感覺全身發冷。
熱っぽいです。 ねつ	好像在發燒。

微熱があります。
びねつ

輕微發燒。

高熱です。
こうねつ

發高燒。

３９度の熱があります。
さんじゅうく ど ねつ

發三十九度的高燒。

顔がほてります。
かお

臉發燙。

頭が痛いです。
あたま いた

頭痛。

頭痛がします。
ずつう

感覺頭痛。

頭がぼうっとします。
あたま

腦袋放空。

のどが痛いです。
いた

喉嚨痛。

せきが出ます。
で

咳嗽。

ずっとせきが止まりません。
と

止不住地咳嗽。

★牙齒

歯が痛いです。
は いた

牙痛。

歯茎がはれているようです。
しけい

牙齦好像腫了。

冷たいものがふれると歯にしみます。
つめ は

牙一碰到冷的就發麻。

＊【しみる】表「液體或氣體的刺激使產生的刺痛感」的意思。

食事をすると歯が痛いです。
しょく じ は いた

一吃飯就牙痛。

虫歯かもしれません。
むしば

可能是蛀牙。

★眼睛

目が痛いです。
め いた

眼睛痛。

目が充血しています。 め　　じゅうけつ	眼睛充血了。
まぶしさを感じます。 かん	眼睛畏光。
目がちかちかします。 め	眼睛花了。
ものもらいができました。	長了針眼。

★耳／鼻

耳鳴りがします。 みみな	感覺耳鳴。
音を聞き取りにくいです。 おと　き　と	聽力差。
鼻血が出ました。 はなち　で	流鼻血了。
鼻血が止まりません。 はなち　と	鼻血止不住。
鼻のつまりがひどいです。 はな	鼻子塞住了。
くしゃみが止まりません。 と	不停地打噴嚏。

★心臓

動悸がします。 どうき	感覺心悸。
すぐに息がきれます。 いき	感覺呼吸淺、上氣不接下氣。

★胃腸

おなかが痛いです。 いた	肚子痛。
おなかの調子が悪いです。 ちょうし　わる	感覺肚子不太舒服。
下痢です。 げり	腹瀉。

便秘です。
べんぴ

便秘。

★皮膚

腕に発疹が出ました。 うで　ほっしん　で	手臂上出斑疹了。
はれものができました。	起腫包了。
薬を塗ったところがはれました。 くすり　ぬ	塗藥的地方腫起來了。
あざが消えません。 き	斑點沒有消失。

★外傷／關節

やけどです。	燙傷。
しもやけです。	凍傷。
打撲です。 だ　ぼく	撞傷。
ねんざです。	扭傷。
突き指です。 つ　ゆび	手指挫傷。
ぎっくり腰です。 ごし	腰扭傷。
ぎっくり腰になりました。 ごし	閃到腰了。

★女性的身體

生理がきません。 せい　り	月經沒來。
生理痛がひどいです。 せい　り　つう	月經疼痛得很厲害。
私は妊娠していますか。 わたし　にんしん	我懷孕了嗎？

13-08.mp3

● 關於治療 ●

★關於治療的問題和要求

注射してください。 ちゅうしゃ	請幫我打針。
使い捨ての針を使ってください。 つか　す　　はり　つか	請用一次性針頭。
鍼を打ってください。 はり　う	請幫我打針吧。
検査を希望します。 けんさ　きぼう	我想要檢查身體。
手術は必要ですか。 しゅじゅつ　ひつよう	需要做手術嗎？
手術しなければいけませんか。 しゅじゅつ	必須做手術嗎？
手術しなくても治りますか。 しゅじゅつ　　　なお	不做手術也能治好嗎？
薬だけで治りますか。 くすり　　なお	只吃藥能治好嗎？
薬だけで治したいのですが。 くすり　　なお	我希望只用藥物進行治療。

★看診結束

運動してもいいですか。 うんどう	可以運動嗎？
入浴してもいいですか。 にゅうよく	可以洗澡嗎？
しばらく通院しなければいけませんか。 つういん	暫時要常來醫院治療嗎？

＊【しばらく】表「動作或狀態短暫持續」的意思。

● 藥 ●

★求藥

關聯單字 P.363

塗り薬を処方してください。 ぬ くすり しょほう	請給我開外塗的藥。
頭痛薬をください。 ず つうやく	請給我頭痛藥。
やけどに塗り薬はありますか。 ぬ ぐすり	有治療燙傷的外用藥嗎？
かゆみに効く塗り薬はありますか。 き ぬ ぐすり	有止癢的外用藥嗎？
睡眠薬がほしいのですが……。 すいみんやく	我要安眠藥。

● 藥

★詢問關於藥物的問題

この薬は腹痛に効きますか。 くすり ふくつう き	這種藥治療肚子痛有效嗎？
これは痛み止めの薬ですか。 いた ど くすり	這是止痛藥嗎？
副作用はないですか。 ふく さ よう	沒有副作用嗎？
この薬の効能を教えてください。 くすり こうのう おし	請告訴我這種藥的效用。
薬はいつ飲みますか。 くすり の	什麼時候吃藥？
薬はどのように飲みますか。 くすり の	這種藥怎麼吃？
食前に飲みますか。 しょくぜん の	是飯前吃藥嗎？
食後に飲みますか。 しょくご の	是飯後吃藥嗎？
食間に飲んでもいいですか。 しょくかん の	可以在吃飯時吃藥嗎？
一日２回飲めばいいですか。 いちにち に かい の	一天吃兩次藥，對嗎？

胃腸薬と併用しても大丈夫ですか。　可以同時服用腸胃藥嗎？
いちょうやく　へいよう　　だいじょうぶ

飲んではいけない薬はありますか。　有不可以吃的藥嗎？
の　　　　　　　　　くすり

★領藥

薬局はどこですか。　　　　　　　藥房在哪裡？
やっきょく

処方せんはこれです。　　　　　　這是處方箋。
しょほう

薬代はいくらですか。　　　　　　藥費多少錢？
くすりだい

薬代は払いました。　　　　　　　已經付過藥費了。
くすりだい　　はら

★求藥（P.361）

・頭痛薬をください。 <small>ず つうやく</small>	請給我頭痛藥。
［頭痛薬］ <small>ず つうやく</small>	頭痛藥
［飲み薬］ <small>の ぐすり</small>	內服藥
［解熱剤］ <small>げ ねつざい</small>	退燒的藥
［胃腸薬］ <small>い ちょうやく</small>	腸胃藥
［整腸剤］ <small>せいちょうざい</small>	止瀉藥
［下剤］ <small>げ ざい</small>	瀉藥
［目薬］ <small>め ぐすり</small>	眼藥
［点鼻薬］ <small>てん び やく</small>	鼻炎治療藥
［しっぷ薬］ <small>やく</small>	外敷藥
［精神安定剤］ <small>せいしんあんていざい</small>	精神安定劑

藥

Memo

14.

各種麻煩

14-01.mp3

● 精簡短句 ●

★呼救

助けて！ たす	救命啊！
早く誰が来て！ はや だれ き	快來人啊！
助けてください！ たす	請救救我！
誰か助けてください！ だれ たす	誰來救救我！
誰か人を呼んでください！ だれ ひと よ	有誰幫忙叫人來！
警官を呼んで！ けいかん よ	叫警察！

★威嚇

待て！ ま	等一等！
動くな！ うご	不許動！
止まれ！ と	停下！
やめろ！	住手！
放せ！ はな	放開我！
人を呼びます！ ひと よ	我要叫人了！
警官を呼ぶぞ！ けいかん よ	我要叫警察啦！

★逃跑

逃げろ！ <small>に</small>	逃走吧！
早く逃げて <small>はや に</small>	快逃！
走れ！ <small>はし</small>	快跑！
隠れろ！ <small>かく</small>	藏起來！
避難しろ！ <small>ひ なん</small>	找掩護！
怪我をして動けません！ <small>け が うご</small>	我受了傷不能動彈！
私を置いていかないで！ <small>わたし お</small>	別丟下我不管！

★警告

關聯單字 P.368

物騒です。 <small>ぶっそう</small>	不安全。
この辺りは物騒です。 <small>あた ぶっそう</small>	這一帶不安全。

＊【物騒】表「社會不安寧、危險」的意思。

危ない！ <small>あぶ</small>	危險！
それは危険だ！ <small>き けん</small>	那樣做很危險！
ここは危険だ！ <small>き けん</small>	這裡很危險！
彼を刺激したら危険です！ <small>かれ しげき き けん</small>	刺激他很危險！
行くのはやめなさい！ <small>い</small>	別去啦！
騒ぐのはやめなさい！ <small>さわ</small>	別鬧啦！
触るのはやめなさい！ <small>さわ</small>	別摸！
それ以上騒ぐのはやめなさい！ <small>い じょうさわ</small>	別再鬧下去啦！

●精簡短句

關 聯 單 字

★啟動警鈴 （P.367）

・この辺りは物騒です。	這一帶不安全。
[この辺り]	這一帶
[あそこ（そこ）]	那裡
[路地裏]	巷子
[町外れ]	郊外
[○○の周辺]	○○的周邊
[○○から離れたところ]	離○○較遠的地方
・行くのはやめなさい！	別去啦！
[行く]	去
[ついて行く]	跟著去
[一緒に行く]	一起去
[関わる]	牽扯
[乗る]	乘坐
[買う]	買
[食べる]	吃
[飲む]	喝

● 困擾的時候 ●

★語言不通

日本語を話せません。 にほんご はな	我不會說日文。
日本語がわかりません。 にほんご	我不懂日文。
日本語は少ししかわかりません。 にほんご すこ	我只懂一些日文。

文法 【しか】（動詞連體形／形容詞／形容動詞連用形＋しか，後接否定）表「只、很少」的意思。

彼がなんと言っているかわかりません。 かれ い	我聽不懂他在說什麼。
英語で話してください。 えいご はな	請說英文（英語）。
ゆっくり話してください。 はな	請慢慢說。
もう一度言ってください。 いちど い	請再說一遍。
中国語を話せる人はいますか。 ちゅうごくご はな ひと	有人會說中文嗎？
中国語がわかる人はいませんか。 ちゅうごくご ひと	有人懂中文嗎？
ここに書いてください。 か	請寫在這裡。

★被要求什麼的時候

無理です。 むり	做不到。
そんなことはできません。	做不到這樣的事。
それが必要なんですか。 ひつよう	那是必要的嗎？

困擾的時候

369

持っていないと、どうなりますか。 も	如果不帶在身上會有什麼問題嗎？
なんとかなりませんか。	沒有什麼辦法嗎？
なんとかしてください。	請想想辦法。
私はどうすればいいですか。 わたし	我應該怎麼做呢？
どうすればいいかわかりません。	我不知道應該怎麼做。

★迷路／詢問時間

關聯單字 P.371

ここはどこですか。	這是哪裡？
ここがどこかわかりません。	我不知道這是哪裡。
今、どこにいるのかわかりません。 いま	我不知道現在在哪裡。
警察署に連れて行ってください。 けいさつしょ　つ　　　い	請帶我去警察局。
台北駐日経済文化代表処に連れて行 たいぺいちゅうにちけいざいぶん か だいひょうしょ　　　つ ってください。　　　　　　　　　　い	請帶我去台北駐日經濟文化代表處。

＊【連れる】表「伴隨、跟著」的意思，常用（に連れて）的形式。

今、何時ですか。 いま　なん じ	現在幾點了？
時間を教えて下さい。 じ かん　おし	請告訴我時間。

★迷路／詢問時間（P.370）

・警察署に連れて行ってください。 けいさつしょ　　つ　　　　　　い	請帶我去警察局。
[警察署] けいさつしょ	警察局
[駅] えき	車站
[このホテル]	這個飯店
[この場所] ばしょ	這個場所
[タクシーを拾える場所] ひろ　　　ばしょ	能搭計程車的地方
[安全な場所] あんぜん　ばしょ	安全的地方

● 困擾的時候

371

14-03.mp3

● 交通事故 ●

★精簡短句

交通事故だ！ こうつう じ こ	車禍啦！
痛い！ いた	痛！
大変だ！ たいへん	不得了啦！
人を呼んで！ ひと よ	叫人來！
救急車を呼んでください！ きゅうきゅうしゃ よ	叫救護車！
警官に通報してください！ けいかん つうほう	請通知警察！

★在事故現場

大丈夫ですか。 だいじょう ぶ	還可以嗎？
けがはありませんか。	有沒有受傷？
頭を打っていませんか。 あたま う	有沒有撞到頭？
痛いところはありませんか。 いた	有沒有覺得痛的地方？
病院に行きましょう！ びょういん い	去醫院吧！
けがをしました。	我受傷了。
頭を打ちました。 あたま う	撞到頭了。
骨折したようです。 こっせつ	好像骨折了。
気分が悪いです。 き ぶん わる	有點不舒服。

吐き気がします。
は　　け

噁心。

立てません。
た

站不起來。

動けません。
うご

動不了。

その人をあまり動かさないでくださ
ひと　　　　　うご
い。

不要動到他的身體。

その人を病院に連れて行ってくださ
ひと　びょういん　つ　　　い
い。

送他去醫院吧。

一緒に警察署に来てください。
いっしょ　けいさつしょ　き

請一起來警局一下。

名前を教えてください。
なまえ　おし

請告訴我你的名字。

電話番号を教えてください。
でん わ ばんごう　おし

請告訴我你的電話號碼。

住所を教えてください。
じゅうしょ　おし

請告訴我你的住址。

私の名前は王です。
わたし　なまえ　おう

我姓王。

私の電話番号は１３－４６７９で
わたし　でん わ ばんごう
す。

我的電話號碼是一三一四六
七九。

14-04.mp3

● 犯罪被害 ●

★竊盜

泥棒！ どろぼう	小偷！
あの人に財布を盗まれた！ ひと　さいふ　ぬす	那個人偷了我的錢包！
カバンを取られた！ と	我的皮包被偷了！
待て！ ま	別跑！
止まれ！ と	站住！
犯人はあの人です！ はんにん　　　ひと	犯人就是那個人！
その男を捕まえてください！ おとこ　つか	請抓住那個男人！
警官を呼んでください！ けいかん　よ	叫警察來！

★變態

変質者！ へんしつしゃ	變態！
痴漢！ ちかん	色狼！
人を呼びます！ ひと　よ	我要叫人啦！
変な男がついてきます！ へん　おとこ	有個怪男人跟著我！
やめてください！	請你住手！
やめて！	不要！

★生命受到威脅的時候

命だけは助けてください！ いのち　たす	饒我一條命吧！
撃たないでください！ う	別開槍！
やめてください！	請住手！
要求はなんですか。 ようきゅう	你想要什麼？
何が欲しいんですか。 なに　ほ	想要什麼？
お金が欲しいんですか。 かね　ほ	想要錢嗎？
言うとおりにします。 い	我會照你說的做。
お金を渡します。 かね　わた	給你錢。
お金はこれで全部です。 かね　　　　　ぜんぶ	這是我全部的錢財。
財布はカバンの中です。 さいふ　　　　　なか	我的錢包在皮包裡。
もう何も持っていません。 なに　も	我已經什麼都沒有了。

14-05.mp3

● 報案 ●

★報案

警察署はどこですか。 けいさつしょ	警察局在哪裡？
遺失物取扱所はどこですか。 いしつぶつとりあつかいじょ	失物招領處在哪裡？
台北駐日経済文化代表処に行きます。 たいぺいちゅうにちけいざいぶんかだいひょうしょ　い	我要去台北駐日經濟文化代表處。
台北駐日経済文化代表処への行き方を教えてください。 たいぺいちゅうにちけいざいぶんかだいひょうしょ　い　かた　おし	請告訴我台北駐日經濟文化代表處怎麼走？

★交通事故

車をぶつけました。 くるま	撞到車了。
トラックにぶつけられました。	我被卡車撞了。
バイクと事故を起こしました。 じこ　お	和摩托車發生了事故。
人身事故です。 じんしんじこ	人員傷亡事故。
対物事故です。 たいぶつじこ	物品損壞事故。

★說明發生車禍時的狀況

信号無視です。 しんごうむし	闖紅燈。
相手が突然飛び出してきました。 あいて　とつぜんと　だ	對方突然跑出來。

＊【飛び出す】表「突然出現、跑出去」的意思。

| スピード違反はしていません。 | 我沒有超速。 |
| 私は悪くない。 | 我沒有錯。 |

★東西被偷／遺失

財布を盗まれました！	錢包被偷了！
財布がありません！	錢包不見了！
パスポートが見つかりません！	找不到護照了！
航空券が見当たりません！	找不到機票了！
切符をなくしました。	我把車票弄丟了。
カギを紛失しました。	我把鑰匙弄丟了。

＊【紛失】表「遺失、丟失」的意思。

クレジットカードをなくしました。	我把信用卡弄丟了。
携帯電話をなくしたようです。	手機好像不見了。
タクシーに荷物を置き忘れました。	我把東西忘在計程車上了。

＊【置き忘れる】表「把東西忘在某處忘了帶來」的意思。

| 私の荷物が届いていませんか。 | 你們這裡有沒有收到我的行李？ |
| 私のパスポートは見つかっていませんか。 | 我的護照還沒找到嗎？ |

★遺失、被偷時的狀況

| 今朝は持っていました。 | 今天早上還在呢。 |

カバンの中に入れていました。	放在皮包裡了。
ホテルに忘れたかもしれません。	也可能忘在飯店了。
どこで盗まれたか、わかりません。	不知道在什麼地方被偷的。
いつ落としたか、わかりません。	不知道什麼時候掉的。
いつごろなくなったのか、わかりません。	不知道什麼時候弄丟的。

★各式各樣的報案

殴られました。	我被人打了。
銃で撃たれました。	被槍打中了。
強盗に襲われました。	被強盜搶了。
家に泥棒が入りました。	家裡遭小偷了。
痴漢に遭いました。	遇到色狼了。
変質者が出ました。	變態出現了。
事件に巻き込まれました。	我被捲入事件裡去了。

● 被懷疑時 ●

★證明清白

私は何もしていません！ _{わたし} _{なに}	我什麼都沒做、我沒做什麼啊！
私が悪いのではありません！ _{わたし} _{わる}	不是我的錯！
私は犯人ではありません！ _{わたし} _{はんにん}	我不是犯人！
濡れぎぬです。 _ぬ	冤枉啊。
身に覚えがありません。 _み _{おぼ}	一點兒也不記得了。
疑われるようなことは何もしていません。 _{うたが} _{なに}	我沒做什麼值得被懷疑的事。

14-07.mp3

● 遇上災禍 ●

★火災／地震

火事だ！ かじ	失火啦！
ガス臭い！ くさ	瓦斯味！
ガス漏れだ！ も	瓦斯漏氣啦！
火元に気をつけて！ ひもと き	小心起火的地方！
消防車を呼んで！ しょうぼうしゃ よ	叫消防車！
爆発するぞ！ ばくはつ	會爆炸的！
地震だ！ じしん	地震啦！
落ち着いて！ お つ	冷靜點！
慌てないで！ あわ	別慌張！
ビルが倒れる！ たお	大樓要倒塌了！
家が崩れる！ いえ くず	家要崩塌了！
ここは危ない！ あぶ	這裡危險！

15.

婚喪喜慶

15-01.mp3

● 祝福的話 ●

★節慶的祝福

良いお年を。	祝你過個好年。
良い年を迎えてください。	希望明年是好年。
あけましておめでとう！	新年快樂！
新年、おめでとうございます！	恭賀新喜！
春節、おめでとうございます！	恭賀新春！
メリークリスマス。	聖誕快樂。

★結婚報告

婚約しました。	我訂婚了。
彼と婚約しました。	我和男朋友訂婚了。
結婚しました。	我結婚了。
私たち、結婚します。	我們準備要結婚。
長く付き合っていた女性と結婚しました。	我和交往了很長時間的女性結婚了。
１か月前に入籍しました。	我一個月前登記結婚了。

★祝福

おめでとう。	恭喜。

婚約、おめでとう。
こんやく

恭喜你們訂婚。

結婚、おめでとう。
けっこん

恭喜你們結婚。

ご成婚、おめでとうございます。
せいこん

衷心祝福你們結婚。

心からお祝い申し上げます。
こころ　　　いわ　もう　あ

衷心表示祝福。

幸せになってください。
しあわ

希望你們渡過幸福的一生。

幸せになってね。
しあわ

要幸福啊。

どうぞ2人でお幸せに！
ふたり　　しあわ

祝你們幸福！

彼女を幸せにしてあげてください。
かのじょ　しあわ

你要讓她過得幸福啊。

いつまでも仲良くいてください。
なか　よ

希望你們永遠相親相愛。

早くお子様に恵まれますように。
はや　　こさま　めぐ

祝早生貴子。

結婚式に招待してくれてありがと
けっこんしき　しょうたい
う。

謝謝邀請我參加婚禮。

15-02.mp3

● 訃聞 ●

★告知訃聞

きのう、私の父が亡くなりました。	昨天・我父親去世了。
母が脳梗塞で亡くなりました。	我母親因為腦栓塞而去世了。
姉が交通事故で他界しました。	我姐姐由於交通事故而去世了。
祖父が天寿を全うしました。	我祖父壽終正寢了。

★哀悼

ご愁傷さまです。	請節哀。
急いで駆けつけました。	我急忙趕來了。
ご冥福をお祈りいたします。	祈願冥福。
お悔やみ申し上げます。	我感到非常遺憾。
お気の毒です。	真可憐。
信じられません。	難以相信。
気を落とさないでください。	請振作起來。

＊【気を落とす】表「洩氣」的意思。

元気を出してください。	請打起精神來。

16.

搭乘計程車、公車、火車

16-01.mp3

● 搭計程車 ●

★搭計程車前

タクシー乗り場はどこですか。	搭計程車的地方在哪裡？
タクシーを呼んでください。	請幫我叫輛計程車。

★上車

關聯單字 P.388

5人乗れますか。	可以坐五個人嗎？
トランクを開けてください。	請打開後車廂。
トランクに荷物をいれてもいいですか。	可以把行李放在後車廂嗎？
姫路城まで行ってください。	請去姬路城。
厳島神社までいくらですか。	到嚴島神社多少錢？
町の中を回ってください。	請繞一下街。
左に曲がってください。	請往左轉。
突き当たりを右です。	開到底以後向右轉。
信号を直進してください。	碰到紅綠燈直走。
急いでください。	請開快點。
止めてください。	請停下。
ここで待っていてください。	請在這裡等。
ここで降ります。	我在這裡下車。

交差点の手前で降ろしてください。 こうさてん てまえ お	快到十字路口的地方我要下車。
あそこで止めてください。 と	請把車停在那裡。
トランクから荷物をだしてください。 にもつ	請把行李從後車廂拿出來。

★下車地點不對的時候

ここではありません。	不是這裡。
場所が違います。 ばしょ ちが	弄錯地方了。
行きすぎです。 い	走過頭了。
今、通りすぎました。 いま とお	現在走過頭了。

★付錢

いくらですか。	多少錢？
小銭はいりません。 こぜに	不用找零錢了。
おつりは取っておいてください。 と	不用找錢了。
領収書をください。 りょうしゅうしょ	請開張收據。
料金が違います。 りょうきん ちが	算錯車錢了。
高すぎます。 たか	太貴啦。
まけてください。	便宜一點吧。

●搭計程車

| 關 | 聯 | 單 | 字 |

★上車（P.386）

・突き当たりを右です。 _{つ あ みぎ}	開到底以後向右轉。
［突き当たり］ _{つ あ}	到底
［交差点］ _{こう さ てん}	十字路口
［次の交差点］ _{つぎ こう さ てん}	下一個十字路口
［2つ目の信号］ _{ふた め しんごう}	第二個紅綠燈
［信号を越えたところ］ _{しんごう こ}	過了紅綠燈的地方
［あそこに見える角］ _{み かど}	看得到的那個轉角

● 搭公車、火車 ●

★搭車前

最寄りの駅へはどう行きますか。 もよ えき い	去最近的車站怎麼走？
東京駅へはどのように行きますか。 とうきょうえき い	去東京車站怎麼走？
駅までの道を教えてください。 えき みち おし	請告訴我怎麼去車站。
バス停はどこですか。 てい	公車站在哪裡？
白川郷合掌造り行きは何時に出発で しらかわごうがっしょうつく ゆ なんじ しゅっぱつ すか。	去白川郷合掌村的車幾點開？
日光の社寺には何時に到着します にっこう しゃ じ なんじ とうちゃく か。	幾點到日光神社？
東京ディズニーランド行きのバスで とうきょう ゆ すか。	這輛公車去東京迪士尼樂園嗎？
東京タワーには行きますか。 とうきょう い	去東京鐵塔嗎？

＊【行き】表「向目的地移動、從出發點移動至目的地的途中」的意思。

ユニバーサル・スタジオ・ジャパン にとまりますか。	在日本環球影城停不停車？
東京スカイツリーに行くには乗り換 とうきょう い の か えが必要ですか。 ひつよう	去東京晴空塔需要換車嗎？
どこで乗り換えますか。 の か	在哪裡換車？
途中下車できますか。 と ちゅう げ しゃ	可以中途下車嗎？

★買票

切符はどこで購入しますか。	在哪裡買車票？
あしたの切符を購入したいのですが。	我要買明天的車票。
奈良までいくらですか。	去奈良多少錢？
宇都宮市行きの切符をください。	請給我一張去宇都宮市的車票。
子ども1枚ください。	請給我一張兒童票。
急行の切符をください。	請給我一張快車票。
特急の切符を2枚ください。	我要兩張特快車票。

＊【特急】表「特別急行」的縮寫。

寝台車に乗りたいのですが。	我想坐臥舖列車。

＊【寝台車】指「夜間行駛為了旅客所設計的有床鋪的列車」。

切符の払い戻しはできますか。	買的車票能退嗎？

★在乘車處

5番線のホームはどこですか。	五號月台在哪裡？
千葉市行きは何番線ですか。	去千葉市的車在幾號月台？
この列車は渋谷行きですか。	這個列車去澀谷嗎？

★在火車上

この席は空いてますか。	這個座位沒有人吧？

ここに座ってもいいですか。 すわ	可以坐在這裡嗎？
シートを倒してもいいですか。 たお	把椅背倒下可以嗎？
席を間違えていませんか。 せき　まちが	您是不是坐錯座位了？

★搭公車

すいています。	車裡很空。
すごくこんでいます。	車裡非常擠。
運賃はいくらですか。 うんちん	車票多少錢。
清水寺までいくらですか。 きよみずでら	到清水寺多少錢？
奈良公園についたら教えてくださ な ら こうえん　　　　　おし い。	到了奈良公園請告訴我一聲。
次は伏見稲荷大社ですか。 つぎ　ふしみいなりたいしゃ	下一站是伏見稲荷大社嗎？
次のバス停で降ります。 つぎ　　　てい　お	我下一站下車。
ここで降ります。 お	我在這裡下車。

★車上的狀況

切符をなくしました。 きっぷ	車票弄丟了。
乗るはずだった列車に乗り遅れまし の　　　　　　れっしゃ　の　おく た。	沒趕上列車。

＊【はず】表「預定、預計」的意思。

痴漢！ ちかん	色狼！

スリです！

扒手、小偷！

こいつがスリです！

這傢伙是扒手！

痴漢はこの人です。
ち かん　　　　ひと

色狼就是這個人。

痴漢に遭いました。
ち かん　　あ

遇到色狼了。

17.

搭飛機

17-01.mp3

● 出發 ●

★買票

桃園から成田までのチケットをください。	請給我從桃園飛往成田的機票。
３月１日の午後の便をお願いします。	我想坐三月一號下午的班機。
２４日の始発便を予約したいのですが。	我想訂二十四號第一趟班機的機票。
今から一番早く出る便の予約を取れますか。	現在還能訂到下一個班機的機票嗎？
キャンセル待ちができますか。	可以排退票嗎、能等候取消預約嗎？
関西空港行きのキャンセル待ちは何番目ですか。	等去關西機場的退票我排在第幾個？

★訂位確認／變更／取消

關聯單字 P.396

予約の確認をお願いします。	請確認一下我預訂的機票。
１０月１０日の日本航空６２便です。	十月十號日本航空公司的六十二號航班。
予約を変更してください。	請變更我的預訂。
次の便に変更してください。	請改為下一個航班。

予約をキャンセルします。
よやく

我要取消預約。

★登機手續

日本航空のカウンターはどこですか。 にほんこうくう	日本航空公司的櫃台在哪裡？
搭乗手続きはどこでしますか。 とうじょうてつづ	在哪裡辦登機手續？
搭乗手続きをお願いします。 とうじょうてつづ　　ねが	請幫我辦登機手續。
通路側の席は空いていますか。 つうろがわ　せき　あ	還有靠走道的座位嗎？
前側の席をお願いします。 まえがわ　せき　　ねが	我想要靠前的座位。
窓側の席がいいです。 まどがわ　せき	我想要靠窗戶的座位。
荷物を預けます。 にもつ　あず	我要寄放行李。
搭乗は何時からですか。 とうじょう　なんじ	什麼時候開始登機？
搭乗ゲートはどこですか。 とうじょう	登機口在哪裡？

★停飛／延遲

ＪＡＬ１０２便は欠航ですか。 びん　けっこう	日航一零二號航班停飛了嗎？
ＪＡＬ１０２便の到着は遅れていますか。 びん　とうちゃく　おく	日航一零二號航班不能按時抵達嗎？
いつ出発しますか。 しゅっぱつ	什麼時候起飛？
振替えの便はないのですか。 ふりか　　びん	有沒有替換的航班？

關 聯 單 字

★訂位確認／變更／取消 （P.394）

・次の便に変更してください。　　　　請改為下一個航班。
　つぎ　びん　へんこう

[次の便]　　　　　　　　　　　　　下一個航班
　つぎ　びん

[午前便]　　　　　　　　　　　　　上午的航班
　ごぜんびん

[午後便]　　　　　　　　　　　　　下午的航班
　ごごびん

[臨時便]　　　　　　　　　　　　　臨時航班
　りんじびん

[最終便]　　　　　　　　　　　　　最後一趟航班
　さいしゅうびん

[今日の最終便]　　　　　　　　　　今天的末班機
　きょう　さいしゅうびん

[明日の始発便]　　　　　　　　　　明天的第一個航班
　あした　しはつびん

[○○時の便]　　　　　　　　　　　○○點的航班
　　じ　びん

● 在機上 ●

★搭乘

Ｂ４１の座席はどこですか。 ざせき	B 四十一號座位在哪裡？
荷物を棚に入れたいのですが。 にもつ たな い	我想把行李放在行李架裡。

★飛行途中

シートを倒してもいいですか。 たお	可以把椅背放倒嗎？
水をください。 みず	請給我一杯水。
スープをください。	請給我一碗湯。
毛布をください。 もうふ	請給我一條毯子。
台湾の新聞はありますか。 たいわん しんぶん	有台灣的報紙嗎？
狭いです。 せま	很狹窄。
ずっと座っているので疲れました。 すわ つか	一直坐著，很累。

文法 【ので】（用言連體形＋ので）表「因為、由於」的意思。

揺れます。 ゆ	很搖晃。
激しい揺れです。 はげ ゆ	搖晃得很厲害。
揺れが酷くて酔いそうです。 ゆ ひど よ	搖晃得太厲害，我都快暈機了。
揺れるので怖いです。 ゆ こわ	搖搖晃晃的，真可怕。
気分が悪いので袋をください。 きぶん わる ふくろ	我有點噁心，請給我嘔吐袋。

★即將抵達

入国カードをください。 にゅうこく	請給我一張入境卡。
入国カードの書き方を教えてくださ にゅうこく　　　　　　か　かた　おし い。	請告訴我怎麼填寫入境卡。
東京には、あとどれくらいで到着で とうきょう　　　　　　　　　　　とうちゃく すか。	還有多久到東京？
時差はありますか。 じ　さ	有時差嗎？
時差ぼけが心配です。 じ　さ　　　　しんぱい	我擔心會不適應時差。
到着先の気候はどうですか。 とうちゃくさき　き こう	到達地點的氣候怎麼樣？
東京は寒いですか。 とうきょう　さむ	東京很冷嗎？

● 抵達 ●

★領取行李

荷物の受け取り場所はどこですか。 <small>にもつ　う　と　ばしょ</small>	取行李的地方在哪裡？

* 【受け取り】表「領取、接受別人給自己的東西」的意思。

私の荷物が見当たりません。 <small>わたし　にもつ　みあ</small>	我沒找到自已的行李。
荷物引換え証を紛失しました。 <small>にもつひきか　しょう　ふんしつ</small>	我的行李托運單弄丟了。

★入境審查

―どこから来ましたか。 <small>き</small>	你從哪裡來的？
台湾です。 <small>たいわん</small>	台灣。
台湾から来ました。 <small>たいわん　き</small>	我從台灣來的。
―目的はなんですか。 <small>もくてき</small>	目的是什麼？
留学です。 <small>りゅうがく</small>	留學。
観光です。 <small>かんこう</small>	旅遊。
出張できました。 <small>しゅっちょう</small>	出差。
―滞在は何日ですか。 <small>たいざい　なんにち</small>	待幾天？
―どれくらい滞在しますか。 <small>たいざい</small>	待多久？
１週間です。 <small>いっしゅうかん</small>	一個星期。
３か月です。 <small>さん　げつ</small>	三個月。

―どこに泊まりますか。

住在哪裡？

東京のホテルに泊まります。

住在東京的旅館。

大阪でホームステイをします。

在大阪住寄宿家庭。

★海關

關聯單字 P.400

申告するものはありません。

沒有需要申報的東西。

家族へのおみやげです。

這是買給家人的禮物。

ウィスキーが2本あります。

有兩瓶威士忌。

ワインを3本持っています。

我帶著三瓶葡萄酒。

關 聯 單 字

★海關（P.400）

・ワインを3本持っています。

我帶著三瓶葡萄酒。

［ワインを3本］

三瓶葡萄酒

［焼酎を2本］

兩瓶燒酒

［香水を1瓶］

一瓶香水

［たばこを1カートン］

一盒香煙

● 在機場 ●

17-04.mp3

★機場的設施

キャッシュディスペンサーはありますか。	有自動提款機嗎？
両替所はどこですか。 りょうがえじょ	貨幣兌換處在哪裡？
両替してください。 りょうがえ	我要換錢。
日本円に両替してください。 にほんえん　りょうがえ	請幫我換成日幣。
トラベラーズチェックを発行してください。 はっこう	請幫我開旅行支票。
免税店はありますか。 めんぜいてん	有免稅店嗎？
観光案内所はありますか。 かんこうあんないしょ	有旅遊詢問處嗎？
レンタカーのカウンターはありますか。	有出租汽車的櫃台嗎？
バス乗り場に行きたいのですが。 の　ば	我想去公車站。
列車の最寄り駅までの道を教えてください。 れっしゃ　もよ　えき　みち　おし	請問，去最近的火車站怎麼走？
トイレはどこですか。	洗手間（廁所）在哪裡？

17-04-1.mp3

主 要 的 縣 名

北海道 ほっかいどう	北海道	長野県 なが の けん	長野縣
青森県 あおもりけん	青森縣	富山県 と やまけん	富山縣
岩手県 いわ て けん	岩手縣	石川県 いしかわけん	石川縣
宮城県 みや ぎ けん	宮城縣	福井県 ふく い けん	福井縣
秋田県 あき た けん	秋田縣	三重県 み え けん	三重縣
山形県 やまがたけん	山形縣	滋賀県 し が けん	滋賀縣
福島県 ふくしまけん	福島縣	京都府 きょう と ふ	京都府
茨城県 いばら き けん	茨城縣	大阪府 おおさか ふ	大阪府
栃木県 とち ぎ けん	櫔木縣	兵庫県 ひょう ご けん	兵庫縣
群馬県 ぐん ま けん	群馬縣	奈良県 な ら けん	奈良縣
埼玉県 さいたまけん	埼玉縣	和歌山県 わ か やまけん	和歌山縣
千葉県 ち ば けん	千葉縣	鳥取県 とっとりけん	鳥取縣
東京都 とうきょう と	東京都	島根県 しま ね けん	島根縣
神奈川県 か な がわけん	神奈川縣	岡山県 おかやまけん	岡山縣
山梨県 やまなしけん	山梨縣	広島県 ひろしまけん	廣島縣
静岡県 しずおかけん	靜岡縣	山口県 やまぐちけん	山口縣
愛知県 あい ち けん	愛知縣	徳島県 とくしまけん	德島縣
岐阜県 ぎ ふ けん	岐阜縣	香川県 か がわけん	香川縣
新潟県 にいがたけん	新潟縣	愛媛県 え ひめけん	愛媛縣

高知県 こうちけん	高知縣	大分県 おおいたけん	大分縣
福岡県 ふくおかけん	福岡縣	宮崎県 みやざきけん	宮崎縣
佐賀県 さがけん	佐賀縣	鹿児島県 かごしまけん	鹿兒島縣
長崎県 ながさきけん	長崎縣	沖縄県 おきなわけん	沖繩縣
熊本県 くまもとけん	熊本縣		

Memo

18.

造訪觀光景點

18-01.mp3

● 去旅遊詢問處 ●

★找旅遊詢問處

観光案内所はありますか。 かんこうあんないしょ	有旅遊詢問處嗎？
観光案内所はどこですか。 かんこうあんないしょ	旅遊詢問處在什麼地方？

★索取地圖

この町の観光マップをください。 まち　　かんこう	請給我一份這個城市的觀光地圖。
観光マップは有料ですか。 かんこう　　　　ゆうりょう	觀光地圖收費嗎？

★收集情報

關聯單字 P.407

観光スポットを教えてください。 かんこう　　　おし	請問，這裡的觀光景點有什麼？
—何を目的に観光されますか。 なに　もくてき　かんこう	您觀光的目的是什麼？

文法 【される】為「する」的尊敬語。

自然を楽しみたいです。 しぜん　たの	欣賞大自然。
史跡を巡りたいです。 しせき　めぐり	遊覽歷史古跡。
おいしいものを食べたいです。 た	想品嚐美食。
相撲を鑑賞したいです。 すもう　かんしょう	想觀賞相撲。
おすすめの観光ルートはありますか。 かんこう	有推薦的觀光路線嗎？

短時間で回れる観光ルートはありま
<ruby>短<rt>たん</rt></ruby><ruby>時<rt>じ</rt></ruby><ruby>間<rt>かん</rt></ruby>で<ruby>回<rt>まわ</rt></ruby>れる<ruby>観光<rt>かんこう</rt></ruby>ルートはありま
すか。

有適合短時間觀光的路線
嗎？

關 聯 單 字

★收集情報（P.406）

・観光スポットを教えてくださ <ruby>観光<rt>かんこう</rt></ruby>スポットを<ruby>教<rt>おし</rt></ruby>えてくださ い。	請問，這裡的觀光景點 有什麼？
[観光スポット] [<ruby>観光<rt>かんこう</rt></ruby>スポット]	觀光景點
[名所] [<ruby>名所<rt>めいしょ</rt></ruby>]	名勝
[代表的な名所] [<ruby>代表的<rt>だいひょうてき</rt></ruby>な<ruby>名所<rt>めいしょ</rt></ruby>]	具有代表性的名勝
[人気のある場所] [<ruby>人気<rt>にんき</rt></ruby>のある<ruby>場所<rt>ばしょ</rt></ruby>]	受歡迎的地方
[おすすめの場所] [おすすめの<ruby>場所<rt>ばしょ</rt></ruby>]	推薦的地方
[食事どころ] [<ruby>食事<rt>しょくじ</rt></ruby>どころ]	吃飯的地方
[今泊まれる宿] [<ruby>今<rt>きょう</rt></ruby><ruby>泊<rt>と</rt></ruby>まれる<ruby>宿<rt>やど</rt></ruby>]	今天能住宿的地方
[車を借りられるところ] [<ruby>車<rt>くるま</rt></ruby>を<ruby>借<rt>か</rt></ruby>りられるところ]	能租車的地方
[自転車を借りられるところ] [<ruby>自転車<rt>じてんしゃ</rt></ruby>を<ruby>借<rt>か</rt></ruby>りられるところ]	能租自行車的地方

18-02.mp3

● 前往目的地 ●

★前往目的地

東京ディズニーランドまで遠いですか。 とうきょう　　　　　　　　　　　とお	到東京迪士尼樂園遠嗎？
東京ディズニーランドまで近いですか。 とうきょう　　　　　　　　　　　ちか	到東京迪士尼樂園近嗎？
バスで行けますか。 　　　い	坐公車能到嗎？
列車に乗らなければいけませんか。 れっしゃ　の	不坐火車就不能到嗎？
歩いていける距離ですか。 ある　　　　　　きょり	是走路能到的距離嗎？
時間はどれくらいかかりますか。 じかん	大約要花多久時間？

★決定前往目的地的交通方式

どう行くのか教えてください。 　　い　　　　おし	請告訴我怎麼去。
列車を乗り換えなければいけませんか。 れっしゃ　の　か	不換乘火車就不能到嗎？
どこで乗り換えですか。 　　　の　か	在哪裡換車？
列車の路線図をください。 れっしゃ　ろせんず	請給我一張火車的路線圖。
バスの時刻表をください。 じこくひょう	請給我一張公車的時刻表。
戻りのバスは何時までありますか。 もど　　　　　　なんじ	回程的公車最晚到幾點？
車をチャーターします。 くるま	我包車。

＊【チャーター】表「全部租下」的意思。

一日いくらくらいですか。
いちにち

一天大約多少錢？

★租車／租自行車

レンタカーを借りたいのですが。
か

我想租車。

レンタサイクルはどこで借りられますか。
か

在哪裡能租自行車？

料金表を見せてください。
りょうきんひょう　み

請讓我看一下價目表。

料金は時間制です。
りょうきん　じかんせい

這租金是算時間的嗎？

一日いくらですか。
いちにち

一天多少錢？

返却予定日はあさっての４時です。
へんきゃく　よていび　　　　　よじ

還車預定在後天四點。

７日の午前に返しに来ます。
なのか　ごぜん　かえ　き

七號上午來還。

18-03.mp3

● 在目的地 ●

★關於目的地

何時から開いていますか。 なんじ　ひら	幾點開門？
何時まで見学できますか。 なんじ　けんがく	參觀到幾點為止？
休みはありますか。 やす	有休館日嗎？
これから見学できますか。 けんがく	現在可以參觀嗎？
有料ですか。 ゆうりょう	要收費嗎？
いくらですか。	多少錢？
駐車場はありますか。 ちゅうしゃじょう	有停車場嗎？

★前往目的地

行きたい場所があります。 い　　ばしょ	我有想去的地方。
私が案内しましょう。 わたし　あんない	我帶路吧。
いいところを案内しましょう。 あんない	讓我介紹個好地方吧。
隠れスポットを知っています。 かく　　　　し	我知道秘密景點。
別の場所を回りましょう。 べつ　ばしょ　まわ	改去別的地方吧。

＊【回る】表「周遊」的意思。

時間があまりありません。 じかん	沒有什麼時間。
東京スカイツリーに行くのはあきら とうきょう　　　　　　　い めましょう。	放棄去東京晴空塔吧。

あした行くことにしましょう。 明天去吧。

★抵達目的地

ずっと来たかった場所です。 這是我一直想來的地方。

毎年訪れている場所です。 這是我每年都來的地方。

一度来たことがあります。 我來過一次。

感動しました。 很感動。

来た甲斐がありました。 不枉費來到這裡。

＊【甲斐】表「價值、意義」的意思。

静かな場所ですね。 真是個安靜的地方。

空気のきれいなところです。 是個空氣清新的地方。

のんびりとしたところです。 是個讓人很放鬆的地方。

最高の眺めです。 這裡的風景真是太棒了。

この景色には圧倒されます。 被這樣的風景所震撼。

こんな景色は見たことがありませ 從來沒見過這樣的風景。
ん。

立派な建物ですね。 真雄偉的建築。

この遺跡には歴史を感じます。 這個遺址感覺很有歷史。

にぎやかな通りです。 真熱鬧的街道。

活気のある都市ですね。 真是個有活力的城市。

これが有名な大阪城ですね。 這就是著名的大阪城啊。

411

ここが有名な清水寺ですね！ ゆうめい　きよみずでら	這裡就是著名的清水寺啊！

★拍照

關聯單字 P.413

写真を撮ってもらえますか。 しゃしん　と	能幫我拍張照片嗎？
ここで写真を撮ってもいいですか。 しゃしん　と	我能在這裡照相嗎？
撮影禁止ですか。 さつえいきんし	是禁止攝影嗎？
ここのボタンを押してください。 お	請按這個按扭。
後ろの建物を入れてください。 うし　たてもの　い	請把後面的建築物照進去。

★買紀念品

台湾へのおみやげを買いたいです。 たいわん　か	想買帶回台灣的特產（禮物）。
記念になるものはありますか。 きねん	有什麼值得紀念的東西嗎？

＊【になる】表「成為」的意思。

食べ物がいいです。 た　もの	食品比較好。
飾り物がいいです。 かざ　もの	裝飾品比較好。
これは記念になりますね。 きねん	這可真有紀念意義。
これをください。	請給我這個。
いくらですか。	多少錢？
高いです。 たか	太貴了。
まけてください。	便宜一點。

關 聯 單 字

★拍照（P.412）

・後ろの建物を入れてください。 うし　　たてもの　い	請把後面的建築物照進去。
［後ろの建物］ うし　　たてもの	後面的建築物
［あの建物］ たてもの	那座建築物
［建物全体］ たてものぜんたい	整個建築物
［周りの景色］ まわ　　けしき	周圍的景色

常 聽 到 的 觀 光 地 名

東京タワー とうきょう	東京鐵塔
東京スカイツリー とうきょう	東京晴空塔
東京ディズニーランド とうきょう	東京迪士尼樂園
富士山 ふじさん	富士山
浅草寺 せんそうじ	淺草寺
東大寺 とうだいじ	東大寺
清水寺 きよみずでら	清水寺
明治神宮 めいじじんぐう	明治神宮
原宿 はらじゅく	原宿
伏見稲荷大社 ふしみいなりたいしゃ	伏見稲荷大社
広島平和記念公園 ひろしまへいわきねんこうえん	廣島和平紀念公園
ユニバーサル・スタジオ・ジャパン	日本環球影城
江戸東京博物館 えどとうきょうはくぶつかん	江戸東京博物館
大阪城 おおさかじょう	大阪城
姫路城 ひめじじょう	姫路城
三鷹の森ジブリ美術館 みたか もり びじゅつかん	三鷹之森吉卜力美術館
歌舞伎町 かぶきちょう	歌舞伎町
日光東照宮 にっこうとうしょうぐう	日光東照宮
小豆島 しょうどしま	小豆島

富士五湖 ふ じ ご こ	富士五湖
淡路島 あわ じ しま	淡路島
四天王寺 し てんのう じ	四天王寺
道頓堀 どうとんぼり	道頓堀
奈良公園 な ら こうえん	奈良公園
地獄谷野猿公苑 じ ごくだに や えんこうえん	地獄谷野猿公苑
鹿苑寺 ろくおん じ	金閣寺
厳島神社 いつくしまじんじゃ	嚴島神社
錦市場 にしき し じょう	錦市場
明治神宮 めい じ じんぐう	明治神宮
森美術館 もり び じゅつかん	森美術館
二条城 に じょうじょう	二條城
兼六園 けんろくえん	兼六園
嵐山モンキーパーク あらしやま	嵐山猴子公園
三十三間堂 さんじゅうさんげんどう	三十三間堂
松本城 まつもとじょう	松本城
新宿御苑 しんじゅくぎょえん	新宿御苑
春日大社 かすが たいしゃ	春日大社
芦ノ湖 あし こ	蘆之湖

Memo

19.

在飯店裡

19-01.mp3

● 訂飯店 ●

★訂房

宿泊予約をしたいのですが。 しゅくはく よ やく	我想預訂住宿的房間。
—いつお泊りになりますか。 とま	請問什麼時候要住宿？

文法 （お／ご＋動詞ます形＋になる）表尊敬的意思，用在對方的動作上。

7月18日です。 しちがつじゅうはちにち	七月十八號。
7月18日から、3泊です。 しちがつじゅうはちにち　　　 さんぱく	從七月十八號開始，住三晚。
1泊です。 いっぱく	住一晚。
1週間、滞在したいのですが。 いっしゅうかん　 たいざい	我想在這裡停留一個星期。
—どのタイプのお部屋がよろしいですか。 へ や	請問什麼樣的房間比較合適？
シングルルームをお願いします。 ねが	請給我單人房。
ツインルームをお願いします。 ねが	請給我雙人房。
スイートルームをお願いします。 ねが	請給我套房。
安い部屋はありますか。 やす　 へ や	有便宜的房間嗎？
バストイレ付きの部屋はありますか。 つ　　　 へ や	有附加衛浴的房間嗎？
眺めのいい部屋はありますか。 なが　　　　 へ や	有景色好的房間嗎？
—申し訳ありませんが、満室です。 もう わけ　　　　　　 まんしつ	實在抱歉，已經沒房間了。
わかりました。ほかをあたります。	我知道了，我再看看。

＊ 【ほかをあたる】表「選擇某人或某項服務，被對方拒絕或是覺得條件不符合期待，而選擇別人或是別的服務」的意思。

では、７月１７日はどうですか。	那麼，七月十七號怎麼樣？
―空いています。	有空房。
―値段の高い部屋なら空いています。	價格高的房間的話有空房。

朝食は付きますか。	含早餐嗎？
夕食を付けてください。	請多加晚餐。
食事はいりません。	不要餐飲。
部屋に浴槽は付いていますか。	房間裡有浴缸嗎？
部屋にトイレは付いていますか。	房間裡有洗手間嗎？
部屋でインターネットはできますか。	房間裡可以上網嗎？

いくらですか。	多少錢？
一泊いくらですか。	一晚多少錢？
夕食をつけるといくらですか。	如果含晚餐的話多少錢？
予約します。	我要訂房。
値段の高い部屋でいいです。	就訂價格高的房間。
チェックインは何時ですか。	幾點辦理住宿手續？

★沒訂房時

今日、空いている部屋はありますか。	今天有空房間嗎？

シングルルームはありますか。	有單人房嗎？
ダブルルームはありますか。	有雙人房嗎？
相部屋でもいいです。 あい べ や	和別人同住的房間也可以。
ツインルームがいいのですが。	雙人雙床的房間比較好。
もっと安い部屋はないのですか。 やす へや	沒有更便宜的房間了嗎？
バストイレが付いていない部屋でもいいです。 つ へや	不含衛浴的房間也可以。
ほかになければ、その部屋にします。 へや	如果沒有別的房間的話，就訂那間。
今から夕食を頼めますか。 いま ゆうしょく たの	現在能訂晚餐嗎？

● 打電話給飯店 ●

★連絡

關聯單字 P.422

一はい、東京帝国ホテルです。	你好，這裡是東京帝國大飯店。
部屋を予約している大明です。	我是預訂了房間的大明。
到着が遅れます。	我會遲一點到。
到着が遅れそうです。	我可能遲一點到。
８時くらいに着きます。	我在八點左右到。
１１時までには着けると思うのですが。	我想在十一點之前會到的。
部屋の暖房をつけておいてください。	請先把房間的暖氣打開。

文法（動詞て形＋おく）表「事先做好某種準備」的意思。

浴槽に湯を張っておいてください。	請先在浴缸裡放滿熱水。
今からでも夕食を頼めますか。	現在還能訂晚餐嗎？
一かしこまりました。	知道了。
一お待ちしております。	我等著。
よろしくお願いします。	麻煩了。

★問路

ホテルまでの道がわかりません。	我不知道去飯店的路怎麼走。
ホテルまでの道を教えてください。	請告訴我去飯店的路怎麼走。
もっとゆっくり言ってください。	請說得慢一點。
もう少し詳しく教えてください。	請說得詳細一點。
もう一度始めから繰り返してください。	請從頭再說一遍。

關 聯 單 字

★連絡（P.421）

・部屋の暖房をつけておいてください。	請先把房間的暖氣打開。
[暖房]	暖氣
[冷房]	冷氣
・今からでも夕食を頼めますか。	現在還能訂晚餐嗎？
[夕食]	晚餐
[昼食]	午餐
[マッサージ]	按摩

● 前往飯店 ●

★找飯店

東急というホテルを探しています。	我在找東急飯店。
東急ホテルはどこですか。	東急飯店在哪裡？
東京グランドホテルはこの辺りですか。	東京君悅酒店是在這附近嗎？
市内に高級なホテルはありますか。	市內有高級的飯店嗎？
料金が手ごろなホテルを教えてください。	請介紹一下費用比較便宜的飯店。

＊【手ごろ】表「適合、合適」的意思。

★搭計程車去飯店

ここから東京グランドホテルまで、いくらですか。	從這裡到東京君悅酒店多少錢？
ここから東京グランドホテルまで、どれくらいの時間ですか。	從這裡到東京君悅酒店大約多久？
京都ガーデンパレスホテルに行ってください。	請去京都皇宮酒店。
このホテルに行ってください。	請去這個飯店。
トランクに荷物を入れていいですか。	能把行李放在後車廂裡嗎？

423

トランクに荷物を入れたいのですが。	我想把行李放在後車廂裡，可以嗎？
トランクを開けてください。	請打開後車廂。
急いでください。	請快一點。
ちょうど今見えているあのホテルです。	就是現在能看見的那個飯店。
あそこに見えるホテルの前で止めてください。	請停在能看見的那個飯店前面。
荷物を下ろすのを手伝ってください。	請幫忙把行李拿下來。
このホテルではありません。	不是這個飯店。
いくらですか。	多少錢？
メーターと料金が違います。	金額和計價器上顯示的不一樣。
最初に聞いた金額と違います。	和當初說的價格不一樣。
おつりをください。	請找錢。

● 在飯店的櫃檯前 ●

★住房

予約した大明です。	我是預訂了房間的大明。
インターネットで予約しました。	在網上預定的。
今、チェックインできますか。	現在可以辦理住宿手續嗎？
宿泊カードの書き方を教えてください。	請告訴我填寫住宿卡的方法。
朝食は何時ですか。	早餐是幾點開始？
食事する場所はどこですか。	在什麼地方用餐？
ルームサービスを頼めますか。	可以叫客房服務嗎？
部屋にセイフティボックスはありますか。	房間裡有保險箱嗎？
貴重品を預かってもらえますか。	貴重物品可以幫忙保管嗎？
チェックアウトは何時ですか。	退房是幾點？
部屋に案内してください。	請帶我去房間。
荷物を運んでください。	請幫我搬運行李。

★外出

關聯單字 P.426

外出します。	我出去一下。
門限はありますか。	有門禁嗎？

門限は夜の１２時ですか。
もんげん よる じゅうにじ

門禁是半夜十二點嗎？

門限は何時ですか。
もんげん なんじ

門禁是幾點？

カギを預かってください。
あず

請保管一下鑰匙。

貴重品を預かってもらえますか。
きちょうひん あず

可以保管貴重物品嗎？

傘を貸してください。
かさ か

請借我一把傘。

町の地図はありますか。
まち ちず

有街道的地圖嗎？

タクシーを呼んでください。
よ

請幫我叫一輛計程車。

９０６号室のガギをください。
ごうしつ

請給我九○六號房的鑰匙。

關　聯　單　字

★外出（P.425）

・傘を貸してください。
かさ か

請借我一把傘。

［傘］
かさ

傘

［電気スタンド］
でんき

檯燈

［加湿器］
かしつき

加濕器

［車椅子］
くるまいす

輪椅

★退房

チェックアウトをお願いします。	我要退房。
いくらですか。	多少錢？
ドルで支払えますか。	能用美金付款嗎？
クレジットカードを使えますか。	能使用信用卡嗎？
冷蔵庫の水を１本飲みました。	我喝了一瓶冰箱裡的水。
領収書をください。	請給我收據。
タクシーを呼んでください。	請幫我叫一輛計程車。

19-05.mp3

● 在房間裡 ●

★進房時

ここに荷物を置いてください。 にもつ　お	請把行李放在這裡。
非常口はどこですか。 ひじょうぐち	安全門在什麼地方？

★關於飯店

いいホテルです。	真是個好飯店。
とてもきれいなホテルです。	非常漂亮的飯店。
そこそこ清潔なホテルです。 せいけつ	蠻乾淨的飯店。

★關於接待／服務

サービスが行き届いています。 ゆ　とど	服務很周到。

＊【行き届く】表「周到、無微不至」的意思。

あまりサービスがよくないね。	服務不怎麼好。
丁寧な接客ですね。 ていねい　せっきゃく	接待客人很認真。
ポーターは無愛想だったね。 ぶあいそう	搬運行李的服務員很冷淡。

★關於房間

広い部屋です。 ひろ　へや	房間很大。
少し窮屈です。 すこ　きゅうくつ	有點窄的感覺。

明るい部屋ですね。
あか　　　へや

很明亮的房間啊。

暗い部屋です。
くら　へや

很暗的房間。

意外と快適な部屋です。
い がい　かいてき　　へや

意外感到舒適的房間。

とても日当りがよいです。
ひ あた

日照非常好。

窓からの眺めがいいです。
まど　　　なが

窗外景色非常好。

窓からの眺めが最高です。
まど　　　なが　　さいこう

窗外景色真棒。

夜景がきれいです。
や けい

夜景很美。

街を一望できます。
まち　いちぼう

能一眼看到整個街道。

遠くまで見渡せます。
とお　　　み わた

能眺望到遠處。

ベッドが硬いです。
かた

床很硬。

この枕では寝られません。
まくら　　　ね

這個枕頭我睡不著覺。

★休息

話をしましょう。
はなし

我們聊聊吧。

レストランに行きましょう。
い

我們去餐廳吃飯吧。

バーに行きませんか。
い

去酒吧怎麼樣？

もう寝ます。
ね

我要睡覺了。

もう寝ましょう。
ね

快睡覺吧。

エアコンをつけてください。

請把空調打開。

エアコンを止めてください。
と

請把空調關上。

エアコンを強くしてください。
つよ

請把空調調強。

エアコンをもう少し弱くしてください。
<ruby>少<rt>すこ</rt></ruby> <ruby>弱<rt>よわ</rt></ruby>

請把空調調弱一些。

明かりをつけてください。
<ruby>明<rt>あ</rt></ruby>

請把燈打開。

明かりを消してください。
<ruby>明<rt>あ</rt></ruby> <ruby>消<rt>け</rt></ruby>

請把燈關上。

ドアを開けてください。
<ruby>開<rt>あ</rt></ruby>

請把門打開。

ドアを閉めてください。
<ruby>閉<rt>し</rt></ruby>

請把門關上。

カーテンを開けてください。
<ruby>開<rt>あ</rt></ruby>

請把窗簾打開。

カーテンを閉めてください。
<ruby>閉<rt>し</rt></ruby>

請把窗簾拉上。

● 對飯店的要求 ●

★利用服務／急事

關聯單字 P.433

ルームサービスをお願いします。	我要客房服務。
ベッドメーキングをお願いします。	請整理床位。
6時に起こしてください。	請在六點整叫我起床。
6時半にタクシーを呼んでください。	請在六點半叫一輛計程車。
ロビーまで荷物を運んでください。	請把行李搬運到大廳。
ポーターを呼んでください。	請把行李服務員叫來。
部屋を替わりたいのですが。	我想換個房間。
静かな部屋に替えてください。	請換個安靜的房間。
あした別の部屋に替えてもらえますか。	明天能幫我換別的房間嗎？
早く来てください！	請快點來！
すぐに来てください！	請馬上來！
水道の修理に来てください。	請來修理一下自來水管。
エアコンの修理に来てください。	請來修理一下空調。
とにかく掃除してください。	不管怎樣，請先來打掃一下房間。
急いで医者を呼んでください。	請趕快把醫生叫來。

★拿藥

水を持ってきてください。 みず　も	請拿水來。
薬はありますか。 くすり	有藥嗎？
―なんの薬ですか。 くすり	什麼藥？
頭痛薬をください。 ず つうやく	請給我頭痛藥。
胃腸薬をください。 い ちょうやく	請給我腸胃藥。
二日酔いに効く薬はありますか。 ふつか よ　　き くすり	有沒有醒酒的藥？
下痢止めはありますか。 げ り ど	有止瀉藥嗎？
―あります。	有。
―ありません。	沒有。
お願いします。 ねが	麻煩了。
持ってきてください。 も	請拿給我。

★電話的應對

―ご用件をおうかがいします。 ようけん	請問你有什麼事？
フロントに電話をつないでください。 でん わ	請接大廳櫃台。
１２階の１１２号室をお願いします。 じゅうに かい　　　　　ごうしつ　ねが	請接十二樓的一一二號房間。
内線８番をお願いします。 ないせんはちばん　ねが	請接八號分機。
―かしこまりました。	知道了。

―お待ちください。 請稍候。
ま

―ご不在のようです。 他好像不在。
ふ ざい

關 聯 單 字

★利用服務／急事（P.431）

・静かな部屋に替えてください。 しず へ や か	請換個安靜的房間。
［静かな］ しず	安靜的
［広い］ ひろ	大的
［もっと広い］ ひろ	再大一點的
［安い］ やす	便宜的

19-07.mp3

● 問題／客訴 ●

★遭竊

關聯單字 P.436

盗難に遭いました！ とうなん　あ	我被偷了！
泥棒に入られました！ どろぼう　はい	小偷進了我的房間！
財布を盗まれました！ さいふ　ぬす	錢包被偷了！
パスポートがなくなっています！	護照不見了！
セイフティボックスの中が空です。 なか　から	保險箱裡面空了！

★鑰匙的問題

關聯單字 P.436

カギが違います。 ちが	這個鑰匙不對。
カギが合いません。（回りません） あ　　　　　　まわ	這個鑰匙不合（轉不動）。
部屋にカギを置いたままロックしました。 へや　　　　お	鑰匙被鎖在房間裡了。

＊【まま】表「狀態持續」的意思。

カギがありません！	沒有鑰匙！
カギを紛失しました！ ふんしつ	我把鑰匙弄丟了！
ホテルの外でカギを紛失したようです。 そと　　　　　　ふんしつ	我好像是在飯店外面把鑰匙弄丟了。
カギをフロントに置き忘れました。 お　わす	我把鑰匙忘在櫃台。
カギをどこかに置き忘れました。 お　わす	我忘了把鑰匙放在哪了。

| どこでなくしたか覚えていません。 | 我忘了在哪裡弄丟的了。 |

★設備或物品的麻煩

お湯が出ません。	沒有熱水。
水が止まりません。	水流不停。
明かりがつきません。	燈不亮。
テレビがつきません。	電視打不開。
電話がつながりません。	電話打不通。
冷蔵庫が冷えていません。	冰箱不冷。
シャワーが壊れています。	淋浴設備壞了。
温度調節ができません。	不能調節溫度。
ドライヤーが動きません。	吹風機不能啟動。
セイフティボックスの暗証番号を忘れました。	我忘了保險箱的密碼。

★客訴

部屋が暑すぎます。	房間太熱了。
部屋が寒すぎます。	房間太冷了。
部屋が汚なすぎます。	房間太髒了。
トイレが詰まっています。	馬桶堵住了。
トイレットペーパーがありません。	沒有衛生紙。

トイレで変なにおいがします。 洗手間有一股怪味。

隣の部屋がうるさいです。 旁邊的房間很吵。

關 聯 單 字

★遭竊（P.434）

・財布を盗まれました！	錢包被偷了！
［財布］	錢包
［現金］	現金
［クレジットカード］	信用卡
［カバン］	皮包、手提包、公文包

★鑰匙的麻煩（P.434）

・カギをフロントに置き忘れました。	我把鑰匙忘在櫃台。
［フロント］	櫃台
［部屋］	房間
［車中］	車內

數字的表現

19-07-1.mp3

0 れい	零	20 にじゅう	二十
1 いち	一	30 さんじゅう	三十
2 に	二	40 よんじゅう	四十
3 さん	三	50 ごじゅう	五十
4 し	四	60 ろくじゅう	六十
5 ご	五	70 ななじゅう	七十
6 ろく	六	80 はちじゅう	八十
7 しち	七	90 きゅうじゅう	九十
8 はち	八	100 ひゃく	一百
9 きゅう	九	101 ひゃくいち	一百零一
10 じゅう	十	102 ひゃくに	一百零二
11 じゅういち	十一	103 ひゃくさん	一百零三
12 じゅうに	十二	110 ひゃくじゅう	一百一（十）
13 じゅうさん	十三	111 ひゃくじゅういち	一百一十一
14 じゅうし	十四	112 ひゃくじゅうに	一百一十二
15 じゅうご	十五	113 ひゃくじゅうさん	一百一十三
16 じゅうろく	十六	120 ひゃくにじゅう	一百二（十）
17 じゅうしち	十七	200 にひゃく	二百
18 じゅうはち	十八	300 さんびゃく	三百
19 じゅうきゅう	十九	1000 せん	一千

● 問題／客訴

1001 せんいち	一千零一	1兆 いっちょう	一萬億
1010 せんじゅう	一千零一十	第1 だいいち	第一
1100 せんひゃく	一千一（百）	第2 だいに	第二
1110 せんひゃくじゅう	一千一百一（十）	1番目（順序） いちばんめ　じゅんじょ	第一個（順序上）
1111 せんひゃくじゅういち	一千一百一十一	2番目（順序） にばんめ　じゅんじょ	第二個（順序上）
2000 にせん	兩千	2倍 にばい	兩倍
2002 にせんに	兩千零二	3倍 さんばい	三倍
10000 いちまん	一萬	10倍 じゅうばい	十倍
10万 じゅうまん	十萬	2分の1 にぶんのいち	二分之一
100万 ひゃくまん	一百萬	3分の2 さんぶんのに	三分之二
1000万 いっせんまん	一千萬	4分の1 よんぶんのいち	四分之一
1億 いちおく	一億	半分 はんぶん	一半

時 間 的 表 現

19-07-2.mp3

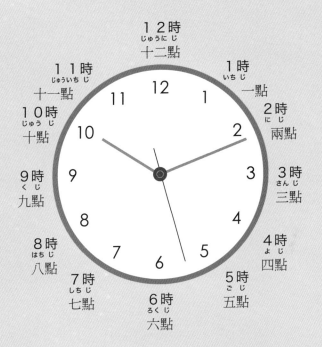

12時
じゅうに じ
十二點

11時
じゅういち じ
十一點

1時
いち じ
一點

10時
じゅう じ
十點

2時
に じ
兩點

9時
く じ
九點

3時
さん じ
三點

8時
はち じ
八點

4時
よ じ
四點

7時
しち じ
七點

5時
ご じ
五點

6時
ろく じ
六點

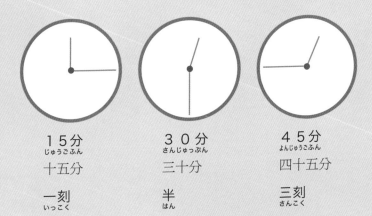

15分
じゅうごふん
十五分

一刻
いっこく

30分
さんじゅっぷん
三十分

半
はん

45分
よんじゅうごふん
四十五分

三刻
さんこく

Memo

20.

時間表現

20-01.mp3

● 問時間 ●

★各種時間的問法

關聯單字 P.443

今、何時ですか。 いま なんじ	現在是幾點？
今、何時かおわかりですか。 いま なんじ	您知道現在是幾點嗎？
今何時か教えてもらえますか。 いまなんじ おし	能告訴我現在是幾點？

＊【教える】表「告知自己所知道的事情」的意思。

文法【てもらう】為（動詞て形＋もらう）表「說話的人（或說話的一方）接受他人為自己做的行為、動作」的意思。

きみは何時に来れそう？ なんじ こ	你幾點能來？
何時に到着する予定ですか。 なんじ とうちゃく よてい	你預計幾點到達？
いったい何時に帰るんですか。 なんじ かえ	到底幾點才能回來？
私は何時に行けばいい？ わたし なんじ い	我幾點去好呢？
何時に待ち合わせようか。 なんじ ま あ	約定幾點見面呢？
食事は何時にしますか。 しょくじ なんじ	幾點吃飯呢？
何時くらいが都合がいいですか。 なんじ つごう	您大概幾點方便呢？
何時がよろしいですか。 なんじ	你幾點方便呢？
何時に会えますか。 なんじ あ	幾點能見面呢？
講義は何時から始まるんですか。 こうぎ なんじ はじ	講課幾點開始？
大学の授業は何時に終わりますか。 だいがく じゅぎょう なんじ お	大學的課幾點結束？
いつも何時まで仕事してるの？ なんじ しごと	平常工作到幾點啊？

普段は何時まで働いてるんですか。　一般工作到幾點？
ふ だん　なん じ　　　　　はたら

關聯單字

★各種時間的問法（P.442）

・何時に到着する予定ですか。 なん じ　とうちゃく　　　よ てい	你預計幾點到達？
[到着する] とうちゃく	到達
[出発する] しゅっぱつ	出發
[迎えに行く] むか　　い	去接
[迎えに来る] むか　　く	來接
[送っていく] おく	送走
[集まる] あつ	集合
[食事にする] しょく じ	用餐（吃飯）
[寝る] ね	睡覺
[起きる] お	起床
[電話する] でん わ	打電話
[出来上がる（ケーキが）] で き あ	做好了（蛋糕）
[出来上がる（書類が）] で き あ　　　しょるい	寫好了（文件）
[出来上がる（クリーニングに出 で き あ　　　　　　　　　　　　　だ したコートが）]	洗好了（外套）
[手が空く] て　　あ	有空

20-02.mp3

● 時間的講法 ●

★講時間

1時です。 いちじ	一點。
午前1時です。 ごぜんいちじ	凌晨一點。
午後1時です。 ごごいちじ	下午一點。
6時です。 ろくじ	六點。
9時です。 くじ	九點。
12時です。 じゅうにじ	十二點。
15時です。 じゅうごじ	下午三點。
23時です。 にじゅうさんじ	晚上十一點。
0時です。 れいじ	半夜十二點。
7時3分です。 しちじさんぷん	七點零三分。
7時21分です。 しちじにじゅういっぷん	七點二十一分。
7時56分です。 しちじごじゅうろっぷん	七點五十六分。
7時半です。 しちじはん	七點半。
7時10分前です。 しちじじゅっぷんまえ	差十分鐘就七點。
もう18時です。 じゅうはちじ	已經晚上六點了。
もうすぐ18時です。 じゅうはちじ	馬上就到晚上六點了。
そろそろ18時です。 じゅうはちじ	就要晚上六點了。

あと１０分で１８時です。 じゅっぷん　じゅうはちじ	差十分鐘就晚上六點。
ちょうど１８時です。 じゅうはちじ	晚上六點整。
ちょうど１９時になったところで す。 じゅうくじ	正好到晚上七點。
今１９時になったばかりです。 いまじゅうくじ	現在剛到晚上七點。
さっき１９時になりました。 じゅうくじ	剛才已經到晚上七點了。
とっくに１９時になりました。 じゅうくじ	早就到晚上七點了。
もう８時を過ぎました。 はちじ　　す	已經過了八點了。
８時を６分過ぎました。 はちじ　ろっぷん　す	八點過六分了。
すでに８時を過ぎています。 はちじ　　す	已經過八點了。
とっくに８時を過ぎています。 はちじ　　す	早就過八點了。
８時を少し過ぎたところです。 はちじ　すこ　す	八點多了。

★幾秒／幾分鐘／幾小時

数秒遅かったです。 すうびょうおそ	晚了幾秒。
あの選手の方が数秒早かったです。 せんしゅ　ほう　すうびょうはや	那位選手快了幾秒。
わずか１０数秒の差です。 じゅう　すうびょう　さ	只差十幾秒。
数分遅れます。 すうぶんおく	晚幾分鐘。
バスが到着するまで数分かかりまし た。 とうちゃく　　　　　　すうぶん	等公車來花了幾分鐘時間。
数時間のロスです。 すうじかん	浪費了幾個小時。

＊【ロス】表「英文的 loss，損失、浪費」的意思。

時間的講法

445

数時間経過しています。 すう じ かんけい か	過了幾個小時。

★一天之中

朝です。 あさ	早上了。
もう朝です。 あさ	已經是早上了。
そろそろ朝です。 あさ	就快要早上了。
とっくに朝です。 あさ	早就是早上了。
朝になりました。 あさ	到早上了。
朝がきます。 あさ	就要到早上了。
早朝です。 そうちょう	清晨。
昼です。 ひる	白天。
夕方です。 ゆうがた	傍晚。
晩です。 ばん	晚上。
夜です。 よる	夜裡。
深夜です。 しんや	深夜。
午前です。 ごぜん	上午。
午後です。 ごご	下午。
正午です。 しょうご	正午。
そろそろ夜明けです。 よ あ	天就要亮了。
もう夜更けです。 よ ふ	夜已經深了。

20-03.mp3

● 時刻的指定 ●

★電話的約定

11時に電話をください。 じゅういちじ　　　でんわ	十一點請打電話給我。
11時くらいに電話します。 じゅういちじ　　　　でんわ	十一點左右打電話給你。
12時までに電話をください。 じゅうにじ　　　　でんわ	十二點之前請打電話給我。
14時以降に電話をください。 じゅうよじ　いこう　でんわ	下午兩點以後請打電話給我。
19時過ぎに電話します。 じゅうくじ　す　　でんわ	過了晚上七點打電話給你。
5分くらいたったら電話します。 ごふん　　　　　　　でんわ	過五分鐘左右打電話給你。
5分後にもう一度電話してください。 ごふんご　　　　いちどでんわ	五分鐘後請再打一次電話。

★行李

10時までに荷物を届けてください。 じゅうじ　　　にもつ　とど	請在十點之前把行李送到。
20時過ぎに荷物を取りに来てください。 にじゅうじ　す　　にもつ　と　　き	請在晚上八點之後來取行李。
21時以降に届くように荷物を送ります。 にじゅういちじ　いこう　とど　　　　　にもつ　おく	晚上九點後會把行李送到。

時刻的指定

447

20-04.mp3

● 有時間限制的時候 ●

★時間限制

あと５秒！ （ご びょう）	還有五秒！
あと１０秒しかない！ （じゅう びょう）	只剩十秒了！
ゲーム終了まで残り３０秒！ （しゅうりょう）（のこ）（さんじゅうびょう）	還有三十秒遊戲結束！
タイムリミットまであと４分！ （よんぷん）	還有四分鐘時間到！
約束の時間までまだ１時間あります。 （やくそく）（じかん）（いちじかん）	離約定時間還有一個小時。
１５秒頑張って！ （じゅうごびょうがんば）	這十五秒加油啊！
２０秒我慢して！ （にじゅうびょうがまん）	忍耐二十秒！
５分間で準備して！ （ごふんかん）（じゅんび）	五分鐘內準備好！
あと１２分くらい待って！ （じゅうにふん）（ま）	再等十二分鐘左右！
あと５分だけ寝かせて！ （ごふん）（ね）	再讓我睡五分鐘！
あと１時間だけ一緒にいて。 （いちじかん）（いっしょ）	再陪我一個小時。
２時間で書類のチェックを終えてください。 （にじかん）（しょるい）（お）	請在兩個小時內確認完資料。

★需要時間的說法

３０分あればできる？ （さんじゅっぷん）	三十分鐘可以嗎？
９分あれば間に合う？ （きゅうふん）（ま）（あ）	九分鐘來得及嗎？

４５分あれば問題ないですか。
よんじゅうごふん　　　もんだい

四十五分鐘沒問題嗎？

２時間あれば解決しますか。
にじかん　　　　かいけつ

有兩個小時的話能解決嗎？

１時間あれば病院に行けますか。
いちじかん　　　びょういん　い

一個小時能去醫院嗎？

１時間あれば家を出られますか。
いちじかん　　　いえ　で

一個小時能出門嗎？

４０分くらいあれば食べ終わる？
よんじゅっぷん　　　た　お

四十分鐘左右能吃完嗎？

１時間で十分だ！
いちじかん　じゅうぶん

一個小時足夠了！

２時間もあればやり遂げる！
にじかん　　　　と

有兩個小時就能完成！

１０分あれば解決する！
じゅっぷん　　　かいけつ

有十分鐘就能解決！

あと１０分しかないのに無理だ！
じゅっぷん　　　　　　む　り

只剩十分鐘了，不行啊！

仮に３０分あっても不可能です。
かり　さんじゅっぷん　　ふ　か　のう

即使有三十分鐘也不可能。

３０分だけ会えませんか。
さんじゅっぷん　　あ

能見你三十分鐘嗎？

３０分だけでも会えませんか。
さんじゅっぷん　　　あ

三十分鐘也好能不能見面？

１時間だけなら会えるよ。
いちじかん　　　あ

要是只花一個小時的話，我可以見你。

１０分だけでもいいです。
じゅっぷん

只給我十分鐘也可以。

—２時間でよければ時間をつくります。
にじかん　　　　じかん

如果兩個小時可以的話，我就抽空。

—４０分くらいなら時間があります。
よんじゅっぷん　　　じかん

四十分鐘左右的話我有空。

20-05.mp3

● 時間的經過 ●

★時間經過的表現法

１時間もたてば気が済むでしょう。	過一個小時就會好吧。

＊ 【気が済む】表「情緒緩和下來、滿足、心安」的意思。

１時間もたてば怒りも収まるでしょう。	過一個小時氣就消了吧。
３０分もたてば落ち着くでしょう。	過三十分鐘就能靜下來了吧。
１０分もたてば酔いが冷めるでしょう。	過十分鐘就能醒酒了吧。
１時間もたてば痛みもひくでしょう。	過一個小時就不會痛了吧。
４時間もたったからおなかが空きました。	因為已經過了四個小時，肚子餓了。
３０分くらい待てばきみはこちらに着けますか。	等三十分鐘左右的話，你能到這裡嗎？
５０分くらいたてば彼女は来るでしょう。	過五十分鐘左右她就來了吧。
１５分くらい待てばバスも来るでしょう。	等十五分鐘左右公車就會來了吧。
２０分くらい歩けば目的地に到着するでしょう。	走二十分鐘左右就能抵達目的地了吧。

１時間くらいたてば仕事が終わりますか。
いち じ かん　　　　　　　　　　しごと　お

過一個小時左右你的工作能結束嗎？

１０分もたてば暖かくなるでしょう。
じゅっ ぷん　　　　あたた

過十分鐘就能暖和起來了吧。

２０分もたてば涼しくなるでしょう。
にじゅっぷん　　　　すず

過二十分鐘就能涼快下來了吧。

１時間もたてば雨もあがるでしょう。
いち じ かん　　　あめ

過一個小時雨就會停了吧。

１時間もたてば晴れてくるでしょう。
いち じ かん　　　は

過一個小時天就會放晴了吧。

20-06.mp3

● 集合 ●

★確認集合時間

１３時でもOK？ じゅうさん じ	下午一點可以嗎？
１４時からでもいい？ じゅうよん じ	從下午兩點開始也可以嗎？
１５時まででも大丈夫？ じゅうご じ だいじょう ぶ	到下午三點也可以嗎？

★集合

集合は８時２０分です。 しゅうごう はち じ にじゅっぷん	八點二十分集合。
集合は８時２０分でいいですか。 しゅうごう はち じ にじゅっぷん	八點二十分集合，可以嗎？
６時に集合だよ。 ろく じ しゅうごう	六點集合。
６時にここに集合しましょう。 ろく じ しゅうごう	六點在這裡集合吧。
７時５分に集合しましょう。 しち じ ご ふん しゅうごう	七點五分集合吧。
７時５分前に集合しましょう。 しち じ ご ふんまえ しゅうごう	六點五十五分集合吧。
１２時に待ち合わせましょう。 じゅうに じ ま あ	約十二點見面吧。
とりあえず１８時に待ち合わせましょう。 じゅうはち じ ま あ	那就約晚上六點見面吧。
１２時くらいにホテルで待っていてください。 じゅうに じ ま	請十二點左右在飯店等我。
８時には来てください。 はち じ き	請你八點來。
８時にはかならず来てください。 はち じ き	請務必在八點來。
９時にはここにいてください。 く じ	請在九點到這裡。
１０時には駅に到着してください。 じゅう じ えき とうちゃく	請在十點到車站。

● 出發和抵達 ●

★出發

８時に出発できますか。 はちじ　しゅっぱつ	八點能出發嗎？
１３時くらいに会社を出られますか。 じゅうさん じ　　　　　　かいしゃ　で	下午一點左右能離開公司嗎？
出発は６時です。 しゅっぱつ　ろくじ	出發時間是六點。
６時くらいに出発しましょう。 ろくじ　　　　　しゅっぱつ	六點左右出發吧。
７時４０分に出発です。 しちじ よんじゅっぷん しゅっぱつ	七點四十分出發。
８時に出発しましょう。 はちじ　しゅっぱつ	八點出發吧。
８時半くらいに出発しましょう。 はちじ はん　　　　　しゅっぱつ	八點半左右出發吧。
８時半過ぎに出発しましょう はちじ はん す　しゅっぱつ	八點半過後出發吧。
２０分後に出発しよう。 にじゅっぷん ご　しゅっぱつ	二十分鐘之後出發吧。
８時１５分になったら出かけましょう。 はちじ じゅうごふん　　　　　で	八點十五分出門吧。
あと５分たったら家を出発します。 ごふん　　　　いえ しゅっぱつ	再過五分鐘就出門吧。
１０分後には会社に向かいます。 じゅっぷんご　かいしゃ　む	十分鐘之後去公司。
８時を目指してそちらに行きます。 はちじ めざ　　　　　　い	目標在八點到那邊。
１５時２０分の飛行機でたちます。 じゅうごじ にじゅっぷん ひこうき	坐下午三點二十分的班機出發。

★抵達

あと1時間で到着しますか。	再過一個小時就到了嗎？
13時くらいに到着しますか。	下午一點左右到嗎？
13時に到着します。	下午一點抵達。
到着時刻は13時前後になると思います。	抵達時間應該是下午一點前後。
9時に着くよ！	九點抵達！
9時8分には着くよ！	九點零八分會到！
9時50分までには着きます！	九點五十分之前到！

文法 【までに】為（名詞＋までに／動詞辭書形＋までに）表「直到…」的意思。

14時くらいに到着します。	下午兩點左右抵達。
25分くらいで駅に着きます。	二十五分左右到車站。
あと10分くらいで着きます。	再十分鐘左右抵達。
14時を少し回ったころに到着します。	下午兩點左右就到了。

＊【回す】表「以某中心點沿著周圍移動」的意思。

14時半過ぎに到着すると思います。	過了下午兩點半就到了。
到着まで30分はかかりそうです。	好像需要三十分鐘才能到。
到着まで30分以上はかかりそうだなあ。	好像需要三十分鐘以上才能到。

★接人

２１時に迎えに来てくれる？ <small>にじゅういち じ　　 むか　　　 き</small>	晚上九點能來接我嗎？
１９時に迎えに来て。 <small>じゅうく じ　　 むか　　 き</small>	晚上七點來接我。
２０時には迎えに来てください。 <small>にじゅう じ　　 むか　 き</small>	晚上八點請來接我。
２１時に迎えに行くよ。 <small>にじゅういち じ　　 むか　　 い</small>	晚上九點去接你。
２２時なら迎えに行けるよ。 <small>にじゅうに じ　　 むか　　 い</small>	晚上十點的話能去接你。

＊【なら】表「如果那樣的話，是それなら的縮寫」的意思。

20-08.mp3

● 開始和結束 ●

★開始

開始は９時です。 <small>かいし　　くじ</small>	九點開始。
仕事は９時からです。 <small>しごと　くじ</small>	九點開始上班。
９時５分から始めよう！ <small>く　じ　ごふん　　　はじ</small>	從九點零五分開始吧！
９時１０分には始めましょう！ <small>く　じ　じゅっぷん　　はじ</small>	九點十分開始吧！
仕事は９時半から始まります。 <small>しごと　く　じはん　　はじ</small>	從九點半開始上班。
９時２０分には準備を始めてください。 <small>く　じ　にじゅっぷん　　じゅん び　　はじ</small>	九點二十分請開始準備。
９時２０分から準備を始めてください。 <small>く　じ　にじゅっぷん　　じゅん び　　はじ</small>	請從九點二十分開始準備。
９時５０分から試験を開始してください。 <small>く　じ　ごじゅっぷん　　しけん　　かいし</small>	請從九點五十分開始考試。
１１時１０分までに片付けを始めてください。 <small>じゅういち じ　じゅっ ぷん　　　かた づ　　　はじ</small>	請在十一點十分之前開始收拾。

★結束

終了は１６時です。 <small>しゅうりょう　じゅうろく じ</small>	結束時間是下午四點。
仕事は１７時までです。 <small>しごと　じゅうしち じ</small>	上班上到下午五點。
２０時には準備を終わりましょう！ <small>にじゅう じ　　　じゅん び　　お</small>	在晚上八點完成準備工作吧！

２０時までには準備を終わらせましょう！
にじゅうじ　　　　　　　　　じゅんび　お

在晚上八點之前完成準備工作吧！

２１時までには作業を終えよう！
にじゅういち じ　　　　　　さぎょう　お

在晚上九點之前完成工作吧！

１５時には作業を終えてください。
じゅうご じ　　　　さぎょう　お

請在下午三點完成工作。

１４時４５分には作業をやめてください。
じゅうよ じ よんじゅうご ふん　　　さ ぎょう

請在下午兩點四十五分停止工作。

１４時１５分前には作業をやめてください。
じゅうよ じ じゅうごふんまえ　　　さ ぎょう

請在下午一點四十五分停止工作。

Memo

21.

日期

21-01.mp3

● 年月日和星期 ●

★月

1月です。 いちがつ	一月。
2月です。 にがつ	二月。
3月です。 さんがつ	三月。
4月です。 しがつ	四月。
5月です。 ごがつ	五月。
6月です。 ろくがつ	六月。
まだ7月です。 しちがつ	才七月。
もうすぐ8月です。 はちがつ	馬上就到八月了。
そろそろ9月になります。 くがつ	快到九月了。
あしたから10月になります。 じゅうがつ	明天就是十月了。
気がつけば11月になっていました。 き　じゅういちがつ	不知不覺已經到十一月了。
もう12月も終わります。 じゅうにがつ　お	十二月也快結束了。

★數年月日

1日目です。 いちにちめ	第一天。
2日目です。 ふつかめ	第二天。

3日目です。 みっか め	第三天。
7日目です。 なのか め	第七天。
10日目です。 とお か め	第十天。
1週目です。 いっしゅう め	第一週。
2週目です。 に しゅう め	第二週。
3週目です。 さんしゅう め	第三週。
4週目です。 よんしゅう め	第四週。
5週目です。 ご しゅう め	第五週。
1か月目です。 いっ げつ め	第一個月。
2か月目です。 に げつ め	第二個月。
4か月目です。 よん げつ め	第四個月。
6か月目です。 ろっ げつ め	第六個月。
10か月目です。 じゅっ げつ め	第十個月。
1年目です。 いちねん め	第一年。
2年目です。 に ねん め	第二年。
5年目です。 ご ねん め	第五年。
10年目です。 じゅう ねん め	第十年。
15年目です。 じゅうごねん め	第十五年。
20年目です。 にじゅうねん め	第二十年。
半日です。 はんにち	半天。

もう半年たちました。
はんとし

已經過半年了。

ちょうど１年たちました。
いちねん

正好過了一年。

かれこれ１年半になるでしょうか。
いちねんはん

大概過了一年半了吧。

丸２年です。
まる に ねん

整整兩年。

今年で３年になります。
ことし さんねん

到今年已經三年了。

★星期

月曜日です。
げつよう び

星期一。

火曜日です。
か よう び

星期二。

水曜日です。
すいよう び

星期三。

今日は木曜日です。
きょう もくよう び

今天是星期四。

あしたは金曜日です。
きんよう び

明天是星期五。

きのうは土曜日です。
どよう び

昨天是星期六。

祭典は日曜日からです。
さいてん にちよう び

祭典從星期天開始。

今度の月曜日です。
こんど げつよう び

下一個星期一。

来週の火曜日です。
らいしゅう か よう び

下星期二。

再来週の水曜日です。
さ らいしゅう すいよう び

下下星期三。

この前の木曜日です。
まえ もくよう び

上一個星期四。

先週の金曜日です。
せんしゅう きんよう び

上星期五。

先々週の土曜日です。
せんせんしゅう どよう び

上上星期六。

今月最後の日曜日です。
こんげつさい ご にちよう び

這個月最後一個星期天。

● 使用日期的表現 ●

★用年月日的會話

今日です。 きょう	今天。
あしたです。	明天。
約束はあさってです。 やくそく	約定的是後天。
デートはしあさってです。	約會是大後天。
それはきのうです。	那是昨天的事。
彼と会ったのはおとといです。 かれ　あ	見到他是在前天。
その話を聞いたのはさきおとといだ はなし　き ったかな。	聽說那件事是大前天的樣子。
今週です。 こんしゅう	是這個星期。
試験は来週です。 し けん　らいしゅう	考試是下星期。
再来週です。 さ らいしゅう	是下下星期。
もう先々週のことになります。 せんせんしゅう	已經是上上星期的事了。
日本に来たのは先週です。 に ほん　き　せんしゅう	是上星期來日本的。
週明けです。 しゅうあ け	星期一。
週半ばです。 しゅうなか	星期三。
週末です。 しゅうまつ	週末。
次の週末です。 つぎ　しゅうまつ	下週末。

463

今月です。
こんげつ

這個月。

結婚式は来月です。
けっこんしき　らいげつ

結婚典禮是下個月。

再来月です。
さ　らいげつ

下下個月。

３か月後です。
さん　げつご

三個月之後。

先月、結婚しました。
せんげつ　けっこん

上個月結婚了。

先々月です。
せんせんげつ

上上個月。

月初です。
つきはじめ

月初。

給料日は月末です。
きゅうりょう び　げつまつ

發薪日是月底。

今年です。
ことし

今年。

来年卒業します。
らいねんそつぎょう

明年畢業。

再来年です。
さ　らいねん

後年。

去年です。
きょねん

去年。

卒業したのは一昨年です。
そつぎょう　　　　いっさくねん

是前年畢業的。

年末です。
ねんまつ

是年底。

次にお会いするのは年明けですね。
つぎ　　あ　　　　　　　としあ

下次見面就是新年了。

今年はうるう年です。
ことし　　　　とし

今年是閏年。

★季節

春です。
はる

春天。

夏です。
なつ

夏天。

もうすぐ秋ですね。
あき

馬上就到秋天了。

冬がやってきます。
ふゆ

冬天來了。

秋の気配がします。
あき　けはい

開始有秋意了。

冬ももう終わります。
ふゆ　　　　お

冬天就要結束了。

Memo

22.

量詞表現

22-01.mp3

● 人／動物 ●

★數人數

男性１人。 だんせい ひとり	一名男子。
１人の女性がいます。 ひとり　　じょせい	有一名女子。
１人です。 ひとり	一個人。
数人います。 すうにん	有幾個人。

★禮貌的數人數

男性１名。 だんせいいちめい	一位男士。
女性１名。 じょせいいちめい	一位女士。
あそこに女性が１名いらっしゃいます。 じょせい　　　いちめい	那裡有一位女士。
１名様ですね。 いちめいさま	是一位吧。
数名いらっしゃいます。 すうめい	有數位人士。

★寵物／家畜

イヌ１匹。 いっぴき	一隻狗。
ネコ１匹。 いっぴき	一隻貓。
ハト１羽。 いち わ	一隻鴿子。
ニワトリが１羽います。 いち わ	有一隻雞。

オウムを１羽飼っています。
いちわ か

養著一隻鸚鵡。

ブタ１匹。
いっぴき

一頭豬。

ウマ１頭。
いっとう

一匹馬。

ロバが１匹います。
いっぴき

有一頭驢。

ラクダを３頭引き連れています。
さんとう ひ つ

牽著三頭駱駝。

ウシ１頭。
いっとう

一頭牛。

１頭のゾウが水浴びしています。
いっとう みず あ

一頭大象在洗澡。

１頭のライオンがエサを食べています。
いっとう た

一頭獅子在吃餌食。

数匹確認できます。
すうひきかくにん

能確認到幾隻。

●人／動物

22-02.mp3

● 事物／現象 ●

★食物

リンゴ1個。 いっこ	一顆蘋果。
大根1本。 だいこんいっぽん	一根蘿蔔。
キャベツ1個。 いっこ	一顆高麗菜。
パン1斤。 いっきん	一斤麵包。
数個いただきました。 すうこ	拿到了幾個。

★衣類／包包

Tシャツ1枚。 いちまい	一件T恤。
セーター1枚。 いちまい	一件毛衣。
ジャケット1着。 いっちゃく	一件夾克。
オーバーコート1着。 いっちゃく	一件大衣。
スーツを1着試着します。 いっちゃく し ちゃく	試穿一套套裝。
布を1反ください。 ぬの　　いったん	我要一匹布。
カバン1つ。 ひと	一個包包。
リュックサック1つ。 ひと	一個背包。
トランクが1つあります。 ひと	有一個皮箱。
数点拝見しました。 すうてんはいけん	我看過了幾個。

＊【拝見】表「拜讀、瞻仰、看」的意思。

★書籍／雑誌

本1冊。 ほんいっさつ	一本書。
1冊の雑誌があります。 いっさつ　　ざっし	有一本雑誌。
本を数冊読みました。 ほん　すうさつ よ	讀了幾本書。

★機器／載具

テレビ1台。 いちだい	一台電視機。
パソコン1台。 いちだい	一台電腦。
電話機を2台持っています。 でんわ き　　にだいも	有兩台電話。
電話回線を2本引いています。 でんわかいせん　　にほんひ	設置了兩條電話線路。
車1台。 くるまいちだい	一輛車。
自転車1台。 じてんしゃいちだい	一輛自行車。
トラック1台。 いちだい	一輛卡車。
車が1台とまっています。 くるま　いちだい	停著一輛汽車。
7両の車両で運転しています。 ななりょう しゃりょう　うんてん	列車有七節車箱。
飛行機が1機飛び立ちました。 ひこうき　　いっきと た	一架飛機起飛了。

★建築物／住家

家1軒。 いえいっけん	一棟房子。
ビルが1棟建つそうです。 ひとむね た	好像要建一棟大樓。

この町に病院が１つ増えるそうです。 まち びょういん ひと ふ	這個地方似乎要增加一家醫院。
露店を数軒ぶらぶらしました。 ろてん すうけん	逛了幾家攤販。

★植物

１本の木があそこに見えます。 いっぽん き み	能看到那裡有一棵樹。
花が１輪咲いています。 はな いちりん さ	開著一朵花。

● 根據形狀而不同的量詞用法 ●

★扁平狀物體

紙1枚。 かみいちまい	一張紙。
チケット2枚。 にまい	兩張票。
はがき10枚。 じゅうまい	十張明信片。
請求書が1通届いています。 せいきゅうしょ いっつうとど	收到一張帳單。

＊【請求書】表「訂單、帳單、申請書」的意思。

1枚の絵が飾ってあります。 いちまい え かざ	掛著一幅畫。

★細長物

ボールペン1本。 いっぽん	一枝原子筆。
電柱が1本立っています。 でんちゅう いっぽんた	有一根電線杆。
ジーパン1本。 いっぽん	一條牛仔褲。
道が1本あります。 みち いっぽん	有一條路。
1筋の道があります。 ひとすじ みち	有一條沒有分岔的路。
1本の線路が走っています。 いっぽん せんろ はし	有一條鐵路。

★有把手的物品／椅子

椅子1脚。 いす いっきゃく	一張椅子。
包丁1本。 ほうちょう いっぽん	一把菜刀。

やかん1つ。
<ruby>ひと</ruby>

一瓶水壺。

ベンチ1脚。
<ruby>いっきゃく</ruby>

一張長椅。

マグカップを1つ取ってください。
<ruby>ひと</ruby> <ruby>と</ruby>

請給我拿一個馬克杯。

座席1シート。
<ruby>ざ せきひと</ruby>

一個座位。

★塊狀物

パン1切れ。
<ruby>ひと き</ruby>

一片麵包。

鶏肉を1ブロックください。
<ruby>とりにく いち</ruby>

請給我一塊雞肉。

● 按狀態而變的量詞用法 ●

★裝在盒子裡的東西

タバコ1箱。 ひとばこ	一包香煙。
ミカンを1箱で売ってもらえますか。 ひとばこ　う	能賣給我一箱橘子嗎？

★有封口的物品

手紙1通。 てがみいっつう	一封信。
招待状1通。 しょうたいじょういっつう	一封邀請函。

★能堆疊的物品

ゴミ1山。 ひとやま	一堆垃圾。
仕事が1山残っています。 しごと　ひとやまのこ	還剩一堆工作。
1山の投書があります。 ひとやま　とうしょ	一堆意見信。

★裝在容器的物品

缶ジュース1本。 かん　いっぽん	一罐果汁。
酒を1本ください。 さけ　いっぽん	我要一瓶酒。
牛乳を1本買ってきてください。 ぎゅうにゅう　いっぽん　か	請買一瓶牛奶來。
オイスターソースを1本買ってきてくれませんか。 いっぽん　か	能不能買一罐蠔油來？

パイナップルの缶詰を1つください。 <ruby>缶詰<rt>かんづめ</rt></ruby> <ruby>1<rt>ひと</rt></ruby>	我要一個鳳梨罐頭。
砂糖1袋。 <ruby>さ とうひとふくろ</ruby>	一袋砂糖。
1袋の塩をください。 <ruby>ひとふくろ</ruby> <ruby>しお</ruby>	我要一袋鹽。
小麦粉なら1袋買い置きしてます。 <ruby>こ むぎ こ</ruby> <ruby>ひとふくろ か</ruby> <ruby>お</ruby>	麵粉的話家裡有一袋。
水を1杯ください。 <ruby>みず</ruby> <ruby>いっぱい</ruby>	我要一杯水。
ビール1杯。 <ruby>いっぱい</ruby>	一杯啤酒。
スープ1杯。 <ruby>いっぱい</ruby>	一碗湯。
ご飯を1杯ください。 <ruby>はん</ruby> <ruby>いっぱい</ruby>	我要一碗飯。
ラーメンをもう1杯。 <ruby>いっぱい</ruby>	再要一碗拉麵。
大さじ1杯を入れてください。 <ruby>おお</ruby> <ruby>いっぱい</ruby> <ruby>い</ruby>	放一大匙。

● 由複數成立的物品 ●

★由複數成立的物品

靴1足。 くつ いっそく	一雙鞋。
靴下を1足買いました。 くつした いっそく か	買了一雙襪子。
靴下が1つしかありません。 くつした ひと （片方だけある） かたほう	只有一隻襪子（單腳）。
手袋1組。 て ぶくろ ひとくみ	一副手套。
手袋を1つだけ落としました。 て ぶくろ ひと お （片方だけある） かたほう	丟了一隻手套（單手）。
ピアス1組。 ひとくみ	一對耳環。
1対のコーヒカップをもらいました。 いっ たい	收到了一對咖啡杯。
鉛筆1ダース。 えんぴつ いち	一打鉛筆。
ビール1ケース。 いち	一箱啤酒。
皿1セット。 さら いち	一套盤子。
花を1束贈りました。 はな ひとたば おく	送了一束花。

22-06.mp3

● 其他的量詞用法 ●

★無形的物品

7つのチームでゲームをします。	七個隊伍一起玩遊戲。
この国には世界遺産が2つあります。	這個國家有兩處世界遺產。
1つの説があります。	有一種說法。
約束してほしいことが1つあります。	希望你能答應一件事。

★次數

1回目です。	第一次。
1回挑戦させてください。	請讓我挑戰一次。
3回チャンスをください	請給我三次機會。
一度ご覧になってください。	請看一次。

★事情／事件

打ち合わせが1件入っています。	有一個協商會議。
傷害事件が1件ありました。	發生了一起傷害事件。

敏ＪＡＱＸ
20230511

台灣廣廈 國際出版集團
Taiwan Mansion International Group

國家圖書館出版品預行編目（CIP）資料

專賣在日本的華人！日本語萬用短句5000：單字、句子超簡單、
超好用！各種場合都適用，在日生活也能溝通無障礙！/ 張恩濤，
小針朋子 著. -- 初版. -- 新北市：語研學院出版社，2023.05
　面；　公分
ISBN 978-626-97244-0-6(平裝)
1.CST: 日語　2.CST: 會話

803.188　　　　　　　　　　　　　　　　112003805

專賣在日本的華人！日本語萬用短句5000
單字、句子超簡單、超好用！各種場合都適用，在日生活也能溝通無障礙！

作　　　者／小針朋子・張恩濤　　編輯中心編輯長／伍峻宏・編輯／尹紹仲
審　　　定／何欣泰　　　　　　　封面設計／曾詩涵・內頁排版／菩薩蠻數位文化有限公司
　　　　　　　　　　　　　　　　製版・印刷・裝訂／東豪・紘億・弼聖・明和

行企研發中心總監／陳冠蒨　　　線上學習中心總監／陳冠蒨
媒體公關組／陳柔彣　　　　　　數位營運組／顏佑婷
綜合業務組／何欣穎　　　　　　企製開發組／江季珊

發　行　人／江媛珍
法律顧問／第一國際法律事務所 余淑杏律師・北辰著作權事務所 蕭雄淋律師
出　　　版／語研學院
發　　　行／台灣廣廈有聲圖書有限公司
　　　　　　地址：新北市235中和區中山路二段359巷7號2樓
　　　　　　電話：（886）2-2225-5777・傳真：（886）2-2225-8052
讀者服務信箱／cs@booknews.com.tw

代理印務・全球總經銷／知遠文化事業有限公司
　　　　　　地址：新北市222深坑區北深路三段155巷25號5樓
　　　　　　電話：（886）2-2664-8800・傳真：（886）2-2664-8801
郵 政 劃 撥／劃撥帳號：18836722
　　　　　　劃撥戶名：知遠文化事業有限公司（※單次購書金額未達1000元，請另付70元郵資。）

■出版日期：2023年05月
ISBN：978-626-97244-0-6　　　　版權所有，未經同意不得重製、轉載、翻印。

KURASHI NO CHUGOKUGO HYOGEN 5000
©ZHANG EN TAO, TOMOKO KOHARI 2007
Originally published in Japan in 2007 by GOKEN CO., LTD..
Chinese translation rights arranged through TOHAN CORPORATION, TOKYO.
and JIA-XI BOOKS Co., Ltd.